通往奇境的列车

通往奇境的列车

[英] P. G. 贝尔 著 [意] 弗拉维娅 · 索伦蒂诺 绘

王良秀 刘皖竹 译

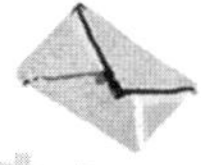

天津出版传媒集团

新蕾出版社

新经典文化股份有限公司
www.readinglife.com
出　品

献给第一个听到这个故事的奥雷利安。

目 录

客厅里的闪电

故事是从一道光开始的。

那是一道明亮的绿光，像闪电一样突然出现，又突然消失了。苏西放下作业本抬起头四处张望，但一切发生得实在太快，她根本不确定自己看到了什么。

“那是什么？”她问。

“怎么了，宝贝？”妈妈说。她和爸爸侧倚在沙发上，身上仍穿着工作服。

苏西皱了皱眉：“爸爸，您看见了吗？”

“看见什么，亲爱的？”爸爸正埋头看平板电脑，一边读新闻，一边自顾自地嘀咕着。

“一道绿光。你们都没看见吗？”

“嗯……”妈妈一边把辫子抖松，一边努力忍住一个大大的哈欠。

爸爸睁了睁蒙眬的双眼，四处看了看，疑惑地说："我可什么都没看到。"

苏西抿住嘴唇。也许是电视里的？她的视线越过妈妈的肩膀，投向电视屏幕，上面播着年代剧，一群戴着大礼帽的男人正在乡间骑马。那里并没有什么绿光。

"你肯定又学过头了，"爸爸说着，抓了抓自己乱蓬蓬的姜黄色头发，"让眼睛休息下，过来和我们坐坐吧。"

"我马上就写完了。"苏西将注意力重新放回她的作业本上。

苏西正在写物理作业，这是她擅长的科目。其实苏西的数学成绩也不错，但她更喜欢物理，她觉得物理使数学变得实用，还可以使数字变为四处移动的实物，为生活带来改变。苏西不明白为什么会有人喜欢研究枯燥的数学，解方程还算有趣，但最终得到的不过是更多数字罢了，这些数字可以拿来干吗？总之，数学只不过是纸上谈兵，而物理才是实际行动。苏西总这样想。

可是，苏西开始感到如此热爱物理让她变得有些与众不同，而她并不是很喜欢这种感觉。她的朋友们都不像她那样对物理课有热情，每当苏西在课堂上答对问题或是在实验课上表现出色时，他们都会偷偷用异样的眼光看她。当然，他们从没说过什么，也没有做出无礼的举动，但苏西从他们的眼睛里看到了同情和怀疑。这和他们看雷金纳德时的眼神一模一样。雷金纳德是个恐龙迷，很少有人愿意和他说话，就算有，他也只会和那个人谈论恐龙。他们用那种眼神看着苏西，就好像她正遭受着什么痛苦的折磨，他们担心会传染给自己似的。

想到这里，苏西停了下来，将笔放到一边。今天的作业很简单：马奇伍德老师出了十道关于牛顿运动定律的题目。其实苏西在一个小时前就做完了，但这些题目激起了她的联想，所以她继续写了下去，看看自己能否学以致用：火箭要达到什么速度才能摆脱地球的引力？用这样的速度，要花多久才能到达月球？需要多少力才能回来？

为了计算这些问题，她已经在作业本上多写了三页，就连边上空白的地方也写得满满当当。苏西坚信自己算出了正确答案，但也得马奇伍德老师确认才行，她希望他会这样做。上一次交作业的时候，马奇伍德老师翻了个白眼，叹了口气说："苏西，你好像觉得我的工作还不够多。"

苏西将笔悬在纸上，下一个问题正在她的大脑里逐渐成形。她回头看向爸爸妈妈，他们正相互倚靠，轻轻打着鼾。明天是星期六，她决定用周末的时间来解决更多问题。也许爸爸是对的：如果她看到的绿光并不存在，那也许是她的眼睛需要休息了。

她盖上笔盖，合上作业本，把它们塞进了书包。

苏西决定不吵醒爸爸妈妈。"晚安。"她悄声说，然后轻轻穿过房间，来到门厅。

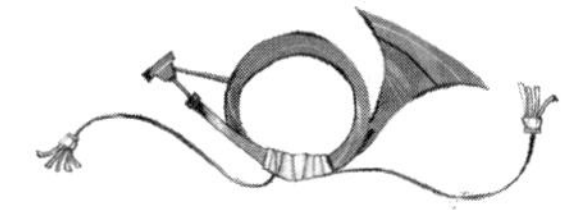

苏西的脚步声刚刚从楼梯上消失，又一道绿光照亮了整个客厅。绿色的光带接二连三地出现，在空气中旋绕。它们环绕在苏西写作业的那张桌子周围，又沿着椅子往下探寻，似乎正在寻找什么。但它们一无所获，犹疑地闪烁了几下，然后逐渐消失，化为乌有。

楼上，苏西刷了牙准备睡觉，对这一切毫无察觉。

第2章

不速之客

一开始，苏西并不确定是什么吵醒了她，仿佛有什么东西趁她不注意一把扼住她的大脑，让她惊醒过来，她怀疑自己压根儿没睡着。

床头柜上的闹钟显示现在是深夜两点。她坐起身，让眼睛适应黑暗，想看看出了什么事。

大约一分钟后她得到了答案：似乎什么也没发生。但苏西已经完全清醒，心里隐隐的不安告诉她，肯定发生了什么事。

她下了床，穿上拖鞋，溜到窗户边，轻轻掀开窗帘往外望。街道上空无一人，家家户户都熄了灯，沉浸在睡梦中。外边没有轰鸣的车辆，也没有交谈的行人，就连云朵也止住脚步，在漆黑的夜空中若隐若现。

就在苏西准备回到床上时，从房子里的某个地方传来一个尖锐的声响。她吓得跳了起来。

咣当！这回是金属相撞的声音，像是两口很重的炖锅碰到了一起。她的爸爸妈妈不会在大半夜起床敲打厨具，那么这就意味着一件事——房子里还有其他人！

苏西走到了门边，她害怕得胸口发紧。

有小偷！

这个想法突然闯进了苏西的脑海，她感到危险在逼近，一下子僵住了。她试图转移注意力，把这个想法抛开，但它就是不肯听话。

要是他们上楼怎么办？

苏西的心脏在胸口怦怦乱跳，她心里有点儿发慌。

这样下去可不行。要是这些小偷，或是其他什么人冲进她的房间，她可不想让对方看到自己穿着睡衣傻站着的模样。更何况她穿的还不是自己那件漂亮的、印着闪电图案的深蓝色睡衣。这是换洗的那身，粉黄相间，花边袖口，是住在毛里求斯的桑德里娜姨妈去年送给她的圣诞礼物。要是被人看见她现在的样子，根本不用对方动手，苏西自己也许就会羞愧而死了。

显然，她需要做点什么，但做什么呢？

尽管苏西感到恐惧，她还是闭上双眼，强迫自己深呼吸。这虽然不怎么奏效，但使她内心的风暴稍稍缓和下来，让她意识到了心里另一个一直在唤起她注意的声音：小偷不会弄出声响，至少不会故意发出这么大的声音。要是把所有人都吵醒了，就别想偷到东西了。

所以，那可能并不是小偷。

苏西稍微安心了一点儿，但神经依然紧绷着。她像往常那样拿下衣架上的睡袍罩在睡衣外面，然后穿过卧室，轻轻推开房门。那噪声简直震耳欲聋，即便在二楼的楼梯平台上也听得一清二楚。一定不是小偷，苏西想。如果放在平时，她会以为这声音是建筑工人发出来的，但他们大半夜在她家做什么？

不，是爸爸妈妈，肯定是，但他们到底在做什么？

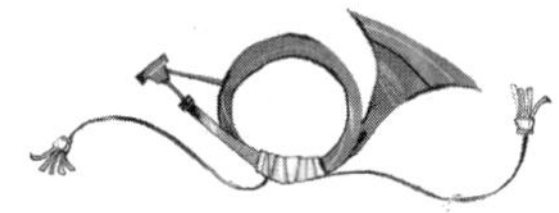

门厅的灯还亮着，苏西从楼梯平台向下看，但没看到什么。响声越来越大，厨具可没法儿发出这么大的声音，不过那的确是金属的敲击声。她悄悄溜下几级台阶，正要从楼梯栏杆那里再观察一下时，一道瀑布似的橘色火花从下方跃出，在天花板和墙壁之间飞窜。苏西一下子缩了回去，差点儿摔倒，但幸好她抓住了栏杆。

“妈妈？”苏西的声音颤抖着，“爸爸？是你们吗？”

敲击声立刻停了下来，她听到有人倒抽了一口气，接着是重物落地的声音，走在门厅地毯上窸窸窣窣的脚步声，以及一阵沙沙的摩擦声和叠东西的声音，像是有人在叠床单。最后，一切安静下来。

“有人吗？”苏西倚着栏杆，一边提防下一阵火花喷发，一边低头看向门厅。一切看上去都很正常，但随后，一道金属的反光吸引了她的注意力。地毯上，两道长长的银色金属条闪闪发亮。它们并列放置，隔了大约一米远，看上去是从前门外延伸进了屋子。苏西疑惑地皱起眉头，一时间忘记了害怕，她跑下楼，想弄明白看到的究竟是什么。

那是一条铁轨。

苏西知道这不可能，但它就在那儿。她用脚尖碰了碰离她最近的那根金属条，接着又蹲下来用指节敲了敲。它摸上去冰冷、坚硬，非常真实。铁轨铺在门厅的地板上，为了给它腾出空间，有人甚至在地毯上剪了几下，她能看到地毯破损的边缘。

“但这怎么可能呢？”苏西自言自语道。她退了几步，仔细看了看铁轨。铁轨依旧冷冷地闪着光。她侧身顺着它的路线看去，铁轨穿过整个客厅，通到厨房。她注意到厨房门的一侧放着什么东西。

那是一个施工帐篷，外面是脏兮兮的红白条纹防水布，苏西以前在路上见过类似的，工人在挖煤气管道或是水管的时候，会在洞口放一个帐篷。这种帐篷一般都很小，但出现在她家的这个要更小一些。帐篷中间凹下去一块，刚刚到她肩膀那么高。

门帘之间有光漏了出来。

“妈妈？爸爸？”苏西喊着，小心地向前迈了一步。帐篷里有什么东西动了一下，透过布料，她看到一个模糊的身影，

“是谁在里面？”

“没有谁！”一个沙哑的声音回答，苏西不认得这个声音，“这里什么人都没有，快回去睡觉。”

有一个陌生人在她家里！

爸爸妈妈去哪儿了？为什么这么大动静都没有把他们吵醒？她退了一步，准备转身逃走。她应该报警，或是去寻求帮助。

但是……

无论那人是谁，他为什么要躲在帐篷里？还有铁轨又怎么会出现在这里？她心烦意乱，搜寻着一个似乎并不存在的答案。

苏西小心翼翼地走到电话前，它就放在前门旁的小桌子上。苏西拿起了话筒。

“告诉我你是谁，不然我要报警了。”苏西努力让自己的声音保持平稳。

一时无人回应。过了一会儿，那个声音说：“我谁也不是。”

“你一定是什么人，你在和我说话。”苏西说。

那声音听上去显然有些恼火，咕哝道：“不，我不是。你在做梦，回到床上去。”

苏西下意识地朝帐篷走了几步，说道：“要是我在做梦，那我已经在床上了。”

帐篷里又传来一阵咕哝声，听上去比上次更加恼火。

“是吗？”苏西说着，又悄悄向帐篷靠近了一点儿。

“啊哈！你是在梦游。”那声音听起来对这说辞颇为满意。

“也许吧，”苏西说，“这的确很能说明问题。”

“没错，”那声音总结道，“就是梦游，你现在回去睡觉吧。”

苏西又向前走了一步，脚趾撞上了一个硬东西。

“哎哟！”苏西单腿跳了起来，低头看去，一把小锤子正躺在轨道中间的地板上。

“发生了什么？”那声音有点儿不耐烦，“怎么回事？”

“我刚刚确认了我没有在梦游，”苏西说着，弯腰揉了揉脚趾，“真疼。”

“你活该。”

苏西觉得那声音透出些害怕，这让她多了几分信心。她无意中向客厅的门瞥了一眼，门依然开着，爸爸妈妈正斜靠在沙发上，仍旧打着鼾。

“妈妈！爸爸！”她跑到客厅，想摇醒他们，但他们都没有醒。爸爸轻哼了一声，咧嘴一笑，还淌下了点口水。

“还有蛋糕吗？”他咕哝着，“再来一块就好。”

“快醒醒！”苏西大声喊着。

“你在白费口舌，”帐篷里的声音说，“他们早就睡死了。”

“你对他们做了什么？”她说着回到门厅，怒火中烧。

“我？我当然什么也没做。他们现在正开心呢，最好让他们做会儿梦。”

苏西扔下电话。“你给我出来！”她一边说，一边跺了跺脚。

那声音停了片刻，然后说：“不。”

“我不是在跟你商量，”苏西尽力模仿着妈妈的语气，她并不像自己听起来那样无所畏惧，但对方似乎并没有注意到这一点，“立刻给我出来！”

“服了你了。”那声音咕哝着。帐篷又动了几下，接着有什么东西从帆布门帘中间伸了出来。是个鼻子，一个苏西见过的最长、最奇怪的鼻子。那鼻子有她的小臂那么长，鹰钩状，两侧是一对巨大的鼻孔，里边长满了硬硬的灰色毛发。鼻子下面是一张宽嘴，跟癞蛤蟆的一样，嘲讽地笑着。鼻子上方的两只黄色小眼睛正眯起来看着她。这张奇怪的面孔长在一个圆圆秃秃的脑袋上，皮肤皱巴巴的，像老树皮那样黑。一对硕大的尖耳朵从脑袋两侧凸出来，里面冒出更多的灰色毛发。

“满意了？”那个生物说着从帐篷里走了出来，“我出来了，好好看看吧。为什么不呢？”

苏西意识到自己张大了嘴，赶紧闭上了。

这个说不好是什么的生物比苏西矮了差不多一头，矮胖的身体上穿着橘黄色的工作服，胸口的名牌上写着“弗莱彻”。

“你是什么……我是说，你是谁？在干什么？”苏西结结巴巴地说。

“我在赶工。”弗莱彻说着，用手肘将苏西挤到一边，一把抓起地上的锤子，“要是我没接完这条通道，他们会把我的耳朵做成拖鞋。别挡路。”他耷拉着脑袋经过苏西身边，在厨房门口弯下腰，拿锤子敲了敲那里的铁轨。

“是你把铁轨铺在这里的？”苏西跟在他后面问道。

“当然是我。”他不耐烦地说，“我会打破纪录的，瞧着吧。”他从工作服口袋里掏出一个音叉，轻轻弹了几下，然后将音叉柄支在轨道上。音叉发出一个尖锐的高音，弗莱彻点了点头，看上去十分满意：“想当年伙计们都还在的时候，我们五分钟就能完工。该死的裁员，这工作一年比一年难做了。”

苏西不太明白他的话：“这些轨道是做什么的？”

弗莱彻正要回答，但张开嘴后又顿了顿：“不关你的事。你看到的已经太多了，你本不应该出现在这里。”

“你说什么？”苏西又跺了跺脚，这次是真的生气了，“这里可是我家！”

“这就是为什么你应该赶快去睡觉，别来打扰我。”他说着站了起来，“我不知道先遣队怎么把你漏掉了，他们搞定了另外两个。”他朝客厅的方向挥了挥手，苏西的爸爸妈妈正在那里酣睡：“他们一般不出岔子的。”

“你在说什么？”苏西不解地问，“什么先遣队？”

但弗莱彻只是转了个身，走回帐篷。“如果我是你，我早就溜走了，回楼上去，假装什么也没看见。明天早上这一切就会消失。”苏西还没来得及回应，弗莱彻便低头钻进帐篷不见了。

苏西站在那里，愤怒最终压倒了疑惑。“听着，”她说，“你不能就这样半夜出现在我家对我指手画脚。我都不知道你是什么！爸爸妈妈怎么了？我命令你叫醒他们！”弗莱彻对此充耳不闻。苏西看见他的身影在帐篷里来回移动，还听到了翻找东西的声音。

她本想跟着他进帐篷，但转念一想，自己可不想被困在狭小的空间里，还是和一个……矮人？精灵？也许是个妖精？不管弗莱彻是什么，这也太荒谬了。这些东西不存在，也不可能存在。她很快就甩掉了这些想法。她唯一确定的是，弗莱彻是一个闯入者，这意味着他一定不怀好意。

想到这里，苏西的视线回到了铁轨上。她推开厨房门，想看看铁轨延伸到了哪里。让她有点儿惊讶的是，铁轨到门边就截止了，并没有进入厨房。

“让一让。”

弗莱彻从帐篷里出来，粗鲁地将她推到一边。他手里拿着一根黑色的小棒，大约有铅笔那么长，但比铅笔粗得多。他砰地将门关上，用小棒的末端轻敲门框。

“你现在在做什么？”她问道。

“专心干活儿。”他说着把耳朵贴在门框上，“这不是我最好的作品，但也只能这样了。”

苏西的耐心终于耗尽了，她俯下身，从他手里抢过小棒。

“喂！”弗莱彻大叫着，跳起来想把小棒夺回。

苏西把它高高举过头顶，使他无法够到。“除非你告诉我你是谁，在这里做什么，我才会把这个还给你。”苏西说。

“那不是玩具！”弗莱彻不停跳着，挥舞着手臂，“你偷东西！是小偷！”

“你不请自来！”苏西也毫不示弱，踮起了脚。

“这不公平！”弗莱彻抱怨道，最终上气不接下气地停了下来，“这是身高歧视。”

“这再公平不过了，”苏西努力保持镇静，“只要你告诉我，你就能把它拿回去。我发誓。”

弗莱彻闭上一只眼睛，用另一只眼睛眼角的余光瞧着她：“真的吗？”

“真的。但如果你不合作，那咱们谁也别想离开这里。”

弗莱彻叹了口气，投降般垂下肩膀：“好吧，你赢了。但我希望你明白这样做会给我带来多少麻烦。”

“你已经惹上麻烦了，”苏西说，“你惹了我。”

他愤愤不平地看了她一眼，一只脚在地毯上来回蹭着。“我是一个工程师，”他咕哝道，“负责维护这些线路，并且在需要的时候建造新的线路。”

“什么线路？”

“还能是什么线路？”他指了指地上的铁轨，“就是这些，铁路线。”

苏西眨了眨眼：“但最近的铁路也在几千米之外。更何况这是一座房子，你不能把铁轨铺在房子里。”

“嗯，通常情况下是这样。”弗莱彻说。从没有人用这种语气和苏西说过话，这让她感觉自己有些傻气，皮肤也因尴尬而有些刺痒。“但我们遇到了一点儿麻烦，你看，特快专列在西沼泽地的新边境管制处延误了，所以列车要在下次送货前抢出点时间。走往常的路线太耽误工夫了，这是一条捷径。”弗莱彻拍了拍他那硕大无朋的鼻子，“当然，严格来说，这并不是正式路线。实际上按规定我们是不能踏足这片区域的，但我们还是来了，就待一晚上。差不多就是这样。”

弗莱彻讲的大部分内容苏西都没听明白，这让她更沮丧了，于是她抓住自己理解的信息，气冲冲地说道：“铁轨是不可能就这样出现，又在一夜之间消失的。”

“有我在，它们就可以，”弗莱彻得意地笑着说，“在这一行，我的速度可是最快的。不过到了这个年纪，我开始有点儿力不从心了。”

“为什么？你多大了？”

弗莱彻挺了挺胸，自豪地说：“一千零十岁，还有两个世纪才退休。”

“别开玩笑了，”苏西说，“没人能活那么久。”

“是吗？那你今年多大了？”

“十一岁。”苏西说。

“哈！”弗莱彻爆发出一声大笑，站都站不稳了，“所以我猜你肯定什么事都知道喽？”

苏西感到一阵尴尬，紧接着是愤怒。她非常生气，仿佛能听见血液在耳朵里呜呜作响。也许她的情绪写在了脸上，弗莱彻大睁着眼睛开始后退，想进入帐篷里的安全地带。

“别走！”苏西大喊。但他没理会苏西，把手伸进工作服口袋里，掏出一块老式怀表，然后打开了它。

“哎呀，时间都去哪儿了？他们来了！”

就在这时，苏西感觉到了脚下的颤动，并且意识到她刚刚听见的呜呜声根本不是从她的耳朵里发出的，而是来自铁轨。

一阵冷风从门厅方向袭来，苏西还以为前门开了。然而，她转过身后发现，前门不见了，取而代之的是一座旧石砖砌成的拱门；门外原本的街道、房子和整洁的小花园全都消失了，取代它们的是深不见底的黑暗。就在这时，一道令人目眩的光芒刺穿黑暗向她冲了过来。汽笛的尖啸声充斥了门厅，金属相撞发出哐当声，一列火车眼看就要轧上苏西，她赶紧向后仰去。

奇境邮政特快专列

在摔倒之前，苏西看见的最后一样东西是一列火车，带着一大堆飞速旋转的车轮、连杆和活塞，从隧道口疾驰而出。苏西紧紧闭上眼睛，刹那间，整个世界陷入黑暗，耳边充斥着噪声。火车上的热蒸汽猛地掠过她的脸颊，金属因碰撞发出尖厉的声响，汽笛呼啸着。她咬紧牙关，用手捂住了耳朵。

刹车的尖啸声达到了最高点，又突然消失了。最后，一股蒸汽喷了出来，像是松了一口气，一切又都安静下来。

苏西试探地睁开一只眼睛。

她摔倒在弗莱彻的帐篷边，脚距离轨道只有几厘米远。一双粗糙的手抓住了她的肩膀，她抬起头，看见弗莱彻站在身旁，他拽着她，让她坐起来，她震惊得无力拒绝。

“你在想什么？”他愤怒地跳着脚说，“你差点儿就出了事故！”

“出了什么？”苏西问道，她的耳朵里仍然在鸣响。

“轨道事故！所有事故里最糟糕的一种。”

苏西茫然地看着他，不知道该说什么。他的语气让苏西感到抱歉，但她不确定弗莱彻是否值得她道歉。事实上，他不也欠她一个道歉吗？就在她整理好思绪，准备这么说的时候，头顶上传来一个陌生的声音。

“弗莱彻？老伙计是你吗？这里到底发生了什么？”

他们俩抬起头，看向声音传来的地方。苏西差点儿因为惊讶而再次摔倒。她上方高耸着一辆巨大的老式蒸汽火车，正震动着发出嘶嘶的声响，烟囱里吐出黄色蒸汽。它比苏西见过的任何火车都要大，至少它的一些部分是这样。这辆车看上去像是一辆大火车撞上了几辆小火车，还捎带上几座房子，各种零部件似乎都混成了一团。烟囱太宽，几个车轮大小不一，锅炉圆柱形的炉腹前边太胖，后边又太窄。驾驶室看上去就像一座精致的小红砖房，有着用瓦铺成的屋顶，窗台上放着花箱，还有一扇亮红色的门，门在靠近锅炉的那侧敞开着。

声音就是从那里传来的。一个身量不高的家伙匆匆忙忙从驾驶室出来，上了一条狭窄的舷梯，这条舷梯架在列车侧面、车轮上方一米左右的地方。那家伙手里拿着一个提灯，直直地照向弗莱彻，就像聚光灯一样：“弗莱彻？我们刚刚没出事故吧？”

苏西想看清他的脸，但他的面孔隐在提灯耀眼的光芒后，只是一团黑影。

“比那还糟呢，斯通克，”弗莱彻说，“你看。”他用大拇指指向苏西的方向，那束光转过来照到了她身上。

“天哪，一个当地人！还是醒着的！”

“看来先遣队把事情搞砸了，”弗莱彻说，“今天晚上是谁值班？”

“没人值班，老伙计，”斯通克说，“你没看备忘录吗？他们都是远程操作的。”

“呸，”弗莱彻啐了一口，“难怪。我一直跟他们说什么来着？远程咒固然好，但如果想把工作做好，就得有人在现场。我是说，这就是个催眠咒而已，一个普通的牙仙都能完成。”

“没错，老伙计，你说得没错，”斯通克说，但很明显他已经分心了，“但这家伙已经在这儿了，你觉得应该怎么处理？我们已经晚点了。”

弗莱彻挠了挠头，上下打量着苏西：“我觉得我得联系总部，看看他们能不能派个人过来重置她的记忆。”

“你敢！”苏西说着向后跳了一步，“你不可以对我的记忆胡来，它不属于你。”

“这可能是最好的办法，”看不清模样的斯通克告诉她，“我们原本不应该在这里，明白吗？这已经在我们的辖区外了，我们不能让你把这一切说出去。不过话说回来，总部要派人来也得花点时间。弗莱彻，你不能给这家伙施咒吗？”

弗莱彻从牙缝中倒吸了口气，说道：“我不知道，斯通克。记忆很难搞定，就像解开蜘蛛网一样，没准儿哪一部分和什么就连接在了一起。或许我可以施个混乱咒。”

“不，你不可以！”苏西说着朝后退去，“我现在已经够混乱了。”她眯起眼睛，看向光圈后面的斯通克，“我也不是什么‘这家伙’，我是个女孩！”

“是指这个物种的雌性，对吗？”斯通克说，“抱歉，我不太熟悉这些区域的族群情况。你有名字吗？”

“我叫苏西，苏西·史密斯。拜托，我想知道你们是谁，以及你们在这里做什么。”

“我们好像确实不够礼貌。”斯通克握紧提灯，灯光晃了几下，接着完全熄灭了。苏西眨了好几下眼睛才消除了灯光留下的红绿色残影，这时她看清了说话的人。

他是弗莱彻的同类，不过他的皮肤是燧石灰色的，上面没那么多坑洼和皱纹。他穿着一套利落的蓝色制服，一件直到脚踝的外套，还戴着一顶有银色绲边的大檐帽。他的目光越过自己巨大的鼻子和一撮同样引人注目的花白胡子，向下停到苏西身上。他的胡子像獾的皮毛一样浓密而有光泽，几乎垂到了膝盖，胡子尖向上卷成一个螺旋，硬邦邦的。说话时，他的蓝眼睛不停闪烁着。

“我叫 J. F. 斯通克，”他说，“奇境邮政特快专列的司机。这是目前运行得最好的一列矮人火车。”他伸出手，轻轻拍了拍火车的锅炉。

“你们是矮人？”苏西问，“这怎么可能呢？”

“我们本来没想停车的，但你刚刚踏上了轨道，”斯通克跳过了她的问题，“你真走运，刹车刚刚修好。”

“但这不是我的错，”苏西感到脸颊越来越热，“铁轨就不该出现在这里。这一切都不该出现，包括你们！”她越来越觉得这真是太过分了。

“别担心，”斯通克说，“我们马上就要出发了，弗莱彻会让这些铁轨消失的，一切会立刻恢复到正常比例，你不会看出有什么区别。”

“正常比例？”苏西终于发现了她一直忽略的问题：这么大的蒸汽火车怎么可能开进她家？她抬起头，视线越过火车，看到头顶的天花板高得不可思议，紫色灯罩看上去像一个遥远的热气球，整个门厅已经变得像教堂那样阔大。

“怎么回事？”苏西眼睛睁得大大的，“你们做了什么？”

“这可不是我的专长，”斯通克说，“弗莱彻是个技术天才。”

弗莱彻吸了吸鼻子说：“我尽力而为吧。”

苏西几乎没听到他们的话。她在房间里跑来跑去，想看清一切。客厅的门现在像悬崖一样高，她不得不踮起脚才能够到踢脚线的顶部。厨房门已经完全消失了，取而代之的是另一座巨大的石拱门。现在铁轨并没有在门前截止，而是延伸至门后无尽的黑暗中。“你把我们变小了！”苏西尖叫道，声音在空旷的空间里回响。

“并没有，”弗莱彻说着，下巴朝一侧扬了扬，把头发拨到耳后，“我只是让门厅变大了一点儿，仅此而已。”

“你的意思是你让一切都变大了？”苏西吓了一跳，目瞪口呆地看着他，“但那样更糟！这座房子现在有多大？它肯定把半条街都占满了。”

“你以为我是什么不靠谱的家伙吗？”弗莱彻说，“我没有把外边变大，也没有碰其他的房间，没事折腾那些干什么？”

“等等，”苏西试图理解他的话，“你的意思是尽管你已经把门厅变得比房子还大了，但房子还是原来的大小？”

“没错，”弗莱彻咧嘴笑了笑，对这个话题来了兴致，“这是非常基础的工作，真的。基础的元维度工程，一点儿魔法，再加上一些双面胶，任务就完成了。”

苏西再次看向客厅门口，爸爸妈妈依然在那里沉睡，他们还是原来的大小，但当她细看那扇门时，它似乎在闪烁和伸展。她很快意识到自己同时看到了两种尺寸的门，这让她感到眩晕，不得不把视线移开。“不，”她边说边摇头，“很抱歉，但这根本不可能。”

“是吗？”弗莱彻故作惊讶地说道。

“你不可能把一样东西的里面变得比外面大。”

“我当然可以，这只是简单的糊理。”

苏西皱起了眉：“你是说‘物理’？”

“不，”弗莱彻说，“就是糊理，它很像物理，只是更加模糊。”

“物理不可能是模糊的，”苏西愤怒地说，她觉得心中珍贵的东西正被人当作笑话一样对待，“不是对的就是错的，你不能打破规则。”

“这就是为什么糊理略胜一筹，”弗莱彻说，“这可比照搬书本容易多了。”他露出一个令人恼火的笑容。正当苏西吸了口气，准备据理力争时，斯通克清了清嗓子。

“你们说得都很对，”他一边说，一边把胡子尖缠在手指上，“但恐怕我们真的得离开了。我们已经晚了，我想现在就出发，免得……”

“斯通克先生！斯通克先生！”声音从车厢的方向传来。

“太晚了，”斯通克叹了口气，捏了捏他那大鼻子的鼻梁，“他来了。”

火车头后边拉着一辆煤水车，它就像一只装着轮子的长方形的大废料箱。苏西想里面一定装满了煤，或者是别的火车燃料。煤水车后边有两节车厢，第一节巨大又笨重，是圆柱形的，像一辆油罐车，不同的是这节车厢侧面有一排小舷窗，顶上还伸出一串管道和烟囱。车厢侧边有“H. E. C.”三个白色花体印刷字母。最后的车厢小一些，看上去像一辆古董货车，木板上的红漆已经有些脱落了。

第三个矮人就来自这最后一节车厢，他正匆匆朝他们走来，使劲儿挥着手。他看上去跟斯通克和弗莱彻很不一样，手臂很长，朝奇怪的方向打着弯，而且仿佛没有双腿，一双大脚直接连着躯干。他绊了一跤，脸朝地摔倒，苏西这才意识到为什么他看上去如此奇怪——他穿着一件大了好几码的制服。

“你们谁都不去帮帮他吗？”苏西问道。新来的矮人在缠作一团的袖子和外衣后摆中挣扎着，努力想要站起来。

“我想我们应该帮帮他，”斯通克在舷梯上说，“弗莱彻，做件好事，去帮局长站起来，好吗？”

“这可不在我的工作范围内，”弗莱彻咕哝道，“你干吗不去帮他？”

“因为我在上边呢，”斯通克说，“而且上次就是我帮的他。”

苏西摇了摇头，快步走到那团正在不停扭动的衣服旁边。她很难判断矮人的身体部位，所以径直伸手将他拽了起来，脚朝地放了下去——她希望朝下的是脚。他的制服是红色的，和斯通克蓝色的制服不太一样，看上去更老旧，也更华丽。他胸前挂着一块失去光泽的金色勋章，一边肩膀上还绣着一个老式号角，不过已经磨损得很厉害了。

那团衣服摇晃了几下，先是一个巨大的鼻子，继而是一张长着大眼睛的小脸从衣领上方探了出来。这个矮人的皮肤是浅苔藓绿色的，几乎没有什么皱纹。苏西觉得他应该年轻得多。

“谢谢你，”矮人说道，“哦！不！这是人类！”

他吓得跳起来，脚刚一着地便像子弹一样弹出，他绕着苏西来了个急转弯，朝弗莱彻和斯通克跑去。但他再一次被衣摆绊倒，摔了个大马趴。

“没事的，局长，”斯通克喊道，“我们觉得她没有恶意。”

摔倒的矮人回了句什么，但他的话被几层衣服闷住了，完全听不清。弗莱彻和斯通克都没有上前帮他，苏西叹了口气，又走过去帮他站起来。那矮人抖了抖肩膀，把制服从脸上甩下来，怀疑地看了她一眼，说道：“斯通克先生，你确定吗？

她看上去像要咬人似的。”

“我保证不会那样做。”苏西说。

“那她得先咬穿那件制服才行，威尔莫特，”弗莱彻说，“你知道制服有小号的吧？”

威尔莫特哼了一声，扬起鼻子说：“我早就告诉过你，弗莱彻，这曾是我父亲的制服，再之前是我祖父的。它可是我宝贵的财产。”

“这财产的主人腿得再长长一点儿才行，孩子。”弗莱彻说着露出一个狡黠的微笑。

威尔莫特气得张大了鼻孔。

“您到底想要什么，局长？”斯通克说，“您也看到了，我们现在有点儿忙。”

“我来看看是什么导致了延误，”威尔莫特说，“下一位客户正等着我们呢。”

“我明白。”斯通克说。

“我又不能把包裹往她门口一扔就走，”威尔莫特在制服里晃来晃去，不安地将身体重心从一只脚换到另一只脚，“得被签收才行！要是迟到了，我可不想当那个按她门铃的人。”

“我们会尽快赶到的，”斯通克说，“我只是在等——啊！来了。”

这时，从驾驶室里又冒出一个身影，缓缓走上了舷梯。苏西很快就发现这家伙和另外几个矮人不太一样，身形比她还大，大步前进时四肢着地。那家伙穿着褪色的蓝制服，布料覆盖之外的地方都是亮黄色的皮毛，在斯通克身边停下，用两条后腿站了起来。苏西这才看清眼前的生物是什么。

“这是一头熊吗？”苏西大喊，引得对方朝她投来好奇的一瞥。

“准确地说，是一头棕熊，”斯通克说，“她是乌瑟尔。我承认，在矮人的列车上出现一头熊的确有点儿奇怪，不过她在入职考试的所有项目中都拿了最高分呢。乌瑟尔负责给锅炉添加燃料，让列车保持运行。”

乌瑟尔向苏西露出了恐怖的白色獠牙，苏西不确定这是在打招呼还是在威胁自己。她努力保持镇静。

“乌瑟尔，我们的情况如何？”斯通克问道。

“嗷呜。”乌瑟尔低沉地咆哮了一声，苏西感到自己的骨头仿佛都在颤抖。

“很好。到阀门边守着吧，准备加速。我想快点离开这里，免得再出什么岔子。”

“嗷呜。”乌瑟尔看了一眼下面的几个人，然后转身大步向驾驶室走去。

苏西的疑惑冒到了嗓子眼儿，没忍住开了口：“如果这家伙是一头棕熊，为什么它是亮黄色的？”

世界仿佛静止了。

斯通克和威尔莫特注视着她，看上去有些窘迫，就连列车的喷气声和哐当声似乎也减弱了。弗莱彻往后退了几步。之后所有人都将目光投向乌瑟尔。

苏西捂住嘴，好像这样就能把这个问题塞回去似的。从大家的反应来看，她明白自己说错了话。所有这一切——矮人、棕熊、列车，都让她很混乱。尽管她永远也不会承认，但她总是暗暗自豪于自己对世界基本构成的理解能力。可现在，世界好像在她脚下倾斜摇摆，叫嚣着要抛弃她。她只想重新弄懂这一切。

乌瑟尔转过身，朝他们走了回来，乌黑的眼珠盯着苏西不放。苏西害怕极了，僵在了原地。她想：这家伙要吃掉我，我就要被一头熊吃掉，就在我自己的家里。但最让她感到伤心的念头是她再也没法儿知道这一切是怎么回事了。

乌瑟尔立起后腿，倚向栏杆，口水从巨大的獠牙上垂下来，嘴里咕哝着："嗷呜，嗷嗷嗷呜。"

苏西站在原地，不敢将目光从那些獠牙上移开。"这家伙说了什么？"她问道，恳求地望着斯通克。

斯通克会意一笑，目光闪烁起来："她说，她不是什么'这家伙'，而是位女士，多谢你了！而且她碰巧就喜欢亮黄色的皮毛，这不关你的事。"

苏西再次看向乌瑟尔，有些震惊，但又松了口气："你是说你是个女孩？"

话音刚落，乌瑟尔又咆哮起来，所有人都吓了一跳。

"怎么了？"苏西震惊地颤抖着，"这次我又做错了什么？"

"大家总爱犯这种错，"斯通克说着，揉了揉他嗡嗡作响的耳朵，"她更喜欢'女士'这个词。因为她现在是个能承担责任的成年人了，税都要自己缴呢。”

乌瑟尔松了松肩膀，坚定地点了点头，然后转身返回驾驶室。苏西不知道熊会不会使眼色，但她确定乌瑟尔在离开的时候对自己眨了眨眼。

几秒钟之后，蒸汽在车轮之间发出了嘶嘶声，锅炉也咔嗒作响，整列火车猛地启动，随即又急停下来。威尔莫特转身往后边的车厢冲去，衣摆在身后拍打着地面。

“很抱歉我没时间说客套话了，”斯通克大声说，“我要把你交给弗莱彻这个能手了。”

弗莱彻咕哝了一句。

“但我还是不明白这一切是怎么回事，”苏西抗议道，“这一切都是怎么发生的？你们要去哪里？”

斯通克伸直了背，挺起胸，脸上露出一点儿笑容。“小姑娘，我们来自矮人城，去往奇境的五个角落。包裹不嫌大，卡片不嫌小。风吹雨打太阳大，流星雨来也不怕，奇境邮政特快专列为您服务。”他摘下帽子，夸张地鞠了一躬。就在这时，列车又往前冲了几步，车厢在后边咔嗒作响。“再见了，”他一边喊着，一边靠在扶手上站稳，“别担心，弗莱彻的技术真的非常娴熟。”斯通克转过身，沿着舷梯快速回到驾驶室，重重地关上了门。一秒钟之后，伴随着巨大的哐啷声，刹车松开，火车缓缓向前驶去。

“好了，咱们继续吧。”弗莱彻按了按指关节。他将手伸进工具腰包，又停了下来，自言自语道：“哪儿去了？”

苏西不明白他说的是什么，但当列车在身边发动的时候，她本能地开始往后退。

“我离了它就没法儿干活儿了。”弗莱彻说。他拍了拍口袋，疑惑地四处张望。接着，他抬起头盯着苏西。“是你！”他喊道，“你把它从我这里拿走了！”

弗莱彻逼近时，苏西向后撤了几步，说道：“什么东西？”

“你说了要还给我的，在哪里？”

苏西还没来得及回答，就踩到了一个又硬又短的东西，她失去平衡，那东西从脚下滚了出来。她在后背着地前体会到了瞬间的失重感。

苏西坐了起来，一边用手揉着脑袋，一边低头看自己踩到了什么。那是弗莱彻的小金属棒，她一定是刚才躲避列车的时候把它掉出来了。

与此同时，弗莱彻也看到了它，扑过去想要拿回来。他的速度非常快，但苏西更快，她迅速捡起金属棒，又向后退去。

“还给我！”他吼道。

“不！”苏西说，“我不知道它是什么，但你要用它在我身上施混乱咒，你刚刚说的。”

弗莱彻慢慢向她靠近，高举着双手，仿佛正被苏西拿枪指着似的：“我知道怎么正确使用它，你不行。”

“我不想使用它，”苏西说，“我也不想让你用。”

此时，火车头正穿过拱门，被黑暗吞没。它继续加速，烟囱喷着气，车轮哐当作响，蒸汽涌出的嘶嘶声在黑暗中回荡。

苏西突然心中一紧，害怕有什么非常重要的东西正在她眼前悄悄溜走。

“真的有奇境的五个角落吗？”她问。

弗莱彻惊讶地停了下来：“当然。在学校难道没人教你什么有用的知识吗？”煤水车穿过隧道口，消失不见了。“现在把不属于你的东西还回来。”他又向苏西走去。

苏西开始奔跑，这时她才意识到自己已下定决心。她并没有逃开弗莱彻，反而向着他跑去。弗莱彻张开双臂想要抓住她，脸上现出诧异的表情。但苏西跑得太快了，一下冲过弗莱彻身边，她听见他惊讶地叫了一声，感觉到他试图抓住自己时堪堪碰到睡袍的拉力。

现在，苏西和列车并排跑着，但列车仍在加速，渐渐超过了她。她心中的紧张感越发强烈，但头脑也更加清晰。整个世界变得一团糟，都是因为这辆列车和车上的一切。要是她想再次理解这个世界，可不能让这辆车就这么丢下她开走。如果任其开走，他们会让她把这些忘得一干二净，她将在无知中无忧无虑地度过余生，再也不会有机会了解这一切，这种想法让她感到害怕。她低下头继续跑了起来，心也跳到了嗓子眼儿。

印着 H. E. C. 的奇怪的圆柱形油罐车已经进入了隧道口，只剩下后边那节红色车厢还在外面，近得触手可及，但隧道口也已近在眼前。苏西不知道如果跑进去会有什么后果，她也不想知道。

“快停下！”弗莱彻怒吼着。

红色车厢经过苏西身边，前轮已经在隧道口消失。威尔莫特刚刚进入的车门正快速掠过。这是最后的机会。苏西猛地加速，突然转向车厢，纵身一跳。

她抓住车厢门把手时，四周陷入了一片黑暗。门厅里低沉的回声被隧道里的噪声淹没，冷风拉扯着她的头发和衣服，苏西尽力在车厢门口狭窄的金属台阶上站稳。她回头看去，只见隧道口在远处不断缩小，把弗莱彻矮小的身影框在中间，他站在门厅，愤怒地挥舞着拳头。

跨维度邮局

苏西紧紧贴着车厢门。列车仍在加速，风的拉扯越来越猛烈。要是她在这里待太长时间,风会轻而易举地把她拽下车，抛进黑暗里。

苏西第一次意识到自己的举动有多鲁莽和失策，感到一阵害怕。她正贴在一辆列车的外面——一辆魔法列车，如果这种东西真的存在的话，它正猛冲过一条本不该存在的隧道，去往未知的地方。就连爸爸妈妈也没有办法帮助她，她只有自己一个人，而且已经陷入险境。

她发现自己手上还拿着弗莱彻的小金属棒，为妥善保管，她把它塞进了睡袍的口袋里。苏西本想在跳上车的时候扔给他，但当时没时间了。

现在也不是愧疚的时候了。在确保自己牢牢抓住了门把手后，她抬起另一只手，尽可能用力地敲了敲门。

没人回应。

门上有一个小窗户，不过窗户里侧是合上的百叶窗，苏西看不见里面的情况。她又用力敲了敲门，手指敲得生疼。“有人吗？”她大喊道，“有没有人？威尔莫特？拜托！”

没有人回答，苏西的脑袋瓜儿也开始嘲弄她，让她产生一个可怕的想法：要是火车声音太大，威尔莫特听不见她的喊声怎么办？她会被困在这里，独自一人，直到——

门猛地开了，把她带得向后倒去。她试图再次抓住门把手，但手指打滑了。出现在她面前的正是威尔莫特，从衣领和帽子之间的小缝隙可以看到他睁大的双眼。苏西绝望地挥舞着手臂。

“是你！”他惊叫道。

“救命！”苏西开始向后翻倒，她大声尖叫起来。

威尔莫特冲上前，一把抓住了她睡袍的腰带，想阻止她继续后倾。“我抓住你了！”但接着，他又睁大了眼睛，因为苏西后坠的力量开始将他拖向门外。

“拉呀！”苏西喊道。

“我拉着呢！”他用一只脚撑住地板，另一只脚抵在门框内侧，身体往后仰，几乎与地面平行了，努力阻止两个人都掉下去。“救命！”他大喊道。

苏西和威尔莫特就像是在进行一场拔河比赛，睡袍的腰带被拉直了，苏西伸手抓住了它，双手交替攀上去，终于再次站了起来。就在这时，因为失去了相反的拉力，威尔莫特砰的一声倒在地上，把苏西猛地拉进了门。苏西被他绊了一下，摔了个大马趴。

两个人在地上躺了一会儿，大口喘着粗气。

“谢谢你，”苏西说道，“我觉得你刚刚救了我的命。”

“真的吗？”威尔莫特不好意思地笑了一下，“嗯，很高兴能够帮上忙，而且我——”他突然停住，脸一下子白了。“我在说什么？”他一下子跳了起来，“这是违规的！你不该到这儿来。”威尔莫特一边慌张地摆着手，一边原地兜着圈子：“我得把斯通克叫来，还得联系总部。”

“请不要这样，”苏西站了起来，说道，“我不想让他们把我送回去。”

“但你必须回去！你违规了！只有获得许可的人才能进入列车！而你没有获得许可！”

“我不会惹麻烦的，”苏西说，“我只是想看看火车要去哪里，以及摆脱弗莱彻。”像是要强调自己的决心似的，苏西拉上了门，隧道里风的呼啸声顿时变小了。

威尔莫特停了下来。“哦，我非常能理解。我一直觉得弗莱彻挺难相处的，他一点儿也不尊重我在这里的工作。”他张开手臂，仿佛在拥抱整个车厢。

苏西四处看了看。这个地方有些拥挤，但十分舒适。箱子、成捆的信件，还有许多其他奇形怪状的包裹从地板堆到了车厢顶，大部分包裹用牛皮纸包着，捆着绳子。屋子中间挤着一张小木桌，桌上放着一盏灯，散发出温暖又令人安心的光芒。

这儿有如井井有条的商业街区，没有一丁点儿空间被浪费。

“这里看上去像一个小邮局。”她说。

“一点儿不错，”威尔莫特快活地说。苏西猜他喜欢谈论自己的工作。“我们接收邮件，给它们分类，再送往奇境各地。包裹不嫌大，卡片不嫌小。风吹雨打太阳大——”

“流星雨来也不怕，”苏西插嘴说，“我知道，斯通克告诉我了。不过奇境是什么地方？”

这个问题似乎让威尔莫特感到很惊讶。“你的意思是你不知道？”他皱起了眉，看上去像在组织答案。苏西猜他大概从没想过自己有一天需要解释这么显而易见的事，所以正努力思考该怎么回答，这让苏西感到自己有些愚蠢。

“那是我的家，”威尔莫特说着耸了耸肩，“奇境联邦，有时简称为联邦。那儿是世界上最不可思议的地方。”

“好吧，但那到底是什么呢？”苏西问，“是不同的国家，还是不同的星球？”

“事实上，那儿什么都有，”他说，“有城市，有王国，有不同的世界和维度，还有一些大家没能统一名字的空间。形态、大小、类型各异的地方那里都有。”

苏西眨了眨眼。她的大脑正忙着处理这个庞大的概念，以至于找不出十分恰当的回应：“这听起来非常有趣。”

“有趣？”威尔莫特抬了抬帽子，若有所思地挠了挠头，“是的，的确非常有趣。我也十分幸运，因为这份工作可以让我看到很多地方，尽管不能停留太久，我通常都太忙了。”

苏西环顾四周，第一次意识到这节分拣车厢里缺了点什么：“所有这些都是你一个人做吗？没有人帮你？”

“在理想的情况下，我会有一个分拣邮件的团队，还有一群负责送件的邮递员，”威尔莫特说，“我爷爷曾经掌管十几辆这样的分拣车，还有一百名员工。我爸爸手底下也有五十个人。当然，那时候情况和现在很不一样，但我已经尽力了。”

苏西再次抬头看了看高高堆起的信件和包裹，说道：“但这也太多了。”

“没错，我想是有点儿多，”他局促地笑了笑，像是刚刚才意识到这件事，不过他很快又振奋起来，“但没有什么是努力工作解决不了的。联邦一直以来都依靠着奇境邮政服务和它的特快专列，它仍旧像建立之初那样值得信赖。”

列车颠簸了一下，威尔莫特摔倒在一边。苏西再次帮他站了起来。

“到隧道的尽头了，”他说着，又开始焦虑起来，“我们快到了。”

“快到哪儿了？”苏西冲到了门上的小窗户旁，拉开百叶窗。

外边的大地看上去毫无特点：一片冰冷的荒漠延伸至地平线，只有间或伫立着的几株枯木打破这片死寂。但天空……苏西惊奇地凝视着，她从没见过这么多星星，就连在天文书上都没见过——那些书还是她坚持要求图书馆去采购的，这样她就能借阅了。星星像烟花一样跳动闪烁着，在一片巨大的霓虹色星云中散发出黄色、紫色和绿色的光芒。无论这是什么天空，都跟她从前见过的完全不同。

“太美了！”苏西惊叹道，“我们在哪儿？”威尔莫特没有回答。苏西将目光从窗户上移开，看见他正绕着桌子打转，一只手上紧抓着一个四四方方的小包裹，另一只手上拿着一块老式怀表。

“她要么会把我变成石头，”威尔莫特担忧地说，“要么会投诉我，或者两件事都做！”

“谁会那样做？”苏西问道。

威尔莫特跳了起来，好像刚刚忘了苏西的存在。“这可是优先派送的包裹，”他把包裹举到她面前，“我们得确保在五个小时之内送货上门。”

苏西看了一眼包裹上的地址，上边只写着：

暗影夫人

黑岩塔

暗影荒原

下边用红墨水写着：

易碎品

“暗影夫人是谁？”苏西问。

“已经过去五个半小时了！”威尔莫特说着，又走起了圈，“我们迟到半小时了！”

苏西不明白他为什么对一个小小的包裹这么上心，连窗外的宇宙奇观都顾不上，不过她知道现在提这个不是时候，于是说道："好吧，那位夫人可能会有点儿生气，但你跟她解释清楚迟到的原因，她肯定会理解的。"

"解释？"威尔莫特说，"暗影夫人才不会听别人解释。她是整个联邦最强大的女巫，是掌权者之一。一切都要听她解释！"他的脸色一下子又白了："哦，我该怎么办？我不能这样去见她，她会把我骂到下个星期二的。"

"她不会真那么糟糕吧？"苏西问道。

"何止，她简直可怕至极。"

看着威尔莫特矮小的身体在宽大的制服里瑟瑟发抖，苏西产生了两个想法。一是她觉得自己有点儿对不起威尔莫特。她推断他肯定在这狭窄的车厢里待了很久，一个人做着一百个矮人的工作。列车晚点害得他这么担心，苏西觉得自己至少负有部分责任，虽然这并不完全是她的错。

而第二个想法让她的大脑一下子明晰起来，就像外面奇异的星群一样。

"你愿意让我去送这个包裹吗？"苏西问道。

威尔莫特一下子抬起了头："你说什么？"

"我是说，你不必去按门铃然后挨她的骂，我可以替你做这件事。"

"但你不行！"他说，"只有我才可以运送包裹。"

"可是你爸爸和爷爷都有自己的手下，"她说，"而且你也说了你想有自己的团队。”

威尔莫特抬了抬帽子，理了理他浓密的深棕色头发。他看上去有些疑惑，又有点儿激动。“但那不一样，”他说，“他们都是专门负责邮政工作的矮人，接受了好几年的训练呢。”

“要是我只是按门铃，给她包裹，再让她签字呢？”

威尔莫特的脸色亮了起来：“那样没问题！”

苏西微笑着伸出手准备接包裹。威尔莫特正要递过去时，她又收回了手，说：“但我有一个条件。”

“什么条件？”

“要是我帮了你，你不许联系总部、斯通克，或者其他人。我想再搭会儿便车，参观一下你们的奇境，然后你得在爸爸妈妈想我之前把我送回家。而且，过后我必须能记得这一切，别让弗莱彻给我做什么脑部手术。成交吗？”

威尔莫特舔了舔嘴唇，手上不停翻转着那个包裹：“我不确定，这太不寻常了。”

苏西什么也没说，只是伸出手，准备接住包裹。她竭力保持镇静，但心里跟威尔莫特一样紧张。她将一切都赌在了威尔莫特的决定上。

邮政局长犹豫起来，将包裹紧紧贴在胸前，一会儿看着苏西，一会儿看向桌子上的老式转盘电话。他张了张鼻孔，咬着自己的下唇。

“我觉得你需要一件制服。”威尔莫特最终开口说道。

“很好。”苏西微笑着说。

高塔上的相遇

列车的尖啸像利刃一样割开了黑夜的空气。苏西想知道这声音在空旷的沙漠中能传多远，又有谁会听见。

威尔莫特消失在车厢后部的橱柜里，于是苏西再次来到窗户边，往外看去。沙漠正从她身边疾驰而过，一片模糊。她本来以为接近目的地时他们的速度会慢下来，但实际上却似乎越来越快了，这根本不合常理。

不过，这列车本来就没有什么合常理的地方，苏西提醒自己。

苏西听见威尔莫特在橱柜里发出咔嗒咔嗒的声音，她正要转身离开窗边，忽然瞥见沙漠里有什么东西飞快地从眼前一闪而过。她没看清那是什么，不过看上去不是树，因为太小了，颜色也太灰了。

苏西把两只手圈起来放在眼前，朝外面望去。有那么一会儿，什么也没出现。接着，在离火车很近的地方，另一个灰色的东西闪了过去。然后在远一点儿的沙漠里又是一个，随后又出现了第三个、第四个。很快，苏西便发现它们到处都是。

她认出那些都是雕像。成百上千个人形雕像仿佛在奔跑，抬腿，伸展手臂。有些排成一排，有些像是骑在马上。虽然列车的速度太快，苏西无法看清，但这些雕像看上去都有铠甲和头盔，还佩了剑，而且它们都面朝同一个方向。

列车沿着轨道在沙丘间穿梭，苏西歪着脑袋顺着火车的曲线看去，眼前的景象让她倒吸了一口气。

沙漠间耸立着一座巨塔，宽阔的城垛如王冠般支撑着天空。它比四周的夜空还要暗些，没有任何斑斓的星光映于其上，相反，这些光芒好像落入塔中就彻底熄灭了。巨塔仿佛是这个世界上的一个黑洞。苏西无法自控地颤抖着。

随着列车驶近，雕像也越来越多。它们成群结队地聚集在塔底，手里举着武器。骑在马上的雕像也增多了，还有一些似乎是骑在犀牛上。

犀牛？

不过苏西没时间去想这个了，因为巨塔已越来越近，底部宽度堪比足球场，而列车丝毫没有减速的迹象。前方并没有隧道口，只有一堵宽阔的黑墙。

他们要撞上了——这一事实如此真切地出现在苏西的脑海里，她却觉得有点儿可笑。眼看快要撞上的时候，苏西一下子摔倒在地，整列火车猛烈地颠簸起来，架子上的信像雨点般落在她身上，灯也从威尔莫特的桌子上飞落下来。她闭上双眼，等待着木桌散架。

“不出所料，我现在又得重新收拾了。”

苏西睁开眼睛，发现威尔莫特正站在自己身边，他双手叉腰，紧皱着眉，看向地上的一片狼藉。苏西站起身，四处环顾，只见车厢完好无损，列车依然摇摇摆摆地前进着，仿佛什么都没有发生过。

“他们说过要在上周维修的时候搞定重力转换装置的，”威尔莫特说着，在车厢里跑来跑去，捡起掉在地上的信件，“我可没时间在每次垂直移动后都重新整

理这些邮件。”

“垂直移动？”苏西不确定地站了起来，走到窗户旁边。他们仍然在以同样的速度前进，但是此时列车下面的地面变成了乌黑色，而且产生了大幅度的弯曲。头顶的天空依然灿烂无比，但好像又有些不一样。她向他们来的方向看去，却感到一阵强烈的眩晕，差点儿摔倒。身后的沙漠像一堵墙般向天空伸展。苏西闭了一会儿眼睛，又睁开，眩晕感消失了，她终于明白自己看到了什么。列车非但没有停下，反而是在高塔下边拐了个直角的弯，正沿着墙壁朝塔顶攀爬。下方，苏西远远看见雕像大军正变得越来越小。

“这怎么可能呢？”苏西转向威尔莫特问道，“我们在向上走，但下还是下。我是说，我们的脚还踩在地板上，可重力……”

“是可以协商的，”威尔莫特说，“我不太清楚具体原理，不过无非就是混合了矮人的智慧和一点儿借来的魔法罢了。我想这可能只是和重力要了个花招。”

“但重力是一种力啊，怎么能和力要花招呢？”苏西意识到她的呼吸过于急促，于是想让自己慢下来。“你们真的可以？”苏西突然又不确定了。

“有些力可以，”他说，“的确有这种说法：重力是力里面容易上当的那种。不是吗？”

“不，”苏西坚定地说，“在我的世界可不是这样。”

“哦，”威尔莫特抱歉地耸了耸肩，“不过看看我在橱柜里找到了什么。”他拿出了一顶破旧的红帽子，帽檐用黑色皮革缝制而成。威尔莫特笑着踮起脚，把它戴在苏西头上。帽子太小了，苏西使劲儿把帽檐往下拉才勉强戴住。

“找不到整套的制服了，不过至少你有正式的配饰了。哦，当然还有这个，”他把手伸进口袋，掏出一个没有光泽的铜徽章，“我刚刚查了一下规定，上面说邮政局长在有需要的时候可以任命任何合格的人担任助理邮递员，而助理邮递员需要一枚邮局的徽章。”威尔莫特将它递给苏西。徽章上面画着一只螺旋形的号角，和他外套上绣的一样，号角周围是一圈缎带，苏西勉强辨认着上边的字。

“这是什么意思？”她问。

“客户至上，意味着我们必须时时刻刻为客户着想。牢牢记住这个，你就不会犯下大错。”威尔莫特站直身子，勉强才到苏西胸口的高度。他抬起右手，期待地看着苏西，于是她也像他那样抬起了手。“你是否愿意庄严宣誓，维护奇境邮政特快专列的理念，履行职责，即使生命、健康和理智遭受威胁也在所不惜？”

“嗯……”苏西暗暗产生一丝疑虑，“真有那么危险吗？”

“不会，”威尔莫特说，“几乎不会。”他给了她一个大大的鼓励的笑容。

苏西舔了舔嘴唇。要是她现在退缩，威尔莫特肯定会联系总部，把她送回家，再夺走她的记忆。但要是她同意了，她会使自己陷入怎样的境地？苏西又想到外面奇异的天空，那儿还有个新世界等着她去探索呢。她的好奇心让她跃跃欲试。

“我愿意。”她说。

“那么我现在正式任命你为助理邮递员，邮递员……嗯，抱歉，我还不知道你的名字。”

“我叫苏西，苏西·史密斯。你叫威尔莫特，对吗？”

威尔莫特脸红了，说道：“嗯，是的，但在工作期间不要这样称呼我，请叫我邮政局长。”

“好的，”苏西答道，“我是说……好的，邮政局长。”

威尔莫特一下子将尴尬抛在了脑后。“我有手下了！”他笑开了花，当即手舞足蹈起来，“我终于有手下了！要是洪克斯爷爷能看到就好了，我的效率会提高一倍！”

列车爬到塔顶之后猛地摇晃了一下，重力又变回正常的方向。威尔莫特的热情和他的尴尬一样很快消失了。“我们到了。”他说。刹车发出尖厉的声响，列车逐渐减慢速度，接着突然停住，将更多信件从架子上甩了下来。

威尔莫特颤抖着从桌上慢慢拿起暗影夫人的包裹，将它递给了苏西。包裹不大，四四方方，每条边长大概有十五厘米，不过当苏西接过时，发现它重得惊人。

威尔莫特从苏西身边冲了过去，打开了门。一股冷风猛吹进来，翻动着架子上剩余的信件。苏西打了个冷战。

“你最好快一点儿，”威尔莫特说，“迟到得越久，她就越生气。我是说……当然，她总是在生气，但是当她看见你的时候，估计脸都得气青了。”

“好吧，真谢谢你告诉我。”苏西心里的疑团更大了，威尔莫特刚刚是怎么说的？她是整个联邦最强大的女巫？

“哦，不客气。”威尔莫特显然对苏西的讽刺免疫了，“记住我们的计划。按门铃，递包裹，签字。无论发生什么，都要保持礼貌，她特别看重这一点。对了，你还需要这个……”他从旁边的架子上抽出一张纸塞到她的手里，上边写着“递送凭证”。

“不过要是我——”苏西刚开口，威尔莫特就双手推着她的腰，将她推向了门口。她跌跌撞撞来到门外，差点儿摔下台阶。“嘿，等等！要是——”

门砰地在她面前关上了。“你不会有事的！”威尔莫特在门后喊道，接着拉上了百叶窗。

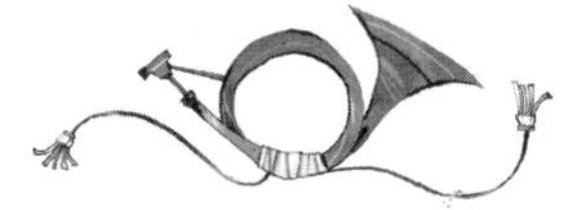

苏西看了看四周，她正站在塔的最顶端一个巨大的圆形庭院中心，四周是高耸的城垛。地面和墙壁都与塔身一样，

用黑色的石头搭建而成。庭院两侧各有一座高大的拱门，好让列车通过。奇境邮政特快专列恰好横跨整个庭院，静静地停在那里。

风吹得更猛了，还裹挟着冰粒。苏西将身上的睡袍裹得更紧了一些。这里的空气有些稀薄，星星仿佛伸出手就可以碰到。那轮熟悉的满月也是一样，刚刚升到城垛上方。

苏西面前是一座门楼，巨大铁门两侧的火炬跳跃着微弱的绿色火焰。她向前走去，一只手将包裹紧紧抱在胸前，另一只手压着帽子，免得被风吹走。她开始明白威尔莫特为什么不愿意离开分拣车厢了，把包裹放到门口就跑似乎才是上策。苏西整个晚上已经受到了足够多的惊吓，如今就算感到害怕，她也不打算表现出来。

这里伫立着更多雕像，它们和塔底的那些一样，穿着铠甲的骑士手握盾牌和长剑，蓄势待发。城垛上约有十几座雕像俯视着庭院，庭院里也有几座。近距离观察后，苏西发现这些雕像比真人大得多，高度远超两米。她凑近了其中一个，从头盔的缝隙能看到里边的一小部分面孔。那张脸可怕极了，扭在一起，也许是因为害怕或者愤怒，抑或是两者都有。她连忙转头，死死盯着前边的大门，努力不去看那些雕像，却瞥见了蹲在门楼顶上的一只大滴水兽。它看上去像是蝙蝠和鳄鱼的结合体，翅膀收在身后，长长的、锥状的鼻子几乎探到了门上。

苏西来到滴水兽下，尽力不去想它黑漆漆的玻璃眼珠正盯着自己，滴水兽一定在想办法将苏西到访的消息传进去，让里边的人保持警惕。门上没有门环，她试着用拳头敲了敲门，但关节在厚重的金属板上没发出什么声响。

苏西回头看向列车，期盼着能得到一些鼓励。特快专列就停在那里，冒着蒸汽，但上边的人都没有动静。她想知道斯通克和乌瑟尔是不是跟威尔莫特一样害怕这位暗影夫人。

“你知道现在几点了吗？”一个声音突然响起。

苏西跳了起来，猛地转过身。门大开着。怎么会这样？如果有人开门她肯定能听见的。她眯起眼睛，疑惑地看着出现在门口的身影。

那是一位小个子的老妇人，要不是她有点儿驼背，还拄着拐杖，也许差不多和苏西一样高。她穿着一件深黑色的裙子，蕾丝卷边一直垂到了脚上，肩上紧紧裹着一条黑色的针织披肩，披肩下的珍珠项链正泛着淡淡的光芒。她的头发是银色的，皮肤白得发亮，就像远处荒漠上的沙子一样。她用锐利的、淡紫色的眼睛仔细审视着苏西。

苏西想说点什么，但她太紧张了，只发出沙哑的声响。她清了清嗓子，再次开了口：“我想找暗影夫人。”

“我是应该告诉你已经找到她了呢，还是你想自己猜猜？”老妇人说，嗓音像碎玻璃一样尖锐。

苏西知道自己被戏弄了，挤出一个笑容道：“您就是暗影夫人？”

老妇人露出一个十分僵硬的笑容，干巴巴地说：“你一定是新来的。”

“是的，”苏西说，“今天是我第一天上班。”

“显而易见。”老妇人从头到脚打量着苏西，“说说你是哪种矮人？”

“我不是矮人，我是个女孩，人类女孩，我来自地球。”

暗影夫人脸上的笑容瞬间消失了。她前倾着身子，更加仔细地看着苏西。“你说你来自地球？真稀奇。”她伸出一根手指，戳了戳苏西的胸口，好像在确认她真的存在，“你现在离家很远了，小姑娘，真的非常远。”

苏西一点儿也不喜欢被戳来戳去。听到老妇人的话，她的脑海中浮现出爸爸妈妈的身影,她尽力抛开了这些想法。“您的快递到了。”她说着递上了包裹。

“我知道。”暗影夫人说，“不过既然你觉得让我等了这么久没什么不妥，我也得拿走一点儿你的时间，这样才公平，对吗？”

“嗯……”苏西希望自己能够不要这么紧张，“非常抱歉，但我已经为迟到的事道过歉了。要是我再耽搁一会儿，下一个快递也会送迟的。”

这个理由非常合理，但苏西发现暗影夫人的脸色变难看了，她意识到自己彻底说错了话。

“小姑娘，在我看来，你本来可以更加准时的。”围绕着暗影夫人的黑影似乎开始聚拢，越来越厚，“要是你不愿意主动上交，那我就自己动手了。”

“您在说什么？”苏西问道。但暗影夫人已经举起拐杖，在苏西头上画了一个圈。

“好了，”她冷冷地说，脸上带着些许满足感，“我从你的生命里拿走了半个小时，现在我们扯平了。”

苏西仔细看着老妇人的表情，想知道自己是不是又被耍了：“你不可能做得到。”

“哦，我做得到，小姑娘，而且已经做了。用你的半小时换我的半小时——被你浪费的那半小时。”她的脸上又浮现出令人毛骨悚然的微笑。

“我才不信。”苏西说。其实她也不知道自己是信还是不信，不过她现在很生气，还有点儿害怕，而且绝对不会再让自己被人这么捉弄。

“哦，是吗？”暗影夫人再次举起拐杖，它是深黑色的，银色的杖顶在灯光下闪烁不定，“我可以拿走更多时间，如果这样能让你相信的话。一年怎么样？或者十年？我可以拿走一个世纪，让你就地变成尘土。”

苏西深吸一口气，递上包裹和签收单：“请在这儿签字。”

暗影夫人眯起眼睛。有那么一会儿，她似乎有点儿犹豫不决，但接着便伸出那只空着的手一把抢过包裹。“我得先打开看看，”她说，“确认你没送错东西，也没弄坏，否则我什么也不会签。”

“好吧。”苏西说，看着暗影夫人摆弄那个包裹。包裹不大，包装得很结实。暗影夫人满是皱纹的手指很难撕开上边的胶带，她使的劲儿越来越大，喘起了粗气。

“您需要帮助吗？”苏西问道。

“当然不用。”她怒气冲冲地说。又过了一分钟，她终于撕开牛皮纸，露出了里面的木盒子。那像是一个珠宝盒，但非常朴素。她把拐杖挂在胳膊上，打开盒子，从里面拿出一颗小圆球，圆球在星光的映照下闪烁着。

“终于到了。”她说着将手里的东西举到灯光下，晃了晃，满意地哼了一声。

那是个玻璃做的水晶球，跟网球差不多大，结实的底座上了一层漆，看上去像一块草垫。玻璃球里有只鲜绿色的小陶瓷青蛙，五颜六色的小亮片在它周围打着旋儿。暗影夫人将水晶球举到面前，她呼出的气让球面蒙上了一层雾。

“我费了这么大力气，你最好别让我失望，”她用指甲敲着水晶球，“至少你看起来挺迷

人，要是失败了，我还可以把你放在我的壁炉台上，当作陪我度过暮年的不错的小纪念品。”

暗影夫人似乎已经完全忘记苏西的存在，苏西只好礼貌地咳嗽了一声，她再次抬起了头。

“请问您可以签字了吗？”

暗影夫人翻了个白眼，一把从苏西的手上抽走签收单：“笔呢？”

苏西僵住了。她都没想过还需要一支笔。她拍了拍自己的睡袍口袋，不过只是为了做做样子。

“很抱歉，”苏西说，“您带了吗？”

暗影夫人踮起脚，让自己几乎和苏西一般高。

“水准真是一天不如一天了。”接着，她将水晶球放回盒里，拄起拐杖，拖着步子往塔内走去。“在这儿等着。”她回头喊道。

目送她进去时，苏西第一次看见了高塔内部的样子。让她惊讶的是，那里并不像她之前想的那样是漆黑的：墙壁是平淡无奇的白色，地板看上去像棋盘一样是黑白方格图案，天花板上吊着一盏水晶灯，发出清冷的光。

暗影夫人将盒子放在房间中央的小木桌上，之后低声念叨着穿过一扇门，消失在苏西的视野里。也许是灯光造成的错觉，当她消失的时候，苏西感觉房间里的影子似乎都朝她倾斜了一下。

苏西在门口等着，双手环抱住自己来取暖。列车上仍然没有动静，但她还是朝着分拣车厢竖起了大拇指，万一威尔莫特能看到她呢。虽然不是很确定，但她觉得此刻风吹得更猛了，夹杂着的冰雪也越来越厚。它们敲击着地面，发出了仿佛从远方传来的、风铃般的声音。头顶的滴水兽仍在盯着苏西，它的牙齿近得可怕。

苏西打了个寒战，她迈进门，躲避着寒风。

“救救我！”

一个男孩的声音忽然响起，声音很小很微弱。苏西吃惊地四处看了看。她以为这声音是从列车的方向传来的，想赶紧回到门口，但还没等她挪步，那声音又响了起来。

“在这儿！快！帮帮我！”

苏西的胳膊上起了鸡皮疙瘩。声音似乎来自房间内部，不过苏西谁也没看见，这里只有她一个人。

“有人吗？”苏西悄声问道。

“这儿！在这儿！”

她循着那个声音小心地往里走，直到来到桌子前：“你在哪儿？”

“你觉得呢？我在盒子里！”

她又看了看四周，提防着这又是谁的把戏。尽管不太可能，但那声音的确是从盒子里传来的。她打开盖子，里边除了水晶球什么也没有，陶瓷青蛙依然坐在那里，和她刚才看到的一模一样。她拿起水晶球，试着晃了两下。

“哦！这有什么用！”

声音像是从水晶球里传来的，不过青蛙仍然一动不动。

接着，当苏西将脸凑近时，青蛙眨了一下眼睛。

“你是活的！”她惊叫道。

“没错，我是活的，而且被困在这里了。”青蛙说着，嘴唇却一动不动，“请别让她把我带走，她是个恶魔。”

“什么意思？”

“什么什么意思？暗影夫人对我下了咒！她把我变成了青蛙，现在想把我变成她的俘虏。”

“等等，你是说，你是个人？”苏西问道。

“当然，你难道认识会说话的青蛙摆件？”

“对不起。”她说，“我是新来的。”接着，她担忧地看了一眼暗影夫人离开的门，问：“我应该怎么做？”

“带上我一起走。”青蛙说。

“我不知道……”苏西听到了暗影夫人的拐杖敲在地板上的声音，那声音正越来越近。

“拜托了！”青蛙低声说，“这远比你想得要重要，整个奇境的命运在此一举。”

苏西的大脑飞速运转着，这一切都发生得太快了。但她记得暗影夫人拿拐杖在自己头上画圈时的冷笑，以及她威胁说要把自己变成尘土……下意识地，苏西一把将水晶球塞进了口袋。

“快点！”青蛙尖声催促道。

“嘘！”苏西喝住了他。她的大脑依然在飞速运转，最终拿定了主意。她啪地关上盒盖，跑回门口。她的心脏在胸膛里怦怦乱跳。暴风雪更加猛烈,列车几乎消失在了她的视线里。

苏西转过身面向房间，把身子靠在墙上，暗影夫人蹒跚走来，苏西努力不让自己的脸上流露出害怕的神色。

“我应该再从你那里取走一分钟的，因为你让我去拿这支笔。”暗影夫人说着挥舞起一支羽毛笔，在苏西看来那像是一根巨大的黑孔雀羽毛，“不过老实说，你几乎不值得我抬起魔杖，我还有更重要的事情要做，感谢自己的运气吧。”她打开签收单，拿羽毛笔重重签上了名，推到了苏西脸上:“现在从我的视线里消失！”

苏西接过签收单转身就跑。

风从两侧刮来，刺穿了她的衣服，就像吹透蘸了水的纸一样。苏西把睡袍裹得更紧了，半眯着眼向前跑着，将她的邮递员帽子紧紧压在头上。冰晶不断打在她的脸上和手上，每一下都带来一阵寒冷的刺痛。暴风雪实在是太大了，苏西才跑了几米，就发现她已经看不见列车的踪影了。

别慌，她告诉自己，它就在前边，继续跑，马上就到了。

但水晶球碰撞着她的大腿，怀揣着这个让人愧疚的秘密，她很难不惊慌失措。苏西确信自己口袋上的隆起十分显眼。她回头看了一眼，以为会看到暗影夫人正站在门口注视着她，不过大门早就关上了。苏西松了口气，继续朝着列车的方向跑去。

接着，她忽然意识到自己刚刚看到了什么不寻常的东西，于是停下脚步想看个究竟。她的身体在慢慢颤抖,不是因为冷,而是因为害怕。苏西转过身，看向门楼。

那只滴水兽正在盯着她。之前它的脑袋垂得很低，盯着门前的一块地方，但现在那双眼睛正盯着苏西。苏西跌跌撞撞地倒着跑起来，不敢把视线移开。而滴水兽的脑袋正随着她的脚步移动，将她牢牢锁定在自己的视线里。

苏西的肺像在灼烧，她的后背撞在了一个又冷又硬的东西上，她吓得尖叫一声，这才意识到自己刚刚屏住了呼吸。

她猛地转身，准备避开自己无意中踏入的险境。骑士的身影赫然耸立在她面前，雕像的嘴大张着，发出无声的尖叫。

她低下头漫无目的地跑起来，只想着赶快离开，离开门那边的一切，离开那些可怕的雕像和它们扭曲的面孔，离开那个像收集工艺品一样收集人类和时间的冷酷老妇人。

“上了车以后，别跟他们提起我，”青蛙的声音闷闷地从口袋里传来，“要是他们知道你把我带出来了，肯定会把我送回去的。”

“他们不会的。”苏西反驳道。

“他们没的选，这是他们的工作。”

苏西感到所有的事情都失去了控制，她咬紧了牙关。事情怎么这么快就乱套了？但现在没时间让她停下来思考，苏西继续跑着，直到前方出现了列车的深色轮廓，一盏迎接她的灯像长矛一般刺破黑暗。

“嘿，下面的那位！”斯通克的声音传来，“快点，局长，我想离开这该死的地方。”

苏西脚下一滑，气喘吁吁地停了下来。她一定是在惊慌中迷失了方向，因为她正站在火车头前，而不是分拣车厢所在的车尾。斯通克的提灯照到了苏西。

“我的天哪！又是你！”

“快！”苏西喊道，“我们得离开这里！”

斯通克紧紧攥着衣领，傲慢地瞥了苏西一眼。“车上冒出了个偷渡客，我可哪里都不会去。”虽然身材矮小，但他看起来威风极了，“你在这里做什么？”

苏西没有解释，而是径直跑向斯通克站立的舷梯前端垂下的窄梯。它像火灾逃生梯一般是折叠起来的，苏西必须跳起来才能够到。当她抓住底部的横档时，梯子向下打开垂到了地上。她迅速向上爬，直到和惊讶的矮人四目相对。

“我正在工作。”苏西喘着气，从睡袍上摘下她的徽章，像盾牌一样举在面前。

斯通克瞪着徽章看了很久：“看来我得和年轻的邮政局长谈谈了。”

“没问题！”苏西喊道，“但不是在这儿。”

她抓住斯通克的衣领，无视他的抗议，将他沿着舷梯拉到车厢门口，一把将他塞了进去。就在跟进去之前，苏西回头朝庭院看了一眼，但她立刻就后悔了。

暗影夫人的身影出现在张开的大门中央，里面的灯光将她的影子投在了石板路上。她并没有走向火车，在那一瞬间，苏西甚至以为她要放过他们。

就在这时，老妇人抬手指向了他们，她的影子开始移动，像蛇一样在雕像之间爬行着，穿过庭院，苏西眼睁睁看着它沿石板路一点点爬向火车，她感到害怕极了。

第6章

急速逃脱

苏西跳进驾驶室，砰地关上了门，不料一转身正对上了乌瑟尔的脸，那头熊站了起来，露出獠牙。

“小姑娘！”斯通克一边说，一边掸掉身上的灰尘，“从来没有人敢这样对我，而且还是在我自己的驾驶室里！你为什么要这样羞辱我？”

“先离开这里，我之后会好好向你道歉的。”苏西说，她一时不知道自己是该更害怕暗影夫人匍匐前进的影子，还是乌瑟尔匕首一样的爪子，“求求你快点！”

“你得把这一切解释清楚，否则我们哪儿也不会去。”斯通克说。乌瑟尔咆哮了一声，以示赞同。

苏西侧过身，越过乌瑟尔，要和斯通克理论。此时，她第一次看到了驾驶室里面的样子。这里看上去就像一个整洁的小客厅，贴着碎花图案的墙纸，放着一把老旧的扶手椅，角落里甚至还有一个小书架。后墙上有另一扇门，门两边各有一扇窗子，透过窗能清楚地看见驾驶室后面的煤水车。斯通克和乌瑟尔都背对着后墙，所以只有苏西看到那影子长长的、骨瘦如柴的手指正缓缓爬上煤水车的一侧。苏西退了一步，但她紧紧闭着嘴，心想一定不能喊出来。如果其他人看见了那只手，他们就会知道苏西惹毛了暗影夫人，她就得被迫说出自己的秘密。而那个青蛙男孩刚刚求她不要这么做。

但那只影子手越靠越近，长长的手指像树枝一样。在短短几秒之内，它就将后窗外的一切都笼罩住了。苏西必须在惊慌将自己打倒之前采取行动。

“我们还是迟到了半小时，”苏西努力不让自己的声音发抖，“也许威尔莫特是对的。”

斯通克眯起眼睛看着她：“什么是对的？”

苏西尽最大努力控制住情绪，靠着门叹了口气道：“哦，没什么，他只是告诉我这辆奇境邮政特快专列没以前那么快了，没别的。”她看见斯通克的眼睛里冒出了怒火。苏西想，也许待会儿她会为此感到愧疚，但现在她正需要那种愤怒。“我确信这不是你的错，”她继续说道，“我的意思是，毕竟这个发动机看起来很旧了。”

“很旧了？”斯通克的耳朵尖都气红了，“很旧了?!”

“没关系，没关系，”苏西说，“我相信你已经尽力了。”

就在这时，影子从后门钻了进来，像打翻的墨水一样漫延着，苏西屏住了呼吸。

“让你看看什么叫尽力，小姑娘。”

斯通克猛地推了一下巨大的红色操纵杆，火车头立刻往前冲去。苏西摔在了地上，她抬起头，正好看见影子从门底缩了回去，消失不见了。在整个世界倾斜之前，她透过窗户瞥见了庭院和暗影夫人遥远的身影。列车沿着高塔边缘向下驶去，苏西又感到一阵短暂的眩晕。她挣扎着站起身，从前边的窗户向外看，眩晕感更加强烈了。铁轨沿着塔身向下伸展到了沙漠里，列车一路向下，急速狂飙，向沙漠快速逼近，比自由落体的速度还快。

斯通克发出胜利的欢呼，一头扎进几乎占满整堵墙的黄铜管道、阀门和操纵杆里，投入地忙活着。它们缠绕在一个锻铁炉周围，炉子里正燃烧着耀眼的蓝色火焰。炉子上方立着一个壁炉架，架子上放着一个车钟、一部和威尔莫特桌上那部有些相似的电话，还有一样带着光滑木框、像是老式翻页日历的东西。

乌瑟尔打开后墙上的铁舱盖，探身进去拿出了一些……香蕉?

是的，她拿着好几把香蕉，没有放进嘴里，而是扔进了炉膛里。香蕉在火里嘶嘶作响，迸出一阵阵蓝色的火花。

“够快了吗，小姑娘？”斯通克说着向苏西投来得意的笑容。苏西紧紧抓着最近的窗沿，完全没注意他的话，因为她有更需要担心的事——他们正以极快的速度冲向沙漠。她看到前方铁轨在塔底拐了个九十度的弯，又继续向沙丘延伸。

但列车不可能像这样转弯，不是吗？这样动量太大了。

动量等于质量乘以速度，苏西想。她的思绪开始游离，想着这些知识。也就是说，物体越重，速度越快，改变方向花的时间就越长。她不知道这辆列车有多重，但它很大。至于速度？快极了。他们将以火箭般的速度一头撞进沙漠，摔个稀巴烂。

“准备……”斯通克在控制台前蓄势待发，手指悬在一个大大的、标着“向上”的旋钮上。火炉里喷出更多火花，给驾驶室染上了古怪的颜色。沙粒像是要迎接他们一样，争先恐后地冲了上来。苏西坐在地板上，紧紧抱住自己。

灾难降临前一秒，斯通克迅速转动旋钮，苏西的胃里翻腾了一下。她站起身，回头往窗外看去。确定无疑，他们正沿着地面飞奔，速度依然那么快。高塔的影子在他们身后逐渐远去。

“瞧！”斯通克说，“这就有点儿刺激了，愤怒的巨龙这时候也别想追上我们。”

苏西不知道愤怒的巨龙跑得有多快，但她不禁相信了斯通克的话。整个世界都变得模糊，高塔已然成了地平线上的一支铅笔。

她还没来得及继续思考列车的速度，电话响了。乌瑟尔走过去，从架子上拿起了听筒。“嗷呜？”她将听筒拉到耳朵旁，接着，她点了点头，把电话递给了苏西：“嗷。”

“找我的吗？”苏西疑惑地问。

“肯定是局长。”斯通克说，“请谢谢他的英明决策。要是没有他，我们可不知道该怎么处理这件事。”说完他又在操纵杆前忙活起来。

苏西把电话放在耳边：“你好？”

“邮递员苏西！”威尔莫特听起来上气不接下气，“谢天谢地！我还担心我们把你落下了呢。我可不想在第一次派送时就失去全部员工，然后被记入邮政史册。”

“你不会的。”苏西嘴上说着，心里暗想他的话刚刚差点儿就成真了。

“你把包裹给她了吗？”威尔莫特问，“拿到签名了吗？”

苏西拍了拍鼓鼓的睡袍口袋，又感到一阵紧张：“嗯，是的，都完成了。”

“太棒了！那么，祝贺你派送成功。我相信以后你还能完成更多订单。”

“我不确定到底成功了没有……”她一边说，一边把电话线绕在手指上。苏西感到既纠结又内疚，她在第一次送快递时就偷走了水晶球，还违背了自己的誓言。不过，是水晶球求她把自己偷走的，而且如果包裹本身根本不想被邮寄，那么她的行为也算不上犯罪吧？往最坏了说，偷水晶球只是个小错，为的是阻止更大更糟糕的事情发生。也许是这样吧。她唯一确定的是不能将青蛙留在暗影夫人那里，没人该受那样的罪。

“没成功？”威尔莫特的声音里带了一丝警觉。

“我们走的时候暗影夫人还在生气，”苏西说，“事实上是非常生气。”

电话另一头陷入了一阵耐人寻味的停顿："你觉得她会投诉我们吗？"

苏西捏了捏鼻梁，努力思考着应该怎么回答。毫无疑问，威尔莫特可以帮她。他是邮政局长，肯定知道在这种情况下该怎么做。但如果那只青蛙说的是真的怎么办？如果威尔莫特要义无反顾地退还这个包裹怎么办？她应该冒险吗？

"是的，我觉得她可能会投诉我们。"苏西最后开口道。

"天哪！"威尔莫特叹了口气，"我从没被投诉过。这将成为我们名誉上的污点。"他又叹了口气，说道："不过这也没法儿避免，你还是应该为自己感到骄傲，你现在是我们的一员了。"

"太好了，"苏西说着咬了咬嘴唇，又感到一阵内疚，"那我们现在做什么？"

"啊，对了，我们的下一个任务，让我看看日程表……"苏西听见电话那头翻动纸张的声音，"这次不是派送了，我们要去取件，然后……哦，就是这个地方。"

"哪个地方？"苏西微微抓紧了话筒。

"几个最忠实的客户那里，"威尔莫特轻松地说，"他们好打交道。"

"好打交道……"苏西心不在焉地重复道。

这时斯通克清了清嗓子，打断了她的思绪。

"告诉局长，要是指示牌上没有目的地，我们可走不了多远。"他拍了拍那个看上去像是日历的东西。这时苏西才看清楚，那根本就不是日历，而是一块小指示牌。目的地那一栏还写着“黑岩塔”，上边写着应到时间，下边是抵达时间。

“别担心，”威尔莫特说，“我听见了，现在就给你发过去。”

苏西看见指示牌开始变化，字母和数字一个接一个地翻动着，速度越来越快，发出一连串的咔嗒声。接着，它们突然停了下来，斯通克脸上露出喜色。

“看见了吗？”他笑着敲了敲“抵达时间”那一栏，“我们提前了十分钟呢。你觉得怎么样？”

但是苏西对他们的目的地更感兴趣。“黄晶峡？”她读着指示牌上的字。

“没错，”威尔莫特在电话那头问道，“你会游泳吗？”

“我会，”苏西警觉地回答，“怎么了？”

“只是确认一下，”他说，“我们到达目的地之后，你快点回 H. E. C.，我再告诉你所有注意事项。”

“快点回哪儿？”苏西问，但威尔莫特已经把电话挂了。她把听筒放了回去，再一次想弄明白自己到底从事着怎样的工作。

斯通克拉了拉从天花板上垂下的短链，汽笛发出忧伤的呼啸声。“每次离开这鬼地方我都很开心，”他说，“现在向天气好的地方出发！”

苏西抻长脖子，又一次向窗外看去。高塔已经彻底消失在视线中，就连雕像大军也远远地落在了后面。除了前方一条蜿蜒的轨道和另一个传送隧道入口的拱门，就只有一片荒漠向四面八方延展开去。

苏西将手放在口袋上。她需要时间和一点儿个人空间，来想清楚应该拿身上这个不速之客怎么办。他是什么人？为什么暗影夫人这么想要得到他？苏西的直觉告诉她，要是那个老太婆抓住自己,她要做的事可比投诉恶劣得多。想到这里，她打了个冷战。

列车钻进传送隧道时，斯通克再次拉响了汽笛。一阵疾风刮过，沙漠消失在了他们后方。

第7章

迟到的人

冰晶像子弹一样从黑岩塔的石头上弹开，猛击着那些雕像，切削着所剩无几的锋利边缘，在它们曾经光滑的表面上留下浅浅的坑痕。然而，当靠近暗影夫人的时候，这些冰晶转了个弯，像鱼群一样自动分开，绕过了她。暗影夫人毫不在意，仿佛是在夏日令人愉悦的微风中散着步，只不过脸上的表情和这天气一样糟糕。

她额头上的皱纹挤在一起，噘着嘴，站在城垛最边缘，看着奇境邮政特快专列在沙漠中疾驰，车上的灯光渐渐暗了下去。

"愚蠢的姑娘，"她嘀咕着，"这是你自找的。"她抬起拐杖，像举枪一样将银色的尖端对准了列车。

"哦，别告诉我他们已经走了！"

暗影夫人吃了一惊，转过拐杖对准刚刚说话的人。一辆人力驱动的小型维修泵车停在庭院中央的轨道上。闯入者从车后跳下来，举起双手护住自己。

“手下留情！”

“为什么？”暗影夫人问，“我不相信在背后鬼鬼祟祟靠近我的人，尤其是在我自己家里。”

“我没有鬼鬼祟祟，”那人说着，慢慢从双手后露出了脸，“我只是不想太冒犯。”

“冒没冒犯我说了算。”暗影夫人回过头向远处望去，恰好看见列车从地平线上消失了。她啧了一声，放下拐杖。“你是个矮人？”她说。

“没错，我叫弗莱彻。不好意思，我想活动一下。我操纵泵车上来的，手臂有点儿酸。”他将又长又粗糙的手指交叉在一起，高举过头，满足地舒了口气。

“我不在乎你的名字，或是你的手臂。”暗影夫人说，“我本以为送包裹的是矮人邮递员，他们却派了个人类过来。这个代班的可不怎么让人满意。”

弗莱彻睁大了眼睛，问道：“她来过这里？”

“当然，你认识那个女孩？”

“算认识吧。乱蓬蓬的短发，浅棕色皮肤，还穿着一件奇丑无比的睡袍？”

“一点儿不差。她在这儿没待多久，就拿走了一件对我而言非常重要的东西。”

“是的，她会干这种事，我正在努力找她。”

暗影夫人用拐杖敲着石板路，思索着。“显然，我们遇上了同样的麻烦。”

“是的。”弗莱彻说，他突然意识到自己可能话太多了，感到有点儿紧张，“既然他们已经走了，我也得上路了。一旦我找到她，我可以给你打个电话什么的。”

“哦，这倒不用，”暗影夫人说，“我可不想让那个女孩在联邦到处跑。她偷走的东西非常珍贵，也非常危险，我可是花了大力气才拿到的。我正要阻止她，你却闯了进来，所以你得帮我把她追回来，这样才公平。”

“喂，等等，”弗莱彻一边说，一边往后退，“我只是路过这里，我可不想惹麻烦。”

暗影夫人抬起一边的眉毛，弗莱彻感到一阵寒意，而这显然不是因为风。

“可怜的小东西，”她说，“恐怕你已经惹上麻烦了。”

暗影夫人转了转手腕，将拐杖对准了他。弗莱彻感觉自己的身体一下子僵住了，他使劲儿转身、再转身，但身体就是不听使唤。他像雕像一样动弹不得。

“我不知道你希望我为你做什么，”他喘着粗气说，“我的工作是建造一条近路，从上一站的西沼泽地通到这里。他们现在已经回到铁道主干线上了，我不知道他们要去哪儿。”

“哦，他们迟早会意识到自己只有一个地方可去，”暗影夫人说，“去整个联邦唯一能与我抗衡的地方。”

弗莱彻目瞪口呆地看着她，说道：“你不是……不是指另一座塔吧？”

“正是。”暗影夫人说，“众所周知，那里的入场资格可不是什么能轻易得到的东西可以换取的。所以告诉我，你的朋友们会去哪里找这种东西？”

弗莱彻费力地呼吸着，说道：“我不知道。”

“我可能没法儿相信你。”

这时，弗莱彻的身体轻轻飘了起来，之后向侧面移动，飞到城垛外，悬在了沙漠上空。冰晶砰砰地击打着他僵住的身体。他死死盯着暗影夫人，尽力不往下看。

“我再问你一遍，”她的语气像是在和一个不听话的小孩说话，“他们需要一条特别的信息，在整个联邦只有一个人知道的那种。他们应该去哪里找呢？好好想想，小矮人。”

弗莱彻紧紧抿着嘴唇，摇了摇头。暗影夫人叹了口气，挥了挥她的拐杖，弗莱彻的身体随即开始翻转，直到他的脸正对着下方。冰晶猛烈地打在他的后脑勺上，敲击着他大耳朵上娇嫩的皮肤，在空中坠落了很久才掉进沙漠里。

“要是你真的不想帮我的忙，也许我们应该就此分道扬镳，”她说，“至少下去会比上来容易点。”

弗莱彻感到托着自己的无形纽带开始松劲儿，让他往下滑了几厘米。他吓得叫出了声：“好吧！我知道，我告诉你！”

他紧紧闭上眼睛，不去看下面空旷的沙漠，以为支撑着自己的纽带就要断裂了。然而他感到有一小股气流拉住了他，接着身下传来石头冰冷的触感。他睁开眼睛，发现自己回到了庭院里，落在自己刚刚站着的地方。

他松了口气，瞥见暗影夫人正站在旁边，脸上挂着一丝微笑。

“那么我们干吗还要在这儿浪费时间呢？”她拍了拍手，说道，“来吧，孩子，我们要出门了。”

听她称自己为“孩子”，弗莱彻正要抗议，突然听见身后传来一阵低沉的碾压声，像是一扇沉重的大门在废弃了几个世纪后终于被打开。这时，他发现暗影夫人看的不是自己，而是他身后的什么东西。他转身看去，立刻为自己的举动后悔了。

庭院里的所有雕像开始移动，动作缓慢又笨拙。

第8章

诺玛的疑虑

诺玛队长正生着气。其实她是紧张，不过这不能让别人知道，尤其不能让瞭望馆的人知道。这里是整个联邦安保最为严密的地方，只有少数精英知道它的存在。作为瞭望馆的护卫队长，诺玛的工作就是严守这里。一直以来，她都做得很好，可是两天前，事情全乱了套。她不知道为什么会出了差错，这让她非常焦虑，并用雷霆般的坏脾气将其掩饰起来。

她正在气头上的事肯定早就传开了，当她巡视时，几乎没有一个观测员敢从桌上抬起头，就连其他护卫似乎也不愿意跟她对视。这正合她意。她仍掌管着这座瞭望馆，她想让所有人都清楚这一点。

瞭望馆是座很大的圆形建筑，装饰华丽，墙上嵌着暗色木板，高高的穹顶是夜空般的深蓝色，上边画着古老的星象图。地面几乎被桌子占满，它们朝外摆成了三个同心圆的形状。

每张桌子前都坐着一个观测员，他们沉默不语，正在专心工作。瞭望馆里总共有五百个观测员，他们属于不同的族类，大部分是小孩子。

诺玛想：这就是我的工作，照顾这些小屁孩，要知道，我曾经可是以打击怪兽为生的……

她咬了咬牙，继续巡视。有几个胆大的观测员在她经过的时候偷偷瞥了一眼。诺玛回以警告的眼神，他们便立刻把目光转回到侦察镜上。

即便是在心情好的时候，诺玛也对侦察镜毫无兴趣，说实话，它们让她有些害怕。它们看上去和一般的望远镜非常像，都是放在小三脚架上的黄铜管，每张桌子上一个，但那些漆黑的镜片不知在对着什么，毕竟瞭望馆里根本没有窗户。但是诺玛感觉得到它们正在观测，感觉得到那些充满魔力的镜片正在一层层揭开瞭望馆和联邦最远的角落间的神秘面纱。

每个侦察镜负责的地方不同，比如幽冥镇、矮人城、长空山脉，等等，观测员们会将自己看到的一切都仔细记录下来。这是有史以来最大的研究项目。从天气模式到列车时刻表，从火山爆发到购物习惯，奇境的生活被精心地分门别类，瞭望馆里永远充斥着笔尖在纸上划过的声音。

不过至少照顾这些观测员不费什么力气。瞭望馆的规定很简单：不许说话，不许传纸条。观测员们都很聪明，事实上是非常聪明，都是从联邦挑选来的佼佼者。要是表现得好，他们能在一切结束之后免费去上大学。没人想冒险错失良机，至少绝大部分孩子是这样想的……

诺玛走到瞭望馆里唯一的空桌子前，愤恨地瞥了一眼。那个孤零零的侦察镜像是一条罪状，在她完美无瑕的工作记录上留下一个污点。没有她的允许,这些孩子连打个喷嚏都不行，更别说消失了。这到底是怎么回事？更重要的是，为什么？为什么这个观测员选择抛弃自己的光明未来？天知道，反正他也不太能重新来过了。

她反复想着这些问题的时候，突然察觉房间里出现了一阵低语声。大家开始交头接耳，还有一些人在指指点点。诺玛眯起眼睛，看向骚动的源头，倒吸一口凉气。有个观测员离开了自己的位置，正在桌子之间快速穿行。其他护卫也看见了她,不过诺玛用眼神示意大家别动。她想亲自处理这件事。

“说你呢！”她怒吼起来,声音被头顶上方的穹顶放大,“你想去哪儿？”

那是个戴着宽边眼镜的金发女孩，她听到这话，吓得僵住了。

“我，我正要，那个……”诺玛向她逼近时，她结结巴巴地说。她和其他观测员一样穿着暗灰色制服，胸口的名牌上写着：

嗨！我的名字是：玛雅

我正在观测：暗影荒原

“你知道数据保护条例，”诺玛愤怒地低声说道，“没有我的允许，谁也不许离开桌子。”她发现女孩手里拿着什么东西，像是一张从报告册上撕下来的纸，上边写满了字，还折了起来。“那是什么？”诺玛问道。

玛雅想把它藏在身后，但是诺玛几乎有两个她那么高，队长轻松地俯下身，伸手去拿她手里的东西。玛雅向后退了一步。

“求你了，队长。我没有违反任何规定，只是在遵守命令。真的！”

“我没有给你任何命令，把它交上来。”

“我知道，”女孩的视线穿过房间，看向远处的一扇门，“是启明大人下的命令。”

诺玛停住了手，盯着女孩的眼睛，想找出说谎的痕迹。不过她什么也没发现。

两人的对话引起了其他观测员的注意，这让诺玛有些不自在，于是她拽着玛雅的手把她领到房间中央。那儿没有桌子，只有一块圆形的空地，在这里她们不容易被看到，因为其他观测员都背朝这里坐着。诺玛放低身子，单腿跪地，安抚地将手放在女孩肩上。“告诉我，玛雅，”她低声说，“启明大人吩咐你做什么？”

“他，他让我盯着黑岩塔，发现任何异常情况就立刻向他报告。我照他说的做了。我是说，我看到了一些奇怪的事，”玛雅的呼吸有些急促，一只手颤抖地握着那张纸，“我照他说的把那些都记下来了。”

诺玛努力控制自己不去捏紧玛雅的肩头。她不知道启明大人为什么要得到黑岩塔的信息，但她感觉事情不太妙。跟暗影夫人扯上关系准没好事。

“你做得很好，玛雅，”她说着拍了拍女孩的肩，“不过我要把它拿走。”她伸出手，讨要那张纸。

玛雅向后一缩，说道：“他说过不能让其他任何人看，队长，你看——”女孩指了指纸背面的“机密”二字，那是她自己写上去的。

“我保证我不会打开它的，以我的名誉保证。”诺玛说。她迎上玛雅的目光，眼睛一眨不眨，最终玛雅把那张纸递了过去。

“谢谢你，”诺玛说着站了起来，“现在回到你的座位上去吧，还有工作要做呢。”

玛雅松了一口气，咧嘴一笑。“知识就是财富！”她说。

“是的是的，”诺玛说，“‘我们是知识的守护者’。好了，去吧。”

玛雅点点头，匆匆跑开了。目送她回到座位上之后，诺玛穿过房间，走向启明大人的馆长办公室。她真希望自己没有发誓不看那张纸。启明大人在找什么？更重要的是，他为什么没有告诉自己这件事？也许是那个消失的观测员动摇了他对自己的信任。这个想法让她感到非常不安。

诺玛走到门口，向守在门外的莫娜中士点了点头。但她惊讶地发现百叶窗处于关闭状态，上边写着“禁止进入”四个大字。她犹豫了起来。

“启明大人正在会客，队长，”莫娜中士看见了她脸上的迟疑，解释道，“他们已经谈了一上午了。”

诺玛再一次努力控制自己，尽量不露出惊讶的神色。没人能在她不知道的情况下进入瞭望馆，更别提跟启明大人会面了。“他今天没有任何预约，”她说，“你确定有客人吗？”

莫娜中士领教过队长的暴脾气，她舔了舔嘴唇说道：“是启明大人亲自将客人带进来的，我还以为您知道。”

不，我不知道。诺玛想。又来一件，我不知道的事越来越多了。

她抬起手正要敲门，门却突然从里边猛地拉开，有人一下子冲了出来，险些把她撞倒。“嘿！”诺玛跳开一步吼道。

那道身影顿住了，愠怒地瞪着诺玛。那是个个子很高的女人，头发乌黑，身穿奢华的红色长袍，将一整张狼皮像披风一样裹在身上，狼头以一种醉醺醺的姿势耷拉在她的肩上，狼头上空洞的眼窝盯着诺玛，一条沉甸甸的金项链挂在她的脖子上。她将狼皮裹紧了些，好像在担心跟诺玛的任何接触都会弄脏它似的，随着她的动作，她的手腕和手指上的金饰闪闪发着光。那人喘了口气，诺玛以为她要训斥自己，于是松了松宽阔的肩膀，制服外的盔甲发出轻微的叮当声。诺玛将手放在了腰间的等离子枪上，女人后退了一小步。

“麻烦让开！”她低吼道，穿过房间朝出口冲了过去。观测员们都偷偷朝她瞥去，就连诺玛也满脸疑惑地盯着她的背影，直到装甲门在她身后关上。

诺玛的思绪被办公室里传来的声音打断了。

“进来吧队长，”那个声音说，“我一直在等你。”

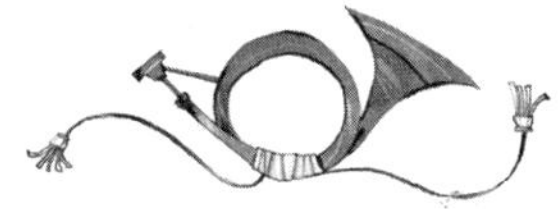

办公室里温暖舒适，布置也很简单，沿着后墙摆着一排书架，房间一侧有一张老旧的木桌，另一侧是一对皮质扶手椅，一个瘦小的身影半隐在扶手椅的阴影中。

“启明大人，”诺玛说着朝椅子走去，“那个女人……”

“是狼港的财政大臣，她来这里办些公务。”那道身影往前坐了坐。那是一位面色苍白的老人，身上的灰制服和他浓密的银发很相配。他一只手搭在一根有银顶的黑色拐杖上，透过半月形的眼镜凝视着诺玛。

“狼港？”诺玛这次没能掩饰住自己的惊讶，“但是，大人，那可是整个奇境最富有的地方之一，而且狼港的财政大臣是政府官员，我应该被告知的。”

“她的来访预约已经在日志里有段时间了，”老人说，“可能你最近事情太多，没注意到。”

诺玛握紧了拳头。她确信自己没看到过任何关于这次来访的记录。“她看上去不太高兴，大人。”

“她只是有些激动罢了，”老人说道，“她来这里是为了给研究项目提供一些支持。她被我们的工作进展深深打动，所以同意给我们提供一大笔钱。现在狼港的金库已经为我们打开。”老人微笑着，继续说：“我想你收到了来自观测员的汇报，我一直在等着，是哪一位观测员得到了消息？”

看来启明大人给不止一个观测员下了命令，诺玛想着，递上了手中折起来的纸条：“是玛雅，大人。”

老人脸色一沉。“哦，是黑岩塔。真不幸。”他打开纸条，推了推眼镜。

诺玛站得更直了，想要掩饰心里不断蔓延的不安。一缕亮粉色的头发遮住了她的眼睛，她努力不去注意这些：“大人，出了什么事吗？”

“八九不离十。”启明大人浏览着手中的纸条，低声说道，“真有趣，一个水晶球，奇境邮政特快专列。一个女孩，还是一个人类女孩……这可远远超出了我的预料。”他合上纸条，看向诺玛：“我先告诉你一个好消息，队长，我们似乎终于要找到那个消失的观测员，弥补你犯下的错误了。”

诺玛觉得如果站得再直一些，她的头也许就要从脖子上飞出去了：“他在黑岩塔？”

“这是那个坏消息。”老人说，“暗影夫人似乎也被牵扯了进来。”

诺玛的震惊立刻变成了恐惧。“为什么？”她说，“她怎么会对一个观测员感兴趣？”

“问得好，我敢打赌答案不会令人愉快，她肯定打着自己的算盘。”

“让我带一队人过去吧，大人，”诺玛说着抬起脚跟，似乎正期待一场战斗，“我要亲自把他带回来。”

“恐怕太晚了，他已经登上了奇境邮政特快专列，前往未知的目的地。暗影夫人已经带着她的手下去追了。”

“那我们必须先找到他。”

“不错。”老人说，“但我们不能贸然行动。玛雅的报告上说，特快专列已经重新进入了传送隧道，”他噘起了嘴，思索着：“如果我没记错的话，传送隧道通往七个目的地，我们要知道他们去往哪一个才能采取行动。幸运的是，暗影夫人也不知道。”

启明大人缩回扶手椅中。诺玛知道这场对话已经结束了。

“但我们也不能就这样坐在这儿什么都不做吧！”她喊道。

“当然不能。”他说，“我们要做我们最擅长的事：观测和了解。现在有一位观测员陷入了危险，队长，我们不知道他为什么会失踪，也不知道暗影夫人想要从他那里得到什么。不过一旦找到机会，我保证会立刻采取行动。在此之前，那个人类女孩会照看他，现在我们只能指望她可以在我们到达之前甩掉暗影夫人。”

这对诺玛而言并不算是个好主意，但她知道此刻也没有更好的办法了。“我会让观测员留心传送隧道的目的地，”她说，“还有什么我能做的吗？”

“没有了，谢谢你，队长。一有消息，请立刻通知我。”

诺玛敬了个礼，急匆匆地离开了办公室。她想要召集手下去找到答案，而不是守在这里等消息。暗影夫人正在酝酿战争，得有人阻止她才行。诺玛真希望那个人是自己。

她又想到狼港的财政大臣。尽管启明大人是那样说的，但对方看上去满脸怒容，并不像是在心甘情愿地捐款。诺玛回想着刚刚短暂的照面，试图弄清楚那女人眼睛里的情绪。那是害怕吗？很难说，毕竟她是个皮行者，披上哪种兽皮便会获得哪种野兽的能力，既可以说是狼，也可以说是人。他们的心思是很难读懂的。

她唯一确信的是，怪事正在发生，而答案就在奇境邮政特快专列上。列车上的人最好祈祷诺玛能赶在暗影夫人之前找到他们。

第9章

水晶球里的王子

奇境邮政特快专列从隧道口疾驰而出时，阳光瞬间洒满了整个车厢，随之而来的是一股咸咸的清新空气。黑暗带来的寒意已被驱散，取而代之的是潮湿的热气。苏西眨了眨眼，快步朝车窗走去。

车窗外不再是令人毛骨悚然的沙漠。青绿色的波浪在他们周围轻轻荡漾，小小的岛屿点缀其间，上面铺着白糖般的沙子。海鸥在温暖的微风中滑翔，翅膀几乎一动不动。

“哇！”苏西向斯通克和乌瑟尔惊叹道，“这里实在是太美了！”

“黄晶峡，”斯通克一边说，一边调整着几件仪器，“兰德斯顿港这一带最富饶的海域，海岸线大约有五百千米长。要是有时间的话，这里倒是个钓鱼的好地方。”

苏西坐上窗台，朝下望去。“这怎么可……”她开口道。

但她随即意识到可不可能真的无所谓，因为列车确实正在海上行驶。没征求斯通克同意，她就冲出车门，朝列车外侧的舷梯跑去。

她紧紧抓着扶手，尽可能远地探出身子，向下看去。列车底下没有陆地，铁轨在海面上延伸，下边没有任何支撑。波浪冲到轨道上，又缓缓退去。火车从波浪中疾驰而过，激起一道道水花。细小的水滴落在苏西的脸上和睡袍上。她伸出舌头，品尝到了大海的味道，不禁开心地笑起来。

“喂！”斯通克出现在敞开的门口，“小姑娘，这里风也太大了吧。”

“抱歉！”苏西喊道，“我只是不想错过这样的风景。”

斯通克胡子一歪，不情愿地笑了一下，说道：“那我可没法儿怪你了，毕竟这是你第一次出门。贝儿带来的美景，谁能抵挡得了呢？”

苏西皱起了眉，问道：“谁带来的美景？”

“喏，当然是这位老姑娘了。”斯通克说着，深情地拍了拍火车头侧面。苏西这才注意到锅炉上嵌着一块铜质铭牌，上边写着：贝儿号。“没有火车头的牵引，列车哪儿也去不了。”斯通克笑着说，“如果没有贝儿号，特快专列就无法将邮件送往奇境联邦的任何地方。”他走到舷梯旁，和苏西一起望着水面。

“这是一片不一样的天空，”苏西眯着眼睛看向太阳说道，“一个不一样的世界，所有的一切都不一样了。”很多困惑抓挠着苏西的心，她看向斯通克，想要寻求答案：“我们在隧道里才待了几分钟，怎么会走了这么远呢？”

“因为除了交会中心附近，奇境的大部分地方都比较分散，并不是一个挨一个整整齐齐排列在一起的。”斯通克回答道。

苏西想起威尔莫特说过奇境各处形态、大小、类型各不相同，于是问道：“什么是交会中心？”

“说来话长，”斯通克并不打算回答这个问题，他接着说道，“奇境的各个地区相距很远，它们之间有许多空间。这些空间中不存在任何恒星和行星，是什么都没有的虚境，那里冰冷、黑暗，没有尽头。从前人们得坐船穿越虚境，但那太危险，而且会耗费大量时间。所以一些聪明人集思广益，发明了传送隧道。”

“你是说，它们是虫洞，将不同空间连接在了一起?!”苏西说。

“这些传送隧道是奇境各个地区之间的捷径，也许你是这个意思。”斯通克说，“它们略过了大部分虚境，彼此交织，同时连接着许多地方，所以如今大部分人都坐火车出门了。”斯通克朝水中指去，苏西看到遥远的小岛之间还交错着其他几条轨道。

“这太不可思议了！”苏西的脑中迅速闪过一个念头，“这意味着爱因斯坦的相对论是正确的！空间不是平的，而是弯曲的，你可以从一头穿越到另一头！那实在是……哇！”苏西已经激动得说不出话了。

“不能算弯曲，可以说是凹凸不平的，不过我明白你的意思。”斯通克挺起胸站直了身子，接着说道，“不过我们不是来这里看风景的。如果你真的想成为列车上的一员，最好快点回到 H. E. C. 去。”

“H. E. C. 是什么？”

“就是分拣车厢和贝儿号之间的那个生锈的老家伙。局长让你安全地回到那里，这样我们才能接着派件。好了，快点去吧！”

“但是我应该怎么回去呢？”

“从煤水车上爬过去。”斯通克说着招了招手，将苏西带回驾驶室。

“什么？别开玩笑了。”

“别怕。踩在香蕉上没那么容易滑倒，你只要别吃它们就行了。”

乌瑟尔打开驾驶室的后门，让苏西看他们身后的煤水车，只见车厢侧面有一溜窄小的把手通往敞开的车顶。

“我为什么不能吃那些香蕉？”苏西问。

“因为那样你会爆炸的。”斯通克拍了拍她的背说道，“好了，上去吧。”

苏西在睡袍上擦了擦手，紧张地握住下面的把手，试试它们能否支撑得住自己的重量。她将拖鞋挤到把手间的空隙里时有些费力，但往上爬倒是很轻松。几秒钟之后，她就来到了煤水车顶边缘，一座香蕉堆成的山赫然出现在她面前，她本以为煤水车里都是煤炭。“接下来我要去哪里？”她问。

“直接从上面翻过去，”斯通克说，“另一边还有一架梯子。你只要顺着爬下去，再走过踏板，就能看到 H. E. C. 车厢的门了。你肯定能找到的。”

“好吧，”苏西深吸了几口气，“祝我好运。”

“我可不信这种话，我会说，别掉下去。”斯通克说。

“谢谢，但愿如此。”苏西再次吸了口气，向上爬去。

苏西很快发现走在一大堆香蕉上的感觉很奇怪。就像斯通克说的，在香蕉上走路摩擦力很大，它们厚厚的皮很容易踩稳，尽管她的拖鞋已经湿了，但一点儿也没打滑。不过香蕉在苏西脚下不断移动，她只好弯下腰，用双手笨拙地支撑着爬上香蕉堆。让她感到紧张的是，当她碰到香蕉的时候，它们嘶嘶作响，蓝色的能量光束在她指尖跃动，虽然一点儿也不疼，但的确让她有些头皮发麻。

“这辆列车的燃料是香蕉而不是煤，”苏西自言自语道，“这怎么可能呢？”

“这还不简单！”一个微弱的声音从苏西口袋中传来，“它们是核聚变香蕉。”

苏西惊讶地向下看去。她一直在全神贯注地往上爬，几乎忘了水晶球的存在。“什么是核聚变香蕉？”她问。

“它们是一种燃料，”青蛙说，“不过有些过时了。这些香蕉的性能不太稳定，所以人们现在不大用了。”

苏西顿住了，指间跃动的能量光束越来越多。“到底有多不稳定？”她问。

青蛙认真思考了几秒，接着说：“它们的皮被剥开才会有危险。”

火花渐渐消失，苏西松了口气：“是斯通克让我们过来的，那应该不会太危险，对吧？”

“没错，”青蛙说道，“但是你知道矮人的安全和健康条例是什么吗？”

“我不知道。”苏西说。

“那就对了，因为他们根本没有。”青蛙说。

“真是多谢你了，”苏西从牙缝里挤出几个字，“你还是没告诉我你是谁。”

“真的想让我在这个时候告诉你？”

“没错，就现在。”过了几秒钟，青蛙没有回应，苏西停了下来，直接拍了拍鼓起的口袋说：“我还在等着呢。”

“好吧好吧，我是弗雷德里克。”

“那是谁？”

“我是个王子。”青蛙极其耐心地解释着，“西沼泽地的王子。你以为我是谁？”

苏西一把将水晶球从口袋里掏了出来，惊讶地盯着那只青蛙说：“你是个王子？”

“没错，”弗雷德里克回答道，“我年龄还没到，所以还不是国王。但这并不意味着你能用对待平民的口吻跟我说话。”

苏西大笑起来，说道：“非常抱歉，陛下？”

“应该是殿下，不过不知者不怪。你叫什么名字？我可以直接叫你邮递员吗？”

“我叫苏西·史密斯，来自地球。为什么你变成青蛙了？暗影夫人想要你干什么？”

“你真的想在这里说吗？”弗雷德里克说。

苏西看了看四周堆积如山的香蕉和飞驰而过的大海，不情愿地说：“好吧，不过等时机合适的时候，你必须把一切都告诉我，好吗？”

“好吧。”弗雷德里克答应了，但听上去他不太乐意。

苏西将水晶球放回口袋，再次思考应该如何安全地爬过香蕉堆。在靠近最高处时，苏西往前一跃，想要快点离开那里，但一阵风从她身后呼啸而来，她的睡袍像帆一样鼓了起来。苏西的身体失去平衡，向前翻了个跟头，惊叫着从香蕉山的另一侧滚了下去。

“救命！”弗雷德里克大喊，但苏西此时也无能为力。世界变成了由蓝色的天空和黄色的香蕉组成的风车，在她视野中快速旋转，让她头晕目眩。最后，她四脚朝天停了下来，头发盖在脸上，双脚抵着煤水车后壁。

“你还好吗？”苏西气喘吁吁地说。

“还好，”弗雷德里克说，“我现在眼冒金星。”

苏西拨开头发。她已经翻过了那座香蕉山，H. E. C. 奇怪的筒形金属车厢出现在面前。苏西正看着，车厢前的连通门开了，威尔莫特探出了头。

“来得正好，”他说，“进来吧。”

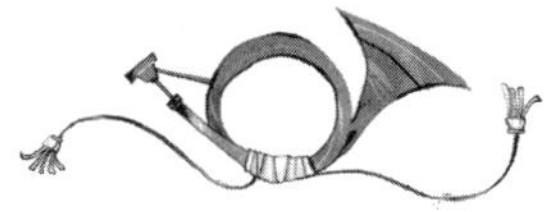

她费劲地爬下梯子，来到了踏板上。煤水车和H.E.C.之间只有一小段距离，但威尔莫特还是伸出手来帮她。

“一切都还好吗？”他边问边关上了苏西身后的门。

“我想还不错。”苏西环顾四周。如果说H. E. C.从外面看起来像是一辆旧的油罐车，那么里面更像是机械鲸鱼的肚子：熟铁制成的骨架支撑着整个车厢，天花板上有两个巨大的圆形舱口，还有个更大的在侧面的墙上。车厢另一头的机械装置仿佛来自维多利亚时代的工厂，飞轮、活塞、刻度盘和弹簧组装在一起，看上去像是一个水泵，又像是某种发电机，前面有一把旋转椅和一块复杂的控制面板。

苏西和威尔莫特站着的地方摆满了衣架，上边挂着盔甲般的制服。苏西走近一看，发现有些的确是盔甲，上边的钢板已经凹了进去，链甲也生锈了，还配有笨重的面罩。很显然，这些盔甲的设计者充分考虑到了矮人们长长的耳朵和鼻子。

其他制服看上去更加奇怪。其中有一件像是太空服，用银色的减震材料制成，配有笨重的靴子和反光的球形头盔。这件制服上有好几个地方贴着很多胶带，下边似乎有燃烧过的痕迹，苏西有些不敢看。

“欢迎来到H. E. C.，”威尔莫特说，“这里是危险地带车厢[1]。没有它，我们连一半的邮件都送不出去。”

车厢剧烈地摇晃着开始减速，苏西不得不费力稳住身体。一定是斯通克踩下了刹车。

“你把我带到了危险地带吗？”苏西问道。

“一般来说，你得先完成训练才行。”威尔莫特说，“不过上次你在暗影夫人那儿表现得非常好，所以我觉得你不用训练了，你觉得呢？”

特快专列终于呼哧呼哧地停了下来。苏西从最近的舷窗向外望去，海峡看上去平静又迷人。正当她准备回答威尔莫特时，整个车厢突然猛地一震，她感到脚下的地板正在往下沉。惊慌之中，她看见海浪在舷窗外升起，翻腾的泡沫将他们一点儿一点儿吞噬，最后，天空消失在视线中。

“我们要沉没了！”苏西喊道。

“实际上，我们在下潜，”威尔莫特说，“它和沉没有点儿像，但在我们的掌控之中。”他走向最近的衣架，拿下了一件制服，说道：“你需要这个。”

“潜水服？”

威尔莫特点点头：“你穿着可能会有点儿紧，但这是制作最精良的了，至少在它们问世的时候是这样的。”

苏西接过潜水服，仔细观察起来。它和用银色材料制成的宇航服有点儿相似，但看上去像是用旧帐篷缝合起来的，袖子上连接着厚厚的橡胶手套，裤腿上则是一双沉重的金属靴。

---

① 英文全称为“the Hazardous Environment Carriage”，H. E. C. 为其首字母缩写。

头盔是一个凹陷的铜球，前边有一副巨大的护目镜，还有一只柔软的帆布袜子用来放矮人的鼻子，头盔顶部的管口连着一条红色的粗软管。

“我并没有像你想的那样擅长这项工作，”苏西说，“我从来没潜过水，甚至还没拿到初级游泳证！”舷窗外面出现了一簇簇高大的亮粉色珊瑚，热带鱼群正在珊瑚丛中游来游去，美丽极了。但苏西此时非常紧张，无法好好欣赏眼前的美景：“你可以去吗？你看上去像个专家。”

“天哪！”威尔莫特似乎突然有些慌张，说道，“我可不是什么专家。”不过他羞涩地一笑，似乎很高兴听到苏西这样称呼他：“我通过了所有的理论考试，不过还有许多工作我没实践过。”

“为什么没有？”苏西问道，“你干这行多久了？”

“刚满一年。我辍学之后就来了。”

“你之前在上学？”苏西感到很惊讶，“你多大了？”

“一百五十岁。”

“多大？”

威尔莫特的脸唰地红了，解释道：“我知道，我是有史以来最年轻的邮政局长。一般来说，我需要在邮政学院学习几十年，从初级做起，然后逐步晋升。不过这些年来，矮人邮政一直人手不足。我父亲去世之后，只有我可以接替他的位置。”他的脸更红了，接着说：“当我还是个婴儿的时候，我就对奇境邮政特快专列很感兴趣。我研究了所有的邮递路线、派件价格，还有规章制度。能在这儿工作是我莫大的荣幸。”

听了威尔莫特的一番坦言，苏西觉得内心的愧疚感又开始折磨她了。

“很抱歉，我之前不知道你的父亲……”

威尔莫特笑了起来，尽管他的眼睛里充满了悲伤：“他是以身殉职的，这对一个矮人来说是最高荣耀。”

苏西不太明白他的话，不过此时她正全神贯注地思考着另一个问题：“矮人的寿命有多长？大部分人类能活到一百岁就已经谢天谢地了。”

“真的吗？”威尔莫特看起来吓了一跳，“那你们怎么有时间来做事呢？”

“我们一直都忙忙碌碌的。”苏西回答道。

“难怪，”威尔莫特说，“大部分矮人至少能活一千年，我还认识许多寿命更长的。”

“就像弗莱彻，”苏西说，“他跟我说自己已经一千零十岁了。”

“他还有两个世纪才退休呢，”威尔莫特叹了口气，“他总爱开这个玩笑，弗莱彻离退休总是还有两个世纪。我们矮人一般会工作到累垮为止。”

苏西闭上眼睛，在脑子里粗略计算着，随后睁开一只眼睛说道：“我想，大体上说，人类的一年差不多相当于矮人的十二年。”

“那用矮人的年龄来算，你有多少岁了？”威尔莫特问。

苏西又飞快地计算起来。“一百三十二岁！”苏西笑了起来，“我上个月刚过完生日，当时应该在蛋糕上多插些蜡烛的。”

“用人类的时间计算，我应该多少岁呢？”

“十二岁半。”苏西说。

两个人都笑了起来。在这一瞬间，暗影夫人带来的恐惧感变得遥远且微不足道。

“我现在可能还经验不足，”威尔莫特说，“不过我从前也接待过搭车客。相信我，我说没事的时候，你就会没事的。再说了，我会帮你的。”

他一下子跳到车厢另一头那台奇怪的机器旁，拨动了控制面板上的几个开关。机器运转起来，飞轮不断转动，向空气中吐出了一团烟尘。“它可以让你在水下呼吸。”威尔莫特被烟呛得咳嗽起来。

“它真的可靠吗？”

“绝对可靠。它是矮人制造的，保证能用一个世纪，否则就退钱。”

“它投入使用多久了？”那台机器的一些零部件似乎被修理过，上边贴着和宇航服上一样的胶带，这让苏西警觉起来。

“现在不是操心这个的时候，”威尔莫特催促道，“你最好快穿上潜水服。你去得越快，回来得就越快。我们还要赶进度呢。”他在控制面板前坐了下来，开始摆弄那台机器。

苏西再次看向潜水服，上边没有明显的破损，但她不确定布料的缝合处是否会漏水。不过，只要衣服里的气压够强，水进不来就行。

压强可以用“标准大气压”计量，苏西告诉自己，海平面的压强是一个标准大气压，深度每增加十米，就会增加一个标准大气压。苏西从最近的舷窗向外看了一眼，他们已经下潜了大概二十米。那么，增加了两个，一共是三个标准大气压。虽然她仍然不确定这件潜水服到底能不能防水，但至少这些计算让她稍微镇静了些。

她脱下睡袍，钻进潜水服。那双靴子太重了，穿上之后苏西几乎没法儿抬起脚。不过她觉得到了水里之后，这应该就不是问题了。就像威尔莫特所说，潜水服有些紧，不过胳膊和腿上的布料是像手风琴一样折起来的，拉开后还算合适。

“别把我一个人留在这里！”弗雷德里克的声音从睡袍中闷闷地传来，但这已经足以惊动威尔莫特了，他向四周看去。

“谁在说话？”他问。

“是我。”苏西用很大很刻意的声音答道，“我只是在……自言自语。”

“我的母亲总是说自言自语是发疯的先兆。”威尔莫特说，“当一个矮人将自己涂成橘色，还在鼻孔里插上胡萝卜的时候，他就彻底疯了。你不会那样做，对吧？”他看上去有些担心。

“别担心，”苏西努力挤出一丝笑容，“车上只有香蕉。”

危险地带车厢最后震了一下，停在了海底。

“好了，”威尔莫特咧嘴一笑，“准备好了吗？”

“马上就好。”苏西转过身蹲了下来，假装正在整理头盔。

她将手伸进睡袍口袋，拿出水晶球。“别出声。”苏西把水晶球拿到嘴边低声说道。接着她把手伸进头盔，将水晶球塞进了为矮人鼻子设计的袜子里。她把头盔调整到合适的位置，装了水晶球的袜子像大象的鼻子一样垂在脸前。

“让我来。”威尔莫特说着帮她扣上头盔，扣紧的声音简直震耳欲聋。潜水服里一片漆黑，苏西本来没有幽闭恐惧症，不过随着时间流逝，她开始感到紧张，汗流不止。如果这都受不了，她在水里时该怎么办？

威尔莫特拍了拍头盔，打断了苏西的思绪。他在护目镜前冲她竖起了大拇指：“跟我来。”

他将苏西带到了墙边的舱口前，开始转动上边的黄铜转盘，他拉开舱口，露出了后边的气闸舱。气闸舱和橱柜差不多大，另一侧有个跟第一道一模一样的舱口。苏西犹豫着，突然很抗拒被关在狭窄的空间里。

“你一出去就要把空气管连上，”威尔莫特靠近头盔，大声喊道，“就是接在你右边的那个红色管口上。”

苏西强迫自己注意听他的话，倘若能专注于什么东西，也许就能忘记恐惧了。“好，”苏西朝着威尔莫特喊道，但她很快被头盔里的回声震得打了个冷战，“然后我应该怎么做？”

“目的地就在你的正前方，”他喊道，“哦，你要送的是这个——”他从口袋里拿出了一个绿色的玻璃瓶。

“我还以为是去取东西呢。”苏西说着接过瓶子，举到护目镜前。瓶子的正面贴着一张画着月亮的老式标签，上面写着“宁静之海——最好的黑朗姆酒”。瓶口用黑蜡封住了，但瓶子里面似乎是空的。她晃了晃玻璃瓶，听到有些轻盈的羽毛似的东西发出咔嗒咔嗒的声音。她很想看清那是什么，但是玻璃瓶太厚了，而且颜色很深，她没法儿看清楚。苏西摸索着将瓶子放进了潜水服前边的皮口袋里。

“准确地说，你的确要去取东西，”威尔莫特说道，“不过那儿其实没什么可以让你取的。嗯，也许有，不过你拿不起来。你明白我的话吗？”

“不明白。”苏西说。

“别担心，”威尔莫特说，“等你见到船长就会明白了。准备好了吗？”

“准备好了。船长是谁？”

“他是个好人，真的，当你穿过所有的……你懂的。”他伸出舌头，转了转眼珠，做了个鬼脸，然后向苏西挥了挥手说，“祝你好运！”

苏西还没来得及抗议，威尔莫特就砰的一声关上了内层的舱口。

“他在说什么？”弗雷德里克的声音从袜子里传来。

“我也不知道，”苏西说，“我想现在只有一个办法能弄清楚了。”

过了一会儿，气闸舱里开始进水。水从地板上的格栅里涌了进来，迅速上升，短短几秒钟就漫上了苏西的膝盖。

“什么声音？”弗雷德里克惊恐地喊道，“我在这儿什么也看不见，你为什么不把我放到我能看见东西的地方？”

“因为我得把你藏起来。”苏西说。

“听起来像是水声。我们要被淹死了吗？我们要被淹死了，是不是?!”

“嘘！安静。这里是气闸舱。我们得先让它充满水，然后才能打开外侧的舱口，不然海水会立马涌进来，把我们压扁。”

“好吧，”弗雷德里克说，“那就听你的吧。”

“本来就是这样。”苏西说，尽管如此，当海水没到护目镜时，她还是下意识地屏住了呼吸，“这是为了平衡压力，让舱内的压力和外面的一样。这就是物理。”

“物理，”弗雷德里克念着这个词，“像糊理那样吗？”

“不，”苏西生气地咬咬牙，“物理总是说得通的。”

海水漫到了舱顶，苏西打开了外侧的舱口。

当她走出列车时，鞋子将海底细小的白色沙粒带了起来。苏西周围遍布高耸的霓虹色珊瑚，闪闪发光的热带鱼群穿梭其间。海面像是一面破损的镜子，远远地在他们上方浮动，让交错的光柱照射进来。

“这里太美了。”苏西感叹道。

“姑且信你一回，”弗雷德里克嘀咕道，“你是不是还要连接什么软管？”

“哦，对！”苏西已经将威尔莫特的指示抛在了脑后，忘记她还需要连上空气管，否则她就只能呼吸潜水服里的空气了，可能连一分钟都撑不下去。

她向四周看了看，发现一个红色的圆形管口从危险地带车厢挨着气闸舱的一侧凸出来。苏西举起手，笨拙地抓住头盔上的软管，然后摸到了末端的黄铜螺丝。她的手套实在是太厚了，很难将软管插进管口。苏西渐渐感到呼吸困难起来。当她最终连上软管、拧紧螺丝时，一阵清新的空气灌进头盔，吹拂着她的脸和脖子,让她感觉很凉爽。苏西长长地舒了口气。

"我们差点儿就没命了，"弗雷德里克说，"你可是在照料一位王室成员，你应该更小心才对。"

"谢谢提醒，殿下。"苏西说，"我会加倍小心，不让我们溺死的。"

"这还差不多。"

苏西顿了顿，想知道奇境是不是压根儿没有讽刺这回事。不过很快她就想起自己还有工作要做。尽管这里很美，但在船舱里欣赏可比待在外面安全得多。她环顾四周，看见不远处的珊瑚丛中矗立着一个巨大的、带尖的东西。

"那看上去像是一艘沉船，"她说，"你觉得那是我们的目的地吗？"

"我可不知道，"弗雷德里克说，"你才是邮递员。"

苏西咬着散落在眼前的一缕头发。"从这儿什么也看不见，也许我们要见的是美人鱼呢。"她轻声笑了笑，小心翼翼地朝着沉船走去，生怕踩到脚下的珊瑚，"我们真的可以见到美人鱼吗？我是说这个世界有美人鱼吗？"

"也许吧。"弗雷德里克回答，"美人鱼、男人鱼、兽鱼、鲨人、鱿人、飞鱿、陆鱿、巨鳗、电鳗、核鳗……奇境联邦什么都有。”

苏西打了个冷战，后悔问了这个问题。有些生物听起来显然不那么令人愉快。尽管珊瑚礁看上去十分平静，苏西还是紧盯着里面黑暗的缝隙。

“殿下，”苏西试图转移自己的注意力，“一位王子到底是怎么被关在水晶球里的？水晶球又怎么会被寄到了邪恶的女巫那儿？”

“说来话长。”弗雷德里克说。

“我猜也是，”苏西说，“洗耳恭听。”

弗雷德里克叹了口气：“细节我就不跟你讲了，我是王位的第一顺位继承人，这意味着有朝一日我会成为国王，这可是件大事。”

“听起来是件大事。”苏西附和着。

“我可不是吹牛，西沼泽地的人民都盼着我登上王位呢。我真的真的很受爱戴。”

“那是自然，”苏西语气平平地说，“那后来发生了什么？”

“我在错误的时间去了错误的地点，听到了一些不该听到的事。”弗雷德里克说，“一个推翻整个王国的阴谋。”

“哇！这可太严重了。”苏西着实吃了一惊。

“我知道，”弗雷德里克闷闷不乐地说，“就在我准备拉响警报的时候，不知从何处远远地传来一道咒语，接着我就发现自己被困在这个愚蠢的水晶球里了。”

“是暗影夫人的诅咒！所以她就是幕后黑手？”苏西倒吸

了一口凉气。

“你知道最糟糕的是什么吗？”弗雷德里克说，“我被诅咒以后，我的两个贴身护卫，也是我在整个联邦最信任的人，将我打了包，装进了寄往黑岩塔的包裹里。原来他们一直都是暗影夫人的手下。”他的声音开始颤抖，苏西突然有些同情这个男孩。

“我很抱歉，这太糟糕了。”她说。

“没错，她居然把我变成了一个廉价的青蛙摆件，而不是什么上档次的东西，比如烛台或者钟表！”

苏西继续拖着步子朝沉船走去。这个故事的确令人不安，再次激起了苏西心里对暗影夫人的恐惧。如果那个老妇人知道弗雷德里克对苏西说了这些，会采取行动让他闭嘴吗？珊瑚下面的阴影似乎比刚才更暗了，她竭力克制自己，不让自己走上前去仔细观察它们。

不过这件事有些蹊跷，苏西又觉察到了大脑中那种轻轻发痒的感觉。有些地方不大说得通。

“等等！”她突然停了下来，“你让我救你的时候，说整个奇境的命运在此一举。”

“我说了吗？”弗雷德里克惊讶的语气非常值得怀疑，“你确定我说的不是奇境的一个地区？”

“我确定，”她说，“不然我才不会轻易救你呢。”

“你那时太紧张了，也许是你的记性跟你开了个玩笑。”他说。

我的记性好极了，苏西想，要么你当时说谎了，要么你现在正在说谎。她差点儿把这个想法说了出来，但是直觉告诉她还是等等比较好。也许弗雷德里克只是在夸大自己的重要性，好让苏西把他从塔中救出来。不过现在他已经得救了，为什么还不肯承认呢？苏西的疑惑迟迟不肯散去，她有一个谜题要解开，却还没有集齐拼图的全部碎片，要是逼得太紧，弗雷德里克就什么都不会说了。她必须等，希望他能说漏嘴。

“也许你说得对。”苏西故作镇静地说道，“来吧，我想去看看那艘沉船上有什么。”

海中墓穴

“真不知道我什么时候才能有份美好又简单的工作，”苏西说，“比如把信塞到信箱里。”他们已经来到了沉船边。船体裹满了藤壶，侧面有一个形状不规则的洞。它一定曾是一艘气派的远洋船，船体宽敞，有三根高大的桅杆，但如今桅杆已经全部损坏了。船首铭牌上的字迹需要仔细辨认才能认出：葡萄美酒号。

船体上那个洞很大，一个成年人不用弯腰也能通过，但里边一片漆黑。苏西在洞口犹豫着，要是有一支火把就好了。

“你在磨蹭什么？”弗雷德里克说，“他们正等着呢。”

“要是能知道是什么在等着我们就好了。哦，好吧，我来问问。”苏西清了清嗓子，用尽全身力气喊道，“你好！有人吗？我是来取件的！”

“哦！”弗雷德里克吓了一跳，“我感觉耳朵都快要被你震聋了。”

“摆件可没有耳朵，殿下，”苏西说，“别出声。”

他们仔细听着，但沉船里没有任何回应。

“现在该怎么办？”弗雷德里克问。

“只有一个办法了。”苏西压下心里的恐惧，穿过洞口，走进那团阴影中。

“你确定这是个好主意？”弗雷德里克小声说。

“不确定。”苏西透过头盔上的小镜片凝视着这片漆黑，她的确一点儿也不确定这是不是个好主意，毕竟船里可能有任何东西，比如奇奇怪怪的鲨鱼、鳗鱼和鱿鱼……她等着眼睛适应黑暗，但这并非常人可以适应的，这是一种完完全全的黑暗，连一丝光线都没有。

过了一会儿，一道淡淡的蓝白色光芒在沉船深处亮起。它微弱极了，苏西一开始甚至不确定自己是否看到了它。不过那道光越来越亮，让她渐渐看清了船内的模样：旧枪管、箱子、翻倒在地的桌子、生锈的大炮……盖满了沙子的地板上还散落着一些白色的东西。

“是骨头。”苏西低声说道。地上到处都是骨头，要不是看到从沙子里露出来的人类头骨，苏西可能会觉得它们来自任何生物。她数了数，一共有五个。

苏西向洞口退了一步，随即又停了下来。她看见了那道光的源头，就像是一朵没有固定形状的云，正穿过海水向她漂来，不断散发着光芒。

“怎么了？”弗雷德里克问道，“我什么也看不见。”

“那是……那是海藻，”苏西说，“没错，是发光海藻。我看过一部有关的自然纪录片。一定没错。”

“那你的声音听起来怎么这么害怕？”他问。

苏西站直了身子，说道：“才没有。”

“你……有……”

一个声音似乎从四面八方同时传来，苏西吓得蹦了起来。这时第二朵发光的云从她身后的地面钻出来，让她无处可躲。苏西转身向后跑去，却看到第三朵云突然出现在一个箱子上。紧接着，又有两朵云从实木甲板上漂了下来。短短几秒内，苏西就被包围了。

“别……跑……”那个声音幽幽地说，仿佛是从光芒中心传来的耳语，“我们一直在等……”

“你们是谁？”苏西问道，这一次她没有尖叫。

“看……”

云团聚集起来，变得越发厚实明亮。它们不断收缩，中心不停扭曲、交叠在一起，显现出精细的图案。不久，云团有了轮廓和质感，正对着苏西的那朵云抬起一只手臂时，她才惊讶地意识到自己看到的是什么——是人。总共有五个男人，大多留着胡子。他们都戴着老式的帽子，穿着有褶边的衬衫和长长的大衣，大衣几乎拖到了……哦，不是拖到他们的脚，因为他们根本没有脚。他们的腿幻化成稀疏的光线，没入头骨中。

“拿……着……”

说话的似乎是伸出手的那个人影，尽管他的声音仍怪异地四处回响着。只见他拿着一小沓密封好的信封，那些信封和他一样，都是蓝色半透明的。苏西正准备伸手接过，心里有个谨慎的声音让她停了下来。

“这是什么？”她问。

“给家人……最后的……信……”那个人影缓慢而庄重地说，他看上去比其他人高了一头，戴着一顶更大更精致的帽子，“请把……它们……带给我们的家人……”

“船长，你为什么要这样说话？”另一个人影说道，“有鱼钻到你喉咙里去了吗？”

“拿……着……”回声再次响起，这次变得有点儿尖锐，高个子的男人朝苏西晃了晃手中的信，“这是我最后的愿望……”

“你最后的愿望是船不要沉，”第三个人影说，“我记着呢，你那时候可虔诚了。”

“我希望能被美人鱼救起来，”另一个人影说，他有些胖，肩膀很宽，“说真的，你还好吗，船长？你的声音有点儿哑。”

“我很好……”船长怒气冲冲地说，“我很……哦，算了，你们现在把一切都毁了。”船长垂下胳膊：“跟你们实说了吧，这可是我们这些年来的第一个新客人，我只是觉得应该给她点非同一般的体验罢了。”

“新客人？”那个想要被美人鱼拯救的海盗问。苏西现在确定了，他们都是海盗幽灵。那个海盗眯起眼睛，朝苏西漂

了过来。他身体连接在头骨上的光束被拉长了，像气球绳一样。“你是说这不是那个谁，威尔莫特？”

“当然不是，加文，”船长说，“你难道没注意吗？她的声音和威尔莫特不一样，这是个女孩。”

“哦！”第五个海盗笑了笑，他弯着腰，看上去上了年纪，“那位邮政局长可算找到邮递员了。”

“哦，太棒了！”船长笑着说，“恭喜。威尔莫特一直希望能找到一两个邮递员替自己干活儿，这对他来说真是件好事。”他开心地拍起了手。这在海底本来是不可能的，但苏西想也许幽灵可以做任何想做的事情。

苏西晃了晃身子。她本以为和一群幽灵面对面，自己会害怕，至少会大吃一惊。但不知道为什么，她的焦虑却在慢慢消退。也许是因为在这些幽灵眼里，她才是那个奇怪的人。“我叫苏西，”她说，“我是来这里取件的。”她指了指船长手中的信，问道：“是那些吗？”

让她疑惑的是，海盗们都笑了起来。

“怎么了？”苏西有些生气地问道，“有什么好笑的？”

“威尔莫特没有告诉你吗？”船长说。

“告诉我什么？”苏西说。

“哦，不用担心，那只是我们这里的一个传统。对吧，伙计们？”

“对。”其他海盗异口同声地说着，聚到了一起。无论船长要说什么，他们都不想错过。

“你看，苏西小姐，这里的生活孤独极了，只能与鱼儿们为伴，而且我们已经在这儿待了很多年了。从前我们在大洋上航行，寻找宝藏。”

“你们果然是海盗，”苏西说，“我就知道。”让她惊讶的是，对方的脸色都沉了下来。

“海盗？”船长气急败坏地说，“小姑娘，你觉得我们看上去像是那种恶棍吗？”

“不，不是。”苏西急忙说，“我只是……我觉得……海盗都戴着这样的帽子，穿着这样的大衣……”

“这些是制服，”船长说着，摆出一个高贵的姿势，“我们来自探索发现协会。”

另外几个幽灵在他身边站定，将手放在了原本是心脏的地方，异口同声地说：“未曾有人到过的地方，就留给我们去探索吧；有人去过的地方，我们也将有新的发现。”

“我很抱歉，”苏西说，“我之前不知道。”

“没关系，”船长说，“每个人都是在犯错中成长的。”

“就像您学到了不要在晚上驾船从珊瑚礁中穿过。”一个船员说。

“安静，内维尔。”船长掸了掸袖子上不存在的灰尘，接着说道，“正如我刚才所说，我们一直向西行驶，想要寻找宝藏。终于，我们找到了它，康多洛古城。从房顶上的瓦片到路边的排水沟，那儿所有的东西都是纯金制成的。”

苏西咬紧嘴唇，她从前在历史课上听到过类似的故事。“你们偷了那些金子吗？”她问道。

“天哪，当然没有。”船长说，“我们在一个建筑工地上找到了工作，负责拉碎金砖。那些康多洛人很开心我们能把它们拉走。”

“哦。”苏西羞愧得脸都红了，她刚刚把他们都想成了坏人。

“离开的时候，我们把船装得满满的，”船长说这些时其他人都面带微笑地看着他，“当时我们想尽快回到港口，于是决定从海峡抄近路。”

其他几个人夸张地清了清嗓子。

“好吧，那是我一个人的决定。”船长说，“本来一切都很顺利，但不可能的事情偏偏发生了，你知道吧，那天晚上没有月亮……”

苏西低下头，透过船员们漂着的一缕一缕的蓝色身体，看到那些孤零零躺在沙子里的头骨。她心里突然对他们产生了同情。“所以船沉了？”她说，“太可怕了。”

船长耸了耸肩：“这些过一阵子就习惯了。我唯一遗憾的是我们再也没机会向世界宣告我们的成功。康多洛古城依然在那里，我们有绝无仅有的一张地图。”

苏西再次看向他手中的信，问道：“你们是想让我送地图？”

这一次他没有笑出声，但脸上依然带着笑意。“试试看能不能拿住它们。”船长说着，向她递了过去。苏西伸出手去接，但就像她猜到的那样，她的手径直从那些纸中间穿了过去。

“原始地图和我们要寄回家的信在多年前就分解了，已经没有什么要寄的了，也不再有收件人了。”

“我不太明白。”苏西说，“那你们为什么找我们来呢？”

“这是我们玩的一个小游戏。在船沉没的时候，我在一小块羊皮纸上匆匆写下了我们的坐标，还留下信息，希望有人能及时将地图打捞起来。我将它密封进了一个旧朗姆酒瓶里，把瓶子扔进了大海，希望恰好有一阵海浪能把它带上岸。获救当然是没希望了，但明知远征还没有完成，我们无法就这样死去。”他们都在水里，身体也是半透明的，所以很难辨认他们的神情，但苏西觉得船长强忍着泪水，眼睛里泛着泪光，“唉，没有人来救我们。我们被束缚在船最终沉没的地方，孤独地度过了许多年。直到有一天，一个奇怪的矮人出现了，就穿着你那件潜水服，我们都不知道他是做什么的。他举起了那个我多年前扔进海里的酒瓶，问‘有人要寄地图吗’。”

“是威尔莫特！”苏西说。

“不是。”船长笑了起来，“是他的祖父。那时他只是一个年轻的矮人，一个像你一样的邮递员。和你一样，当他第一眼看到我们的时候，也害怕得差点儿从潜水服里跳出来。”船长笑着说：“可怜的老洪克斯。我们太渴望陪伴了，于是拉着他说个不停。你知道，我们还以为那是最后一次和别人聊天，一旦他发现这里没有要取的信件，他就永远不会再来了。”

“但是他没有这样做，对吗？”苏西问道，“不然我现在也不会在这里了。”

“一点儿没错。当他知道发生在这里的一切之后，我觉得他为我们感到难过。于是，他把瓶子还给了我们，对我们说，如果这个瓶子再次漂上岸，奇境邮政特快专列就会来拜访我们。自那以后，差不多每年特快专列都会来一次。这样一来，我们就可以了解联邦发生的事了。而你，就是这趟光荣旅程的新成员。”

苏西惊讶地发现所有幽灵都看向了她，满怀期待地微笑着。“哦，”她说，“那你们到底想知道什么？”

话音刚落，幽灵们就大声地提出了一大堆问题。

“兰德斯顿港的鱼现在多少钱了？”

“你最近读过什么好玩儿的书吗？”

“西沼泽地今年是不是又赢了奇境歌唱比赛？”

“你认识美人鱼吗？”

苏西抬起手，恳求大家安静一会儿。“很抱歉，”她说，“这些问题我都不知道怎么回答，除了美人鱼那个，我不认识美人鱼。”

“我也不认识。”加文低着头说道。

“等等，”苏西想起了什么，“你们是不是有人问到了西沼泽地？”

“对，”内维尔点点头，“只要别又被达勒马克击败，我们今年有机会赢的。”其他幽灵纷纷点头同意。

“嘘！”弗雷德里克忽然出声想打断苏西，“你要做什么？”

“你们来自西沼泽地吗？”苏西问内维尔。

“是的，”他骄傲地说，“我们是不折不扣的西沼泽地人。”

“跟我说说你们的家乡吧。”苏西快活地说。

“嗯，那是联邦最伟大的航海国家，”船长说道，“拥有悠久的历史，那里的人们做了无数笔生意，积累了数不清的财富珍宝。”

“还有许多牛。”内维尔说。

“什么？”船长挠了挠头，“哦，是的，我想是这样，但——”

“多得离谱的牛，您想想看。”

“我同意你说的，内维尔，我们的国家的确有很多牛，但我现在说的不是——”

“我们的国家简直可以用‘富牛’来形容。”

其他人都困惑地看向内维尔。

“富牛，就是‘富有奶牛’的意思啊，不是吗？”他看向四周，但没有人表示认同，“这个词在正确的场合下可有用了。”他嘀咕道。

“这太棒了！”苏西打断他的话，“你们就是我要找的人！”

“不！”弗雷德里克低声说道，“快停下！”

“谁在说话？”船长问道，“你们有两个人吗？”

“是的，”苏西说，“你们一定还没听说吧？你们的国家陷入危险了。有一个叫暗影夫人的女巫正在密谋窃取王位。和我在一起的就是真正的王位继承人——弗雷德里克王子。他正在逃亡。”

“你在做什么！”弗雷德里克哀号着。

“没关系，”她说，“你没听到吗？他们不能离开这艘船，所以也没法儿和别人说起你的事。没准儿他们还能帮助我们呢。”但当她看向那些幽灵时，只看到了满脸的疑惑。“怎么了？”她问道。

船长清了清嗓子，看上去有些尴尬：“恐怕你搞错了，小姑娘。自从大革命以后，西沼泽地就没有国王了。我们现在是首相制，已经持续好几个世纪了。”

“什么？”苏西说，“但这不可能，他跟我说……”苏西猛然明白了过来。她愤怒地一把握住鼻子上的袜子摇起来，直到水晶球掉进头盔里。水晶球贴在苏西的脸上，她用力往下看，刚好能和里面的弗雷德里克目光相对。

“我可以把一切解释清楚。”他说。

第11章

大侦察镜

诺玛走进馆长办公室，敬了个礼：“启明大人，我们发现特快专列了。在黄晶峡。”

老人的目光从手上的报告上移开，抬起了头：“干得不错，队长。那个女孩还和他们在一起吗？”

“我想是的，大人。但是那辆列车有一部分已经潜进了水里，普通的侦察镜没法儿看到那么深的地方。我们需要大侦察镜。”

“很好，”老人说着站起身，“我一直想找个机会清扫一下大侦察镜上的灰呢。”

诺玛跟着启明大人来到了瞭望馆中心的空地上——她曾和玛雅在那里交谈过。启明大人用拐杖敲了三下地砖，像枪响一样的脆响在瞭望馆的圆顶下回荡着，还没等这声音完全消失，地板下就传来一阵越来越响的低沉的轰隆声，他们往后退到了桌子旁边等待着。

砖块开始移动，折叠到了一起，露出下边的黑洞。洞口不断扩大，直到占据了整个中心区域。接着，伴随着一阵轻轻的齿轮转动的声音，一个东西从黑暗中升了出来。

那是一架望远镜，有小侦察镜的二十倍大，样子与小侦察镜完全一样，黑色的玻璃镜头空洞地盯着天花板，镜头几乎与诺玛一样高。望远镜下是一个圆形的基座，刚好填补了地砖留下的空隙。启明大人匆匆走了过去，坐在望远镜目镜下边的沙发椅上。诺玛站到了他旁边。

“大人，请容许我提一个建议，”诺玛低声说道，“我们虽然已经知道了特快专列的确切下落，但自从暗影夫人和她的手下进入传送隧道之后，我们就再没看到过他们。在开始行动前，我们得先弄清楚他们的行踪。”

“非常正确，队长，你说得很对。”老人调整了一下目镜，往里面看去。观测了一会儿之后，他说道：“黄晶峡根本没有她的踪影。”

“太好了。”诺玛说，她很高兴终于有点儿好消息了，“我现在就带一队人出发，把弗雷德里克找回来。”

“别急，”老人又调了调目镜，“奇境邮政特快专列从不会停太久。还没等你追上他们，他们就已经离开了。”

“但是大人，我们得在暗影夫人找到他们之前做点什么。”

“我同意，但我还不确定暗影夫人是不是跟着他们。”

“我不明白您的意思。”

老人叹了口气说道："这是我永远不会当着她的面说的——暗影夫人是个聪明人，她绝对不会迷路。如果她没有跟着特快专列去黄晶峡，那她一定在谋划着其他事情，这让我有些担心。在弄清她想干什么之前，我们不能轻举妄动。"

启明大人紧闭着嘴唇，思索了一会儿，继续说道："请让守卫们时刻保持警惕，队长。我希望他们能够做好随时行动的准备。"

"明白，大人！"诺玛心里充满了期待。终于要行动了，她想。虽然还只是一点儿苗头，但一种不安感在她脑海深处回荡，让她犹豫了一会儿。"大人，"她尽可能小心翼翼地说起这个话题，"我们还不知道暗影夫人为什么要找弗雷德里克，为什么给他施咒，我们甚至不知道他一开始为什么要逃跑。"

"这些问题都很重要，"老人回应道，"也许当他安全地回到这里时，会给我们答案。"他微笑着，将注意力转回到大侦察镜上。

"这三者之间一定有什么联系，"诺玛大声将自己的想法说了出来，"但是怎么可能呢？他只是个观测员罢了，和其他观测员没什么区别。他怎么会有暗影夫人想要的东西呢？"她在思索中皱了皱眉头，继续说道："除非他从侦察镜里看到了什么。"

"观测员的工作就是去看各种各样的事情，队长。"老人心不在焉地说着。

"我的意思是，重要的事情，"诺玛回答道，"一些……特殊的事情。”她再次看向那张空空如也的桌子，鼓起勇气问出了下一个问题：“我知道这是机密，但他在消失之前，研究的是什么？”

老人把视线从大侦察镜上移开，若有所思地看了诺玛一会儿。诺玛迎上他的目光。

“那些之所以是机密，一定是有原因的，队长，”他轻声说道，“我们的数据保护条例神圣不可侵犯。”

“我明白，大人。一般我也不会问起这些，但一定出了什么差错，如果我不能了解到全部事实，就无法解决问题。”诺玛心中的挫败感开始膨胀，仿佛内心深处有一个熔炉，使得她浑身充满不断喷发的热能，她不得不张开嘴，用话语将能量释放出来，“毕竟，我们的任务就是搜集信息。”

老人皱起了眉。“搜集信息，没错。把信息随随便便泄露给那些想得到它的人，不行。”他指了指穹顶，接着说，“信息就是宝藏，队长。它们比黄金还要珍贵，比魔法还要危险。如果正确的人掌握了这些信息，整个世界都会得以重塑。”

“但如果是错误的人呢？”诺玛问道，“所以我们不能让暗影夫人找到这些信息，无论它们是什么。”

老人将双手叠放在拐杖顶端，意味深长地看着她。接着，他闭上了眼睛。“他正在研究西沼泽地的农事。”他终于说道，“那儿有很多田野、奶牛和挤奶站。我不知道你觉得他还能看到什么。”说到这儿，他笑了笑。诺玛知道，他结束了这场谈话，温和但不容置疑。她还没有得到所需的全部信息，但知道自己一时半会儿不太可能从启明大人那里知道更多了。

“谢谢您，大人，”诺玛非常干脆利落地敬了个礼，“我还有一个问题。”

启明大人抬起一边的眉毛，深深吸了口气：“什么问题？”

“有关狼港的财政大臣的事。我检查了工作日志，根本没有她来访的记录。没有预约，没有安保安排，什么都没有。”她没再说什么，观察着启明大人的反应。

而他只是眨了眨眼，亲切地抬起头冲她微笑着说：“我真是太粗心了，一定是忘记记录了。抱歉，队长。”

诺玛也露出了微笑：“无须道歉，大人。人人都会犯错。”

除了您。诺玛走出去时这样想着，心里的疑问更多了。您从没忘记过任何事情。您一定有事瞒着我，我会自己查清楚的。

第12章

双塔记

苏西胸中的怒火像硫酸一样沸腾着。“你骗了我！”她说，“你跟我说你是个王子！”

“那不是欺骗，”弗雷德里克抗议道，“那是个借口，二者不一样。”

“你说的话有多少是真的？”苏西问道。

“有一些吧。”弗雷德里克的声音里流露出几分尴尬。

“暗影夫人的确对我施了咒。而且我的确说过奇境可能遇到了危险，我没有说谎。”

船长清了清自己的嗓子，试图赶走一条游过的鱼，但那条鱼不慌不忙地穿过了他的手。“我和我的伙计们都有点儿糊涂了，”他看上去显然不太自在，“如果你的朋友不是王子，那他到底是谁？”

“他不是我的朋友，”苏西说，“我也不知道他是谁，他声称自己叫弗雷德里克。”

“没错，”弗雷德里克说，“这部分也是真的。”

“那你为什么对别的事情说谎？”苏西问道。

“因为有些消息很危险，”他的声音里透出几分悲伤，“你知道得越少，就越安全。”

苏西瞪着他，说道：“托你的福，我已经陷入危险了。既然我救了你，你就应该告诉我真相。”

“但你现在还没有完全救了我，不是吗？”弗雷德里克说，“我还在这个愚蠢的水晶球里。就好像这还不够糟糕似的，我又被困在了这套潜水服里，忍受着你的呼吸。”

“真是抱歉，你是想让我停止呼吸吗？”

“你让玻璃球起雾了！而且我一抬头就能看到你的鼻孔。”

“也许你更喜欢暗影夫人壁炉台上的风景吧。”苏西刚说出口立刻后悔了。她永远也不会把谁交到暗影夫人那样的人手里，但怒火让她变得有些刻薄。正当她准备向弗雷德里克解释时，他先开了口。

“你说得对，”他低声说，“我很抱歉，我会告诉你一切的。”

“很好。”苏西说，尽管她心里很不是滋味。

幽灵们凑得更近了，不想错过任何一个字。

“我不是王子，”弗雷德里克说，“但我的确是西沼泽地人，而且当我被解开诅咒，变回原来的模样时，我就会成为一个英雄。真的有阴谋在发生，只有我可以阻止它。”

“为什么是你？”苏西问。

“当然是因为只有我知道那件事，”他回答道，“不然你觉得为什么暗影夫人那么想抓住我？”

“等等，”苏西眯起眼睛看着弗雷德里克，“既然西沼泽地现在没有王位了，又怎么会有窃取王位的阴谋呢？”

“因为这个阴谋不是要统治西沼泽地，而是统治整个奇境，任何一个地区都不放过。它计划推翻各地合法的领袖，建立一个巨大的独裁王国。”

一时之间，所有人都没有开口。这些话压在苏西心头，它们可信吗？苏西并不愿回想，但可怕的记忆又在她脑海中浮现：暗影夫人的影子像活物一样向她爬了过来。她想象着它从高塔中冲出来，包裹住沿途的一切。这样一想，弗雷德里克的话似乎又非常合理了。

更糟糕的是，苏西觉得自己非常渺小脆弱，就像一只老鼠感觉到一只盘旋的老鹰的影子从自己头上掠过。暗影夫人现在正在某个地方，想要抓住他们。她不愿去想如果他们被那个老巫婆捉住会发生什么。

“这么说暗影夫人想要征服整个联邦，”苏西努力想摆脱心里的恐惧，“好吧，我可以相信你的话，但你是怎么发现的？”

弗雷德里克犹豫了片刻，说道：“因为我是个天才。”

幽灵们都发出了赞赏的声音，但苏西轻轻哼了一声：“真的吗？”

“嘿，”弗雷德里克抗议道，“我是在农场长大的没错，但这不意味着我是个笨蛋。你根本不知道那种感受，困在沼泽当中，没有兄弟姐妹，没有邻居，没有朋友，没有学校，没有钱，没有未来。只有奶牛，还有我的父母，他们甚至觉得我的存在只是在占用空间罢了。”

“可怜的孩子。”船长说道。其他船员也纷纷哀伤地点了点头。他们的幽灵光芒因同情而变得有些暗淡，让沉船也变得更暗了些。

“哦，”苏西没想到弗雷德里克会这么坦诚，这让她更难受了，“我很抱歉。这听起来很糟糕。”

“我曾经的生活……”他叹了口气说，“一言难尽，这意味着，如果我想要什么，就必须自己去争取。我五岁之前就开始自己认字，六岁就了解天上每颗星星的位置。不是我吹牛，我的确有点儿像个神童。”

“那你现在几岁了？”苏西问。

“十岁，”他说，“马上就十一岁了。这是人类的年龄，不是矮人的，提前告诉你免得你问。”

“但一个十岁的孩子怎么会发现整个联邦最危险的女巫的阴谋呢？”苏西问道，“我已经十一岁了，但是大多数时候，我连在早上起床的时候找到一双相配的袜子都很不容易。”

“我只是找对了人，”弗雷德里克说，“我搜集到了所有的证据，但还没来得及用上，就被暗影夫人施了咒，然后我就在这里了。”他的声音越来越微弱。

“但是你还能说话，”苏西说，希望这能让他打起一点儿精神，“这意味着你可以告诉别人你的发现，不是吗？”

“但是只靠我的话还对抗不了她，”他说，“她向我施咒时，我搜集的证据都在我手上，和我一起被困在了这里，现在变成了这个水晶球的一部分。”

“那么我们需要先想办法解开这个咒，让你和你的证据都恢复原状。”苏西说。

“是的，但是应该怎么做呢？”

苏西耸了耸肩，说道：“那些矮人会魔法，说不定他们能帮上忙。”

让她气愤的是，弗雷德里克笑了起来：“矮人的魔法？他们的魔法只能对付机器，对人可没用。”

“那你有什么高见呢？”苏西觉得自己的耐心已经快被磨没了。

“我可以看看那个水晶球吗？”船长插话道。苏西点了点头。船长身体前倾，将脸穿过头盔。他发着蓝光的脸出现在头盔里，离苏西的脸只有一两厘米，她没忍住往后退了一步。

“不好意思，”船长轻声说，抱歉地笑了笑，“给我一秒钟就好。”他仔细检查了弗雷德里克的水晶球，随后皱起眉头。片刻之后，他离开了苏西的头盔，回到船员当中。“恐怕这孩子说的是真的，”他说，“是某种厉害的咒语在起作用，非常强大的咒语。”

“我早就告诉你了。”弗雷德里克咕哝道。

“那我们应该怎么解开它呢？”苏西问。

“当然是用一个同样厉害的咒语了，”船长回答，“据我所知，只有一个地方的魔法可以比得上黑岩塔。”

“哦，不，”弗雷德里克说，“别说了。”

“什么？”苏西问道。

船长挺直了身子，低声说：“象牙塔。”

“我就知道，”弗雷德里克绝望地说，“你就不能想想其他地方吗？”

“等等，”苏西觉得自己已经跟不上他们的节奏了，“象牙塔是什么？”

幽灵们都震惊地看向她。“也许加文可以告诉你，”船长说，“他是这艘船上的历史学家，也很会讲故事。”

“乐意效劳，先生。”加文显然很开心自己被叫到。他往上漂了漂，确定所有人的注意力都放到了他身上，才低声说：“这是我听过的最古老的故事。许多年以前，当所有的奇境王国首次决定组成联邦时，大家建造了两座高塔，一座是正义之塔，另一座是知识之塔。它们是希望的象征，所有人在需要时，都可以向那两座塔寻求帮助。

“几个世纪以来，黑岩塔的魔法为无助的人提供保护，为受冤屈的人伸张正义，为弱者带来勇气。对于所有需要它的人来说，它所传递的力量就像灯塔一样闪耀着。但权力也相伴而来，权力会滋生腐败。随着岁月流逝，黑岩塔掌权者开始质疑：为什么强者应当为弱者服务？渐渐地，这座塔成了恐怖的象征，它强大的力量可以惩罚那些违抗它的人。”

苏西不由得在潜水服里打了个冷战。她能确定一件事，那就是她惹恼了黑岩塔的现任掌权者暗影夫人。加文继续讲下去时，她努力把这个想法抛在脑后。

“象牙塔是智慧的宝库，它促进新成员之间的了解，它的图书馆收藏着整个联邦的书籍，也给许多人带来了启发。但知识也是权力。象牙塔的看守人逐渐变得傲慢冷漠，疏远了所服务的对象。他们并不残忍，也不危险，但冷漠无情。现在，象牙塔垄断了知识，只有少数人有机会使用，还得用自己最宝贵的财富，也就是新的信息来交换。这就是知识的代价：用一条信息换另一条信息。”

故事说完了，加文回到原处，满意地点了点头。其他船员零星地鼓起了掌。

“干得好，加文，”船长说，“要是我来讲，这个故事就没那么精彩了。”

“所以象牙塔会有解开弗雷德里克的魔咒的信息，”苏西终于有了明确的目标，感到很开心，“它在哪儿？”

“去的话再简单不过了，”弗雷德里克闷闷不乐地说，“但进去之后再出来几乎不可能。”

苏西想起了加文的话，说道：“你刚说我们需要用新的信息交换才能进去，‘用一条信息换另一条信息’。”

“没错，”加文说，“这是象牙塔的铁规矩。”

“但什么是新的信息？”她问。

“就是秘密，”弗雷德里克说，“整个奇境只有一个人知道的事情。”

“我明白了。”苏西咬着嘴唇开始思索，接着她有了一个主意。“我们已经有一个秘密了！”她说，“就是你掌握的证据。这件事只有你一个人知道，对吗？”

“不，”他说，“这些证据是我从其他人手里搜集来的，你忘了吗？”

苏西大失所望。船员们都聚精会神地低头听着，抚摸着自己的幽灵胡子，喃喃自语。看着他们，苏西有了另一个主意。“那么康多洛古城的位置呢？”她说，“既然地图已经分解了，这件事就只有你们知道了。”

“但所有的船员都知道，”船长说，“我们有五个人呢。”

“那你们谁都没有秘密吗？什么都没有？”苏西问。

船长笑了笑说：“这么多年过去，我们已经没有任何秘密了。而且就算有，一旦告诉了你，那就不再是秘密。”他无奈地耸耸肩：“我很抱歉，现在我们帮不上什么忙。”

他的话让苏西的语气缓和下来。“你们已经帮了很大的忙了，”她说，“我很开心能遇到你们。”

听了苏西的话，船员们身上的光芒似乎又亮了一些。“很开心你能这么说，”船长说，“很高兴能认识你。我们已经开始期待你的下一次来访了。”

下一次来访？这些话像一桶冰水一样浇在了苏西身上。她第一次被迫面对自跳上列车就开始逃避的问题：即使她真的救了弗雷德里克和整个联邦，这件事要到什么时候才能结束？她一心想着别让眼前的机会溜走，甚至没想过自己要花多久才能回家。现在她抓住了机会，还要继续往前走吗？那些矮人真的不会把她留下来？没有他们的帮助，她怎么可能找到回家的路？回家以后又会发生什么？爸爸妈妈是不是已经醒来并且发现她失踪了？弗莱彻是不是还想着夺走她的记忆？还有可怜的威尔莫特，他是不是还会一个人在分拣车厢辛苦工作呢？她不想抛弃他，但她还能做什么？她不可能永远待在特快专列上。她终于开始意识到自己面对的问题有多严峻，它们像群山一样耸立着，将她团团围住。苏西开始冒冷汗了。

但她提醒自己，现在眼前最大的问题是弗雷德里克。如果她不能把他带到象牙塔去，他，还有她自己和联邦的所有人，都会立马落入暗影夫人的魔爪。如果她失败了，他们将无路可逃。

“你希望我把它放在哪里？”苏西说着，从潜水服的口袋里摸索出那个朗姆酒瓶。

“只要把它从那边的舷窗扔出去就行，看看大海会把它带到哪里。”船长指了指船身上的一个圆孔，圆孔边缘包围着正在生长的珊瑚。

苏西照做了，她迈着沉重的步子穿过沉船内部，小心翼翼不踩到散落的骨头，然后将瓶子从舷窗扔了出去。她刚一松手，酒瓶就像软木塞一样飞驰而去，向上打着旋儿，很快就不见了。

“谢谢你。”船长说。

“不客气。”想到自己可能再也见不到这些人，苏西感到有些悲伤，“你确定你们自己在这里没有关系吗？”

“我们已经学会了怎么打发时间，”船长说道，“几个月很快就过去了。只不过‘我说你猜’游戏[1]我们已经玩腻了。”

“我用我的小眼睛看到，”内维尔冒了出来，“海上的某样东西。”其他船员一听都抗议般叫起来。

“去吧,去找一个秘密，”船长说,“把这个男孩带到象牙塔，让他恢复原状，拯救整个联邦，再来告诉我们发生的一切。”

“我会尽力的。”苏西不想再许下自己无法做到的诺言。船员们纷纷抬起手向她告别，然后慢慢变回没有形状的云团，只有船长还站在那里。苏西走出沉船往回看时，他依然站在那里看着她，眼神既悲伤又充满希望。

苏西挥了挥手，转身离开。她真希望自己能带他一起走。她需要一切可以得到的帮助。

① 英美国家常见的亲子游戏 I spy，一般以“我用我的小眼睛看到”开始，描述某种东西，让其他人猜是什么。

计谋

“我们得尽快行动。”苏西小心翼翼地穿过礁石返回危险地带车厢时弗雷德里克说，“我们有许多事要做，我不该也不想再待在这个水晶球里了。”

苏西没有回答。和幽灵的相遇让她悲伤又不安，她想要片刻的宁静来厘清自己的思绪。“你说去象牙塔很容易，”她终于开口道，“特快专列可以带我们到那儿吗？”

“当然。”弗雷德里克说，“联邦的所有铁路线最终都通向象牙塔，可如果我们不能进到里面，又有什么用？”

“但那是个机会。”苏西迈着沉重的步子前进，看着鱼儿飞快地躲开，开始自言自语，“奇境邮政特快专列会送快递到黑岩塔，所以它肯定也会去象牙塔，对吧？”

“对的。”弗雷德里克说，听上去开始有些不耐烦，“它哪儿都会去。”

“那就意味着邮递员肯定有进去的办法。”她说。

“也许吧，但是寄往象牙塔的快件非常稀少，也许几个月也不会有一件，那么长的时间我可等不起。”

苏西专注地琢磨着她的新主意，所以没有回应。他们就快到达危险地带车厢气闸舱的外层舱口时，她突然停了下来。

“怎么了？”弗雷德里克说，“我们得进去。”

“我们会进去的，”她说，“你得先答应我一件事。”

“好吧，什么我都答应，只是快点！”

“别再撒谎，明白吗？如果想要我帮助你，我必须确定你对我是诚实的，否则你就自力更生吧。”

“我是诚实的，”他说，“现在我已经把一切都告诉你了。”

“你还没有告诉我是谁向你透露了暗影夫人的阴谋，以及一开始你怎么知道该找谁去问。”

“费这个劲干吗？”他说，“说了你也不认识，我碰巧有几个朋友身居高位罢了。”

这个答案显然没有缓解苏西的情绪。“怎么可能？”她说，“你生活在一个遥远偏僻的农场。”

“不是的，我说过我在那里长大，但我是天才，记得吗？我在社会上的地位上升了。”

苏西失望地攥紧了拳头：“那我们为什么不去找你的这些朋友，让他们帮助我们呢？”

这个问题一定是说中了弗雷德里克的心事，他的语气变得生硬起来。“也许‘朋友’用词不是非常准确，”他说，“他们更像是熟人。”

“关系好的熟人？”

弗雷德里克顿了顿。“也不太算，”他轻声说，“实际上我跟很多人都相处得不好。”

“真是意外。”苏西说。

“我的智力令他们心生畏惧，我也没有办法，”弗雷德里克说，“不管怎样，没必要为他们操心，你只需要相信我。现如今，唯有你和我可以拯救联邦，我们快没有时间了。如果暗影夫人追上我们，一切就都完了，没有人可以阻止她。”

这个想法让苏西感到担忧，一阵冰冷的刺痛感爬上她的后背。“我想我有办法到达象牙塔，”她说，“但是我想要一些回报。”

“什么回报？”

“我需要你帮我找到回家的路。”

“特快专列做不到吗？”弗雷德里克问。

苏西张开嘴巴，如鲠在喉。“如果我的计划成功，我觉得他们不会想帮我。”她已经违背了对威尔莫特的承诺，而且还将做出更糟糕的事情。如果他们到达象牙塔，她就再也瞒不住了。

“我可以做到，”弗雷德里克说，“象牙塔里的信息包罗万象，我一定能在到达那里之后帮你找到你所需要的信息。”

“好极了。”苏西本应如释重负地松一口气，可她一点儿也不觉得轻松，因为现在她彻底和弗雷德里克结盟了。她仍然不确定究竟可以信他几分，但是还有什么选择呢？他令人恼火，可也孤单无助。联邦的命运维系在他身上，而他又依靠着苏西。她希望自己做出的选择是正确的。

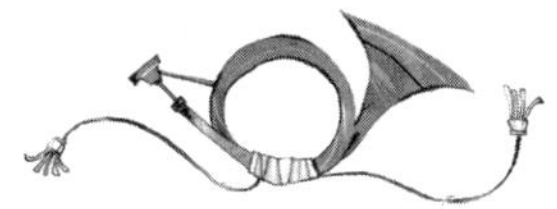

“怎么样？他们看到你吃惊吗？船长怎么说？”威尔莫特一拉开内层舱口就开始问个不停，还没等苏西回答，他就帮她拧开了固定头盔的螺丝。苏西心想：谢天谢地，好在自己已经将装着弗雷德里克的水晶球塞回了鼻子前的袜子里，不会被发现。

“我希望他们没有让你厌烦，”威尔莫特继续说，“他们真的超级友好，而且还有一些精彩的故事可以分享，尽管他们确实有点儿喋喋不休。”他使劲儿将头盔从苏西的头上拿开，再放到地上：“所以……”

“很好，”苏西一边享受着新鲜空气拂在脸上的感觉一边答道，“我喜欢他们。”

“是吗？哦，真不错。顺便说一下，我喜欢你新做的头发。”

“新做的什么？”她将一缕头发拉到面前，倒吸了一口气，“变成了亮黄色！”

“只有一点儿。”威尔莫特说。

苏西观察着太空头盔抛过光的面罩上映出的自己。她的发梢变成了亮黄色，她入迷地盯着头发：“这是怎么回事？”

“这是接触核聚变香蕉的副作用。”威尔莫特说。

“所以乌瑟尔也是因为这个变黄的？”

“没错，”他说，“一两天之后就会变回来。”

很好，苏西边想边扭动着脱掉潜水服，眼睛在舱内瞟来瞟去，寻找威尔莫特的投递时间表。她很快就有了发现，时间表随意地挂在气泵上面，仿佛随时会掉下来。现在她所要做的就是拿到它。“奇境的人死了之后都会变成幽灵吗？”她穿上睡袍时说。

“天哪，不。如果都变成幽灵，就会拥挤得连根针都插不进去。通常只有那些心愿未了的人才会徘徊着不肯离开，”他抖掉手上的几滴水，“瓶子派送了吗？”

“派送了，”苏西说，“不过我觉得潜水服漏水。”她将潜水服递给威尔莫特，祈祷着愧疚感不会让她的脸红得太厉害。她不想欺骗威尔莫特，但这是唯一可能奏效的办法。

“哦，天哪，”威尔莫特说着将潜水服举起来，用一根手指头戳了戳，“漏得严重吗？”

“嗯，严重，”她说，“很严重。我觉得是前面漏了。”

威尔莫特将头从潜水服的脖子处伸进去，用两只手在外面摸着。“我什么也没看到。”他说。

“你再找找，”苏西说着，悄悄地穿过舱室来到气泵跟前，“肯定有。”

她拿起投递时间表扫视着。那是一张井井有条的时间表，用铅笔工工整整地写着目的地、收件人和快件名称。正如苏西所料，时间表上哪里都没有象牙塔的踪迹。他们的下一个派送任务那里写着一个邮件号码——苏西猜想邮件正放在分拣车厢的架子上，和一个名字——卡尔乌斯·雷利，以及一个目的地——云工厂。

她回头瞄了一眼威尔莫特，他的上半身倒穿着潜水服，苏西不确定他能否把它脱下来，不过看样子他在努力找出漏水的地方，他时不时地发出相当刺耳的噪声，偶尔还嘟囔着诸如“我明白了”“非常有趣”之类的话。

苏西的时间不多了。她拿起拴在笔记板上的铅笔头。铅笔的一端带有亮黄色的橡皮，苏西用它擦掉了云工厂这条记录，然后匆匆忙忙写下另一个地址：象牙塔。她尽可能模仿着威尔莫特的笔迹，但对于之前淡淡的铅笔印却无能为力。而且她希望自己在海底时威尔莫特还没来得及查看时间表。计划实施得很不理想，但她的时间只够做这些。她勉强赶在威尔莫特把潜水服从头上脱掉之前将笔记板放回气泵上，并冲回到他身边。

“我看不出有什么问题，”他喘着粗气红着脸说，“而且里面看上去是干的。”

苏西抿着嘴，涨红了脸，不知道该说什么。

“不过现在没有时间操心它了，”威尔莫特接着说，他将潜水服挂回到衣架上，“我们有工作要做。”他冲苏西咧嘴一笑，迅速跑到一面墙上的一个小控制面板前。他扳动操纵杆，危险地带车厢猛地一晃，然后缓缓地从海底升起。苏西趁机将潜水头盔放回架子上，同时将弗雷德里克从头盔前端的袜子里拿了出来。

“发生了什么事？”弗雷德里克悄声问。

“嘘！”她说着将他丢进睡袍口袋。

“你已经成功派送两次了。”威尔莫特从控制面板前转过身来，“让我们开始第三次吧，怎么样？”

“听上去好极了。”苏西挤出一个僵硬的笑容，“我们要去哪里？”

“问得好。”威尔莫特说着朝笔记板走去。苏西本来因为他没有检查时间表松了口气，但这种情绪立即被新的焦虑所取代。她看到威尔莫特顺着时间表往下看，然后眼睛睁得大大的。

“这不可能，”他上气不接下气地小声说，“绝对不可能。”

苏西真希望自己能在别的什么地方，但是她没法儿将视线从威尔莫特逐渐失去血色的脸上移开。她攥紧拳头，指甲都抠进了手掌里，但这没能缓解她的不安。她在对信任她的人撒谎，就像弗雷德里克对她撒谎一样，她觉得自己和他一样糟糕。

可是还有其他办法吗？

“出了什么事？”她问，感觉自己像个骗子。威尔莫特用茫然又恐慌的眼神看着她。

“我怎么会漏掉它呢？我以为我检查过了，”他用手指戳着笔记板，“这很严重。”

就在威尔莫特说这话时，危险地带车厢冲破海面，哐当一声与火车的其他部分重新连接在一起。几乎就在同时，仪表盘上的电话响了起来。威尔莫特眨了眨眼睛，仿佛之前从未见过它一样。“哦，天哪！”他说着拿起了电话。

威尔莫特结结巴巴地接电话时，苏西鼓足勇气挪过去站到他旁边。“是的，斯通克先生，我正要做呢，我之前一直忙着弄气泵，还有……”一阵沉默后，威尔莫特接着说，“嗯，我恐怕是有一点儿疏忽，你知道……是的，是的，我会的，马上。”

威尔莫特把电话从耳边稍稍移开一些，拿起拴在笔记板上的铅笔头，在象牙塔那个条目上敲了三下。手写字发出明亮的金色光芒，苏西看得入了迷。接着这些字移动、翻滚起来，逐渐变得模糊。她之前看过这一幕，就在驾驶室里那个小目的地指示牌上，她恍然大悟：这就是指示牌的更新原理，有魔法将它和威尔莫特的笔记板连在一起。

仅仅几秒钟之后，字恢复到原来的顺序，光芒渐渐消失。电话里传来斯通克震惊的吼叫声，声音大得就像他正和他们一起站在危险地带车厢里似的。

“我很抱歉，”威尔莫特对着话筒说，“我一定是太专注于送往黑岩塔的包裹了，把这个完全疏忽了。”

苏西不太能听清楚斯通克回了什么话，但他听上去不太高兴。

“对，我知道那不是理由，”威尔莫特听上去越来越可怜，“我承担全部责任。是的，我知道这将给我们路上增加多少时间。对，你说得对，这是不可接受的。”

苏西看到威尔莫特快要哭了，于是将一只手放到他的肩膀上安慰他。他退缩了一下，大概是忘记了苏西在那里。苏西从他手里拿过话筒放回到话机上，他没有反对。

“你还好吗？”苏西问。

“不好。”他说，“我犯了个巨大的错误，现在我们将会比计划时间晚得更多了。”

这些话像滚烫的针一样扎进苏西的心里。“我确信那不是你的错。”她说。

“可这就是！”焦虑使他无法站在原地不动，他挣开了苏西的手，在车厢中间踱来踱去，“象牙塔！那么多地方，偏偏是它！你知道特快专列多久去那里一次吗？”

“多久？”苏西问。

“从没去过！至少是几乎从没去过！多年前我爸爸不得不到那里派送过一次。现在轮到了我，可我甚至都没注意到。哦，我妈妈说得对，一个矮人独自承担这项工作担子太重了，瞧我把这事弄成什么样了。”

“别那么说。”苏西恳求道，“你是位了不起的邮政局长，真的。”这时，列车猛地一震，动了起来。“现在我们要去那儿吗？”苏西问。

他摇摇头，仍旧踱着步：“不，我们不能贸然过去。启明大人从不白白放人进去。”

“启明大人是谁？”

“象牙塔的看守者、负责人。那是他的工作，你知道，搜集信息。所以，如果你想从他那里获得什么，就必须向他提供只有你知道的独家信息。”

“你能做到吗？”苏西充满希望地问。

“得先绕个道才行。”威尔莫特匆忙走到最近的一个舷窗旁，苏西跟了过去。下午即将结束，太阳在落向地平线时变得越来越大，将海浪染成金黄色和绯红色。

“我们要去哪儿？”苏西说，希望自己面对着如此美的景色可以感觉好受一些。

“回家。”威尔莫特说。

随后黑暗的隧道口张大嘴巴将列车吞了进去，黄晶峡消失了。

意外的访客

诺玛在弗雷德里克的空座位前停了下来。上次巡视瞭望馆时，她路过这里三次，每一次走近时，那挥之不去的不安感都促使她停下，但她总是在最后一秒钟失去勇气，匆忙而过，继续下一轮巡视。

现在这种不安感越发强烈，到了无法忽视的程度，她朝房间中央紧张地瞄了一眼，启明大人仍在那里全神贯注地盯着大侦察镜。她感到口干舌燥，舔了舔嘴唇，然后朝旁边座位上的观测员俯下身。

“那孩子消失之后，有人碰过这个侦察镜吗？”诺玛低声问道。

一个长着长毛猎犬般的脸的男孩——名牌上的名字是吉姆-吉姆——惊讶地往后一缩。“没有，队长。”他的声音因畏怯而发紧，“我们是不能碰别人的座位的，这是规定。”

“护卫中也没有人碰过？”诺玛问，然后将耳语的声音降得更低，“就连……启明大人也没有？”

吉姆－吉姆耷拉着耳朵，极其轻微地摇摇头：“没有。”

“谢谢你。”诺玛说。她本想加一句“好孩子”，但最终没说。吉姆－吉姆急忙重新投入到工作中，努力假装她不在那儿。诺玛又朝启明大人的方向迅速看了一眼，然后轻轻地将弗雷德里克的椅子从座位下拉出来，坐了进去。

她讨厌这样偷偷摸摸行事，感觉不诚实。但她更讨厌不确定的感觉，她知道将这种感觉赶走的唯一方法就是将这里所发生的事情探个究竟。有什么事情让弗雷德里克离开了瞭望馆，一定是什么极为危险的事，让他差点儿落入暗影夫人魔掌之中。如果他一整天都坐着观测农场是不会发生那样的事的，他一定是在观测其他什么……而如果没有人碰过他的侦察镜，那么镜头就一定还对着弗雷德里克最后看到的东西……

诺玛不由自主地打起寒战，她努力克制住自己，往前探了探，将眼睛贴在侦察镜上，第一次越过无数奇境凝视遥远的另一端。

她看见了一头奶牛。

实际上，她看到好几头奶牛在一个泥泞小院里走着，小院位于一间年久失修的畜棚和一间小小的破烂不堪的旧棚屋之间，她正俯视着这幅图景。她调整目镜，景物缩小了，连在一起的几块暗绿色的田地展现在眼前，地里全是奶牛，它们的哼哼声和哞哞声像是从水下进入她的耳朵。

“在找东西吗，队长？”

诺玛起来得太快，膝盖砰的一声撞到了桌子下方，声音在整个大厅里回荡。她疼得龇牙咧嘴，但还是迅速敬了一个礼。启明大人正站在桌子旁，抬起眉毛礼貌地询问着：“嗯？”

“大人！我只是，只是……”她结结巴巴地说。

“只是在查我？”他面有异色地回应道，“你对我缺乏信任，让我有点儿伤心，队长，不过我觉得应该为此表扬你，因为没有人是不容置疑的，就连我也不例外。”他渐渐露出微笑：“你有何发现？”

诺玛竭力控制着自己的神色。“没什么，大人。只是农场，正如您所说的那样。无论是什么导致他离开，都不会是这个。”她尴尬得脸颊发烫，但启明大人只是满意地点了点头。

“我很高兴就这么解决了。其实你只要稍微再等等，我原本会亲自向你解释他的动机。”

“您知道了些内幕，大人？”

“对，刚知道。”他挥手示意诺玛跟随他回到大侦察镜旁。在观测员听不到的地方，他继续道：“我追踪他和那个人类女孩苏西到了海底，他在那里透露了一些令人忧虑的实情。看样子暗影夫人的野心比我想得还要大，”他变得严肃起来：“我确定她正在计划夺取瞭望馆的控制权，队长，那就是她需要弗雷德里克的原因——他知道瞭望馆的位置，知道怎样进来，以及这里的一切是怎样运转的。”

混杂着愤怒和恐惧的情绪开始在诺玛的心底升起："您的意思是他出卖了我们？"

"是的，那是我目前的猜测，"启明大人露出一个忧伤的微笑，"真让人难受，我们已经为他做了那么多。不过他一定是改变了主意，想要逃离暗影夫人，这就解释了为什么她会对他下咒。罪有应得，你说是不是？"

"您必须允许我带一支队伍出去，大人。"诺玛攥起拳头，想象着用拳头可以从弗雷德里克那里逼出答案，感觉好受了一点儿，"等我抓到他，我会让他知道被诅咒就是个小玩笑。"

"没有那个必要，队长。"启明大人说，"等那个男孩到了这里，你会有很多机会让他知道他犯了怎样的错误。"

诺玛过了几秒钟才明白启明大人的意思。"您是指他正在赶回来？"她惊叫道，"但他才刚刚离开！"

"看样子是暗影夫人的紧追不舍让他改变了心意。"启明大人说。然后，让诺玛吃惊的是，他伸出手抓住了她的小臂，抓得出奇用力。"这至关重要，队长。"他低声说，"弗雷德里克是这一切的关键，而我猜测暗影夫人会来这里拦截他。我们不能让那样的事情发生，周边的护卫要加一倍才行，不，三倍。"

诺玛谨慎地慢慢将小臂从他的手中抽出："大人，您确定吗？黑岩塔从未与象牙塔为敌过，在整个联邦历史上都不曾有过。"

"历史是一回事，队长，"启明大人说，"未来是另一回事。而且倘若我们不为之做好准备，奇境联邦本身也会面临危险。"

他的眼里冒出冷冷的光。诺玛正要回应，她腰带上别着的对讲机突然刺耳地响起来。

“保卫瞭望馆！”对讲机里传来一个惊慌的声音，“有敌人接近！有敌人接近！”诺玛还没来得及回答，就感觉到地面颤动起来，好像有某个巨大而沉重的东西正快速接近外面的大门。观测员们全都一跃而起，护卫们迅速抢占防守位置。

“她已经到了！”诺玛大呼，“守住大门！”

但为时已晚。大门被猛然撞开，一个巨大的身影冲进房间，一队护卫追随其后。

诺玛以为是暗影夫人的一个雕像士兵，但来的却是一个比她高出一倍、宽得像台拖拉机似的人。那人穿着皮护甲，紫色的脸上文着图案，他轰隆隆地穿过房间，冲过来时龇牙咆哮着，露出参差不齐的牙齿。他掀翻桌子，将试图拦住他的护卫一个个打倒在地。

诺玛俯身戒备，用等离子步枪瞄准了目标。“是狂暴战士！”她喊道，“进办公室躲避，大人！我会尽可能拖住他！”他是怎么进入这里的？她心想。她正要扣动扳机，启明大人却站到了她前面。

“狂暴战士首领，您接受了我的邀请，真是太好了，我不确定您是否会来。”

诺玛震惊地看着启明大人伸开双臂，像欢迎老朋友一样迎向对方。狂暴战士砰地停住，低下头对他怒目而视。“你想要谈谈，”那声音低沉得能够渗入诺玛的骨头，“那就谈谈。”

"当然。"启明大人说，"去我的办公室谈怎么样？"狂暴战士首领只是咆哮一声作为回应。与此同时，追赶而来的护卫在他身后跌跌撞撞地停下，上气不接下气地喘着，护卫们的护甲上出现了凹痕，制服被撕破了，大多数人身上都有砍伤和擦伤。大家都看向诺玛，寻求指令。

"他有进入的资格，队长，"其中一人说，"但是他不肯停下来接受安全检查。"

"大人！"诺玛的心怦怦直跳，手指仍然扣在等离子步枪的扳机上，"这是怎么回事？"

"为未来做的准备，队长。作为奇境一个地区的领袖，狂暴战士首领听说了我们的项目，很希望能够积极参与其中。"他走到一边，挥了挥手臂将首领引向办公室。狂暴战士块头太大了，他蜷着身子不得不趴下才从门里挤了过去。

"但是，大人！"在启明大人转身跟上客人时，诺玛抓住了他的胳膊，"狂暴战士仅仅为了好玩儿就会咬掉人的手指头，还生吃龙肉，"她放低声音耳语说，"我们会有什么东西是他们想要的？"

启明大人拍拍她的手，微笑着说道："我不会有事的，相信我。"他看了看狂暴战士首领身后被掀翻的桌子、散落的纸张和目瞪口呆的观测员们："你们最好回去工作，我们有很多事需要做。"他微笑着离开，关上办公室的门，合上了百叶窗。

"明白。"诺玛言不由衷地嘟囔着。狂暴战士！在奇境的几百个物种中，她最不想在这里见到的就是他们。他们是武士，不是学者。所有人都知道他们不喜欢其他人，更别说与之合作。他们只能掰着手指数到十，有时候能数到二十——如果他们用上从别人身上咬下来的手指的话。

她忧虑地看了办公室的门一眼，然后转身面向待命的护卫们。“不要傻站在那里，”她吼道，“你们听到大人的话了？恢复这里的秩序。”

第15章

回家

奇境邮政特快专列在传送隧道里行驶着，仅仅过了几分钟，威尔莫特就发生了很大变化。原先的心灰意冷被紧张和激动所取代，他一刻不停地在危险地带车厢里走来走去，每隔几秒钟就检查一次怀表，带着几乎可以说是充满期待的表情凝视着舷窗外面。

“一切都会好起来的。”苏西说。她在试着安慰他，这也是在安慰自己。

“就快到了。”威尔莫特说着又看了看怀表。

过了一会儿，火车带着空气的呼呼声和残留的魔法光晕冲出隧道，开始慢下来。

“我们到了！”威尔莫特跳到最近的舷窗边，挥手让苏西过来，她急忙来到他身边。

浅米色的光从浅米色的天空洒进火车内，天空中有几道黑色烟柱，从一个个巨大的砖砌烟囱里升起来。在离铁轨很远的地方建着一大片杂乱的仓库、工厂和磨坊，它们都有着煤黑色的石板屋顶，用脏兮兮的黄色砖块砌成。再向更远处眺望，苏西只能辨认出远山的棕色山峰半藏在薄雾中。

特快专列穿梭在由很多条铁路轨道织成的粗粗的路线带上，铁路线相互交错，交叉点令人眼花缭乱。其他几辆火车匆匆忙忙地往来穿梭。有的火车又大又气派，拉着看上去似乎没有尽头的车厢；还有的看上去像是手工打造的，宛如带轮子的花园棚屋。

苏西瞟了一眼威尔莫特，想看看他是否在期待她对眼前这一切的反应，却发现他只是带着浅浅的微笑看着这一切。

“我们到哪里了？”苏西问道。

“我们到家了，”威尔莫特说，“这里是矮人城。”

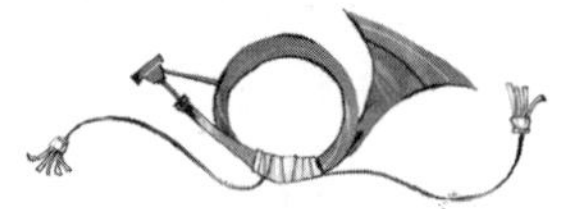

贝儿号穿过其他铁路线降低速度缓慢行进，最终将特快专列拉进旁边的侧线中。侧线的一端已经封死，轨道上有一些货运火车在进行检修和卸货。还没等特快专列完全停下来，威尔莫特就已经把双手放在危险地带车厢的门把手上了。

“我们得快点。”威尔莫特说着跳了出去。苏西跟着他下到一个狭窄的站台上，站台位于特快专列和邻近侧线上的一排货车厢之间，宽度仅够两个人擦身而过，上面挤着十几个穿着工装的矮人。他们正忙着装卸板条箱，你挤我撞，叫喊着让别人腾出地方。苏西抱紧双臂，贴紧威尔莫特，以免被他们挤散。

“你们在这儿呢！”斯通克沿着站台大步向他们走来，后面紧跟着乌瑟尔硕大的亮黄色身躯。苏西感觉到走在她一旁的威尔莫特动作僵硬起来。

“我不知道这是怎么回事,斯通克先生。”威尔莫特开口说。然而年纪大一点儿的斯通克用一个眼神示意他安静下来。

“弄清怎么回事不重要，重要的是我们如何应对。能速战速决吗？”

“可以,”威尔莫特说,“我是说，我觉得应该可以，我从来没有……”

“那你们俩还站在这里干什么？”斯通克气得胡子都翘了起来,“我希望一个小时之内能继续赶路。”

“好的！”威尔莫特突然向后转身，一把抓住苏西的胳膊肘:“我们走！”

苏西还没来得及说话，他就已沿着站台大步往外走，将她拽在身后。

“我们去哪儿？”苏西在威尔莫特身边小跑着问。他们已从侧线里出来,来到一个被仓库包围的小院。这里有更多矮人，大多戴着安全帽，还穿着颜色醒目的外套，他们来来回回穿梭着，码放板条箱，推着装满设备的手推车。当苏西经过时，他们都停下来盯着她看，苏西不由得涨红了脸，在睽睽众目下难为情得要命。苏西没有办法躲开这种关注，因为她比经过的所有矮人都高出半米。

“我们要去总部。”威尔莫特说。

苏西僵在原地，这令威尔莫特也停了下来。“总部？”她大惊失色地说，“那儿有想要删除我记忆的那些人。”

威尔莫特对她苦笑了一下：“啊，是的，但那是在我任命你之前，现在你算是我们的一员了。”

“但是他们知道吗？会允许我到那里去吗？”这个想法让她不安起来，“我不需要签证、护照或者别的什么证件吗？”

威尔莫特步履不停，不想耽误时间。“应该没事的，”他说，“不过，在我们到那里之后，你最好让我负责说话，我不希望你惹上任何麻烦。”

苏西抿着嘴。她心里知道，自己无疑早已给威尔莫特惹上了个大麻烦，但她什么也没说，当威尔莫特再次跑起来时她跟了上去。

“这怎么能帮助我们到达象牙塔？”弗雷德里克的低语声从苏西的口袋里传出来，苏西把口袋紧紧捂住，弗雷德里克明白了这个暗示，安静下来。

威尔莫特带着她出了院子，来到一个狭窄的街道，街道两边排列着更多的仓库，但其中一半看上去是空的，苏西猜测这一带曾经很繁华。随着他们离货运场越来越远，周围就愈加干净整齐，街道也变得更宽了。

苏西还留意到，一束束发光的电缆在他们经过的大楼高层之间像晾衣绳一样悬挂着。它们看上去有点儿像电话线，只不过是亮白色的，偶尔闪一下亮光。苏西问威尔莫特那是什么，但他充耳不闻，只是全神贯注地将她从一条街道引向另一条街道，直到他们最终从小巷里出来，进入一条宽阔的大道。道路两边林立着高大气派的建筑，看上去像银行或者百货大楼。有轨电车和三轮摩托车争抢着空间，还有些车看上去有点儿像小汽车，只不过是用边边角角的零件随意拼装起来的。一辆摇摇晃晃开过去的汽车看上去像是在旧沙发下面焊了两辆前轮大后轮小的自行车，座位安装在前面的两个大驱动轮之间，下面绑了一台洗衣机作为引擎。

喇叭发出刺耳的声音，司机们大喊大叫着，行人也以喊声回应。苏西很快发现尽管周遭噪声震耳，这一切却自有秩序。虽然听上去很混乱，看上去也很混乱，但每一辆车都以稳定的速度前行，流畅地变换车道，没有尖厉的刹车声。当她仔细听时，她发现从那些喊叫声中全然听不出愤怒，反而更像是……

“兴奋？”直到威尔莫特回答，苏西才意识到自己刚刚说出了声。

“是的，高峰时段一向如此，”威尔莫特说，“每个人都爱炫耀自己的劳动成果。”

苏西带着几分敬佩重新看向那些拥挤的车辆：“你是说这些是他们自己造的？”

“绝大多数是。”

苏西不禁咧嘴一笑：“真了不起！”

威尔莫特领她沿着拥挤的人行道，朝尽头一个宽阔的大广场走去：“我们是矮人，我们造东西，我们干的就是这个。”

苏西试图不去在意她经过时一个个转向她的脑袋：“那么你呢？你造什么？”

威尔莫特顿了一下，然后加快了脚步，这短暂的犹豫足以让苏西发现他脸红了。“我，嗯，恐怕算不上工程师。我一直没有掌握窍门。”他继续前进，没有回头看，两个耳朵尖却因尴尬而变得通红，“我是说，工程建设很重要，但那不是人生中唯一的事情，对不对？”

“我从没认为那是唯一的。”

威尔莫特带着惊讶的表情回头看着苏西。“很好，”他说，“很多矮人并不这么想。”

他们来到广场，只见广场的一边全部被一座建筑占据。他们走近这座建筑时，苏西惊奇地盯着它。它是由像汽车一样大的石块建造的，前面是一排高耸的柱子，支撑着巨大的三角形门楣，门楣上精致地雕刻着喇叭、火车、火箭和穿着邮政制服的矮人，所有这些都围绕着正中心的一弯新月。门楣下方雕刻着几个字：矮人城中心邮局。

“就是这里，”威尔莫特伸开双臂说道，“一切开始的地方，神经中枢，中心，也叫总部。”

“是一个邮局。”苏西说。

“不是一般的邮局，是最早最伟大的那个邮局，奇境邮政

矮人城中心邮局

服务的心脏。”

苏西还在忧心忡忡，根本就没有在意威尔莫特的话：“你百分百确定他们不会胡乱摆弄我的大脑？”

“基本可以确定，”威尔莫特说，“我们走吧。”

苏西一点儿也不觉得安心，她跟着威尔莫特爬上一段宽石阶，穿过入口，进入一间开阔得可以听到回声的大厅，里面铺着粉色的大理石，饰以金色的配饰。尽管空间巨大，但除了一位烫了鬈发的灰色小矮人，大厅里面就只有苏西和威尔莫特两个人。那个矮人独自坐在靠墙摆放的实木接待台后面，在他们走近时从眼镜上方盯着他们。

“你们有什么事？”

威尔莫特清了清嗓子，理了理衣领。“我是奇境邮政服务的邮政局长威尔莫特·格伦特，这是邮递员苏西·史密斯。我们有个邮件要送往象牙塔，来这里取一条准入信息。”说完，他像马戏演员般咧嘴一笑，接待员却冷淡地注视着他。

“你有预约吗？”

“没有，”威尔莫特说，“我需要预约吗？”

“是的，需要网上预约。”

威尔莫特的笑容僵住了：“我不能就在这里预约吗？”

接待员翻了个白眼，开始在她的键盘上敲击。那个键盘接在一个带铆钉的钢盒上——苏西意识到这一定相当于矮人的电脑，电脑连接着她在外面街道上看到的一捆发光电缆。

“我之前不知道你们这里还有互联网，”她对威尔莫特低语道，“那些电缆就是做这个用的吗？它们是光纤吗？”

“是以太网，”威尔莫特不满地嘘声说，“即时通信，它改变了一切。”

“那样不好吗？”苏西问，可她觉得自己已经知道了答案。

“不好，如果你从事邮政服务工作的话。”威尔莫特对着空荡荡的大厅挥挥手说，“洪克斯爷爷当初级邮递员的时候，有差不多两百列奇境邮政特快专列在铁路线上行驶。想象一下！那还不包括飞艇、邮件导弹、深钻快递公司和保证送达的鹰群。联邦几乎所有的信息都经由这座大楼传递，每天超过一千万条，而且是一支由像你我一样的普通人组成的队伍在管理它们。再看看现在。”

苏西又看向宏伟的大理石大厅，第一次发现了石板间的小缝隙、地毯的脏迹和失去光泽的家具上的磨痕。

“现在一天能有一千条消息就算幸运了，员工也勉强只剩下一百名。”

“抱歉，”苏西说，“我不知道这些。”

“这是一个时代的结束。”威尔莫特耷拉着肩膀说，“网络那么快，为什么还要写信呢？我们只是留下来处理不能用其他方式递送的零散包裹。”

“现在还剩下多少邮政特快专列？”苏西问。

威尔莫特的眉头皱在一起：“什么？当然只有一列，我们是最后一列。”

听到这个消息，苏西震惊得想不出该说什么宽慰的话，她感受到的全是悲伤。

“我不仅仅是有史以来最年轻的邮政局长，”威尔莫特说，“很可能也是最后一位，这至少能保证我在史书中有一席之地。”他抬起头，弯了弯一边的嘴角，笑容里没有真正的快乐。苏西握了握他的手。

接待员清了清嗓子。“不可以。”她说。

“不可以什么？”威尔莫特说。

“你不可以提取任何准入信息，”接待员说，“你没有权限。”

“但我是邮政局长！”

接待员丝毫不为所动地盯着他：“准入信息是严格保密的，只有寄存它们的矮人才能将它们取出来。”

“但已经很多年都没有人寄存过准入信息了，所有寄存的矮人一定已经去世了或者……”威尔莫特说。

“或者怎样？”苏西问。

“我会回来的。”威尔莫特对接待员说，然后又紧紧抓住苏西的手。他正准备穿过大厅离开时似乎又想起了什么，停了下来：“最后一个问题，”他说，听上去有点儿羞怯，“我想我们今天没有收到任何投诉吧，比如暗影夫人的？”

接待员又敲击起键盘，然后抬起无精打采的双眼看着他：“电脑记录没有。”

苏西几乎可以看到威尔莫特的肩膀卸下了重担。“好极了，”他说，“非常感谢你。”

威尔莫特差不多是跳过大厅，跑着下台阶的。“也许我们运气好,”他扭过头来说,“她一定是最终决定不投诉了。”

苏西的脑海里又闪现出当时的画面，暗影夫人的影子从雕像间穿过，冲向列车。“很好。”她说，尽管这句话从她嘴里说出来有些违心，而且还有些尖刻。我们就快到那儿了，她告诉自己,哪怕能超过暗影夫人一点儿。我们会到达象牙塔，我们会平安无事。

离开邮局时，他们俩谁也没有注意到门楣上栖落着一个瘦骨嶙峋的灰色影子。如果有谁回头看一眼，也许就能意识到在他们进入邮局时它还不在那里，而且苏西肯定会认出它来。它是滴水兽，翅膀如蝙蝠，口鼻似鳄鱼。当他们匆匆忙忙穿过广场时，它用那双死气沉沉的玻璃眼睛死死地盯着他们。

下城

“我有个主意。”威尔莫特说着带苏西离开邮局，又一次穿过繁忙的广场，边走边避开车流。他们来到一座贴着白色和绿色瓷砖的窄建筑前，入口上方有一块巨大的红色霓虹灯招牌，上面写着“下城”。招牌下方是两个门，一个贴着写着“下”的标签，另一个贴着“上”。矮人们从“下”门拥入，从“上”门拥出。当二人加入一小群正在挤向“下”门的矮人时，威尔莫特才放慢了速度。

“我们要去哪儿？”苏西问。

“去找寄存过准入信息的邮递员。他们能够帮我们将它取出来，这样咱们就可以进入象牙塔了。”

“是什么样的信息？”

“可以是任何信息，任何只有寄存人知晓的事情。那是与象牙塔交换信息的筹码。如果没有准入信息，他们连放都不会放我们进去。准入信息非常罕见，所以每当邮递员发现自己有一条时，就会将它封存进邮局的保险库里。”

“这样一来，如果他们需要往象牙塔送件，就可以将它取出来。”苏西说，“聪明。”

“我们需要做的就是找到这样的邮递员，”威尔莫特说，“而我正好知道去哪里找。下一站——下城！”

他们踏进“下”门，走下一段窄窄的熟铁制成的螺旋式楼梯，楼梯在设计时显然仅考虑到了矮人，为了让自己矮一些，苏西不得不半蹲着，以防头皮蹭到低矮的天花板。几百只工作靴在楼梯上发出声响，矮人们嘈杂的声音在墙壁间回荡。人群继续涌动，推着苏西沿楼梯一圈圈往下走。

“下城是什么？”苏西大声问。

“是的，我知道！”威尔莫特大声回应，一只手做成杯状放在嘴上说，“非常吵！”

苏西做了个鬼脸，双手捂着耳朵，任人群将他们带到地面以下的深处。她开始感受到穿着潜水服时那种因封闭而产生的恐惧感。突然，他们四周的墙壁消失了，楼梯直通向一个停机库般有回声的超大空间。苏西目瞪口呆地注视着眼前的一切。它像是某种工厂，但里面的机器都静止不动，悄无声息，整个空间都被笼罩在阴影和尘埃里。在远处模糊不清的地方，依稀可以看到其他楼梯在黑暗中盘旋而下。嘈杂的脚步声在偌大的空间里回荡，仿佛一口巨大的钟发出的沉闷声响。

苏西轻拍了一下威尔莫特的肩膀。“这就是我们要去的地方吗？”她对着他的耳朵大声喊。

“不是。”威尔莫特大喊着回答，“这是老制造层，从前我们就是在这里为整个联邦研发技术的。”他指了指破败的机器，“但最近几年，这里全毁掉了。我说的不是机器，”他赶紧补充道，“尽管有时候机器确实会停止运转。我指的是……所有的一切。不再有人需要矮人技术，或需要邮政服务，我们所从事的一切都开始……停下了。”

苏西又看看周围的矮人，发现他们也正带着无奈和悲伤的表情看向里面。

苏西努力想摆脱不断加剧的不安，她将手伸进口袋，在确定威尔莫特没有在看她之后，掏出水晶球，把它举到嘴边。“弗雷德里克，”她悄声说，“如果我们成功到达象牙塔，会发生什么？你要怎么解除咒语？”她将水晶球移到耳边，在喧嚣声中刚好能听清弗雷德里克的回答。

“我已经告诉过你，”他说，“用魔法。”

“可是你被困在水晶球里，连手都没有。”

“那很简单，”他回道，“你为我施魔法。”

“我？”苏西惊得差点儿提高了嗓门儿，“可是我不懂什么魔法！”

“真的吗？那你为什么到处带着那根棒子？”

“什么棒子？”

“当然是口袋里挨着我的那根。”

苏西的脑子徒劳地转了几秒钟，他究竟在说什么？她的睡袍口袋里只有……

“我从弗莱彻那里拿来的那根小金属棒？”苏西说，“我还以为它只是某种工具。”

“矮人的金属棒就是工具，”弗雷德里克说，“而且是非常基础的一种，其实比钝器好不了多少，但可能还是有用的。只要有意愿、相关知识和魔法棒，任何人都可以施展魔法。我们已经有了三样东西中的两样，如果能从这儿出去，我们就可能会得到第三样。象牙塔有一本可以帮助我们的书——《有害符咒及其破解之法》，它会告诉你需要知道的一切。”

苏西将弗雷德里克放回口袋里，她的手指碰到了冰冷的魔法棒，没感觉出它有多大魔力，但弗雷德里克的话让她有了新的担忧：如果她回不了家，爸爸妈妈不仅会因为她的失踪而抓狂，还会发现自己居住的房子里面比外面大，门厅还有两个进出的隧道口。弗莱彻在她跳上列车之前说什么来着？“离了它就没法儿干活儿了……”她拿走了他的魔法棒，如果他无法施展魔法，又怎么能将房子恢复原状呢？

他们穿过老制造层，又进入楼梯间，顺着楼梯继续往下走，苏西一心想着这个问题。

“就快到了！”威尔莫特大喊道。

“谢天谢地！”苏西说，“我不习惯待在地底下这么深的地方。”

威尔莫特好奇地看了她一眼。“我们不是在地底下。”他说。

他们当然在地底下，不然还能在哪里？苏西正准备告诉他那是多么荒谬，楼梯又将他们带入开阔地带，进入……阳光里？是的，尽管不够明亮，但那确定无疑是阳光。

苏西困惑地四处看，但她还没来得及消化自己的所见，楼梯就到了尽头。她磕磕绊绊地来到一条金属通道上，撞到了几个矮人。

“你还好吗？”威尔莫特问，转身关切地看着她。

苏西没有回答。她无法将视线从看到的东西上移开，也无法相信眼前的一切。

她身处的地方不是地底，而是一条长长的通道。通道悬在深不见底的峡谷上，峡谷很宽，苏西看不清另一头的石壁。她步履蹒跚地走到通道扶手处，紧紧地抓住它，抵抗着让她双腿发软的突如其来的眩晕感。“我们在哪儿？”她喘息着问，“在一个新的奇境吗？”

“当然不是，”威尔莫特显然有些困惑，“我们只是在下城，仅此而已。”

一阵大风拉扯着苏西的睡袍。“但是我们现在所在的地方这么高，矮人城在哪里？”她问。

威尔莫特尴尬又不失礼貌地轻声笑了起来。“我们刚离开那里。”他说着抬起眼睛看向头顶的方向。

苏西顺着威尔莫特的目光看过去时意识到，那里并没有天空。相反，他们头顶上是呈拱形延展的石头、砖块和钢铁，跨度至少有一千米，像暗淡的巨大彩虹一般横跨峡谷。更不可思议的是，苏西看到一间间房屋紧贴在拱架下，与其说是很多房屋，不如说是整座城市。商店、尖塔和公寓街区，全都头朝下倒挂在拱架上，就像山洞顶上的钟乳石。窗子里亮着灯，洗好的衣服晾在绳子上，矮人们在颠倒的街上忙碌着，仿佛一切都再正常不过。往上看这一切就像往下看一样让苏西头晕目眩。

“苏西，你确定没事吗？”威尔莫特将一只手放在她的胳膊上。

苏西合上一直大张着的嘴巴，眨眨眼睛赶走自己的疑虑：“虽说是我亲眼所见，但我仍然不能理解。”

“实际上相当简单，”威尔莫特说着向前伸出一只手，掌心朝下，“我们刚才在这儿，在上城。”他用另一只手的手指点了点手背，“那里是像邮局之类的市政大楼所在的地方，一般游客游览会去那里，”他咧嘴一笑。“然后我们穿过上面的超结构建筑下来，”他将手指经过手的侧面朝掌心移动，“而现在我们到了这儿——下城。”他用手指点了点掌心：“这是住宅区，当然啦，全部由可协商重力支撑。”

苏西花了些时间重新审视着周围的环境。“下城。”她试着说出这个名字。她渐渐明白过来，但仍然不确定自己是否能相信这些：“威尔莫特，我们，我们是在大桥下面？”

威尔莫特放声大笑。“不然矮人还能住在哪里？”见苏西没笑，威尔莫特吃惊地对她眨巴着眼睛说，“你是说你真的不知道？”

苏西摇摇头。

“哦，”威尔莫特花了一点儿时间才消化了这一事实，“抱歉，我以为你知道。我是说，所有人都知道。”

“知道你们的一整座城市是座大桥？”

“是矮人建造的最伟大的桥，”威尔莫特骄傲地夸赞道，“第四大桥。”

这个名字让苏西吃了一惊：“我的世界里也有第四大桥，在苏格兰。”

威尔莫特的耳朵尖抽动了一下：“哦，是吗？你们的前三座是怎么毁掉的？”

“什么？”

“我们的第一大桥向下坍塌了，”威尔莫特说，“第二大桥向上坍塌了，第三大桥……哦，没有人确切知道它发生了什么，尽管有时候仍能看到它的残片。不过，这第四座桥已经稳固地耸立了几个世纪。”

“怎么可能？”苏西说，“这么大的桥不可能存在，它会因自重而坍塌。”威尔莫特张开嘴想要回答，但苏西打断了他：“不要告诉我是用魔法，因为那是作弊。”

威尔莫特大张着嘴巴，在那儿站了好几秒钟才最终说出话来：“它得到了可协商重力的一些额外支撑，我们还是把它视为矮人的决心吧，好吗？”

苏西笑了笑，将栏杆抓得更紧了。“好吧，”她说，“现在，我们究竟要去哪儿？”

矮人疗养院

没过多久，苏西就意识到这钢铁通道就像是空中人行道，还与其他的通道相连。她和威尔莫特正沿着通道走向悬挂在桥拱边上的建筑。有一段通道像巨大的螺旋开瓶器一样弯弯曲曲的，苏西突然感觉到自己正在头朝下走。现在当她抬头看时，张着大嘴的裂谷高高地在她头顶上方。当她最终走下通道，进入下城的街道时，建筑物终于看上去方向正确了。知道自己和一头栽下去必死无疑之间仅隔着一点点魔法，这真是一种令人不安的体验。如果重力是可以协商的，那么矮人们一定是拼命讨价还价了，因为在下城行走的感觉和在其他城市里一样正常，除了这座城市里全是矮人。

威尔莫特在一座方形的大房子前猛然停住，根据前门上的牌匾，这里是“谷景疗养院”。他没有敲门，而是从口袋里掏出一把钥匙，开门进去了。

苏西四处张望，很高兴现在再次感觉到了脚踏实地。从内部来看，这座房子完全像是正常的建筑，只不过建造的规模更适合矮人而不是人类。

他们进入了一个宽阔的前厅，镶着木板的墙上装饰着大幅油画，画上是各种各样的矮人火车头。其中一幅绘着贝儿号，上面的烟囱喷着火花和蒸汽，车轮有些模糊。空气里弥漫着薄荷和薰衣草香味。一队身着灰色护理服的矮人端着托盘，推着小车，抱着一沓沓亚麻布不停地前后穿梭，尽管如此，整个大厅还是呈现出一种安宁的氛围。就像上城的车流一般，这里也给人一种井然有序的感觉，只是不像上城那样喧闹。仅是看着他们，苏西就立刻感觉更安全了。

“哦，你们好。”其中一名护理员发现了他们，走了过来，她比其他人年纪更大，体态更圆润，有着蜜糖色的皮肤。她走近时迅速地打量了一下苏西，然后将更多注意力放到了威尔莫特身上：“这不是我们的威尔莫特吗？”

“您好，多萝西姨妈。”威尔莫特笑盈盈地低下脑袋，她吧唧一口亲在他鼻子上，“抱歉，没打招呼就来了，但我们需要一些帮助。妈妈在吗？”

“我来看看。”多萝西说，她吸足了气，然后大喊道，“葛楚德在吗？葛楚德，你儿子来了！”喊声在大厅里回荡了几秒钟，苏西和威尔莫特两个人被震得直皱眉头。其他护理员都停下手头的工作，一个接一个交替呼喊。苏西听到呼喊声一直传到远处看不见的角落。传递完信息后，护理员们又都继续忙碌起来，仿佛什么也没发生。

“她马上就会让我们知道她在哪儿。”多萝西微笑着说，“我看你带了位姑娘回家？”她又看了一眼苏西：“她的鼻子不怎么样，但身材高挑，这我得承认。”

“什么？”威尔莫特的耳朵红得让苏西觉得它们也许会燃烧起来，“哦，不，姨妈，不是那样的，是……”

“我们一直在等着这一天，”多萝西对威尔莫特的尴尬视而不见，直接对苏西说，“他妈妈曾说这永远不会发生。我必须承认我也有过怀疑，尤其是在他加入邮政服务之后。我是说，一个年轻矮人将自己日夜关在分拣车厢里，就没有机会和别人约会了，是吧？但是你来了……”她往后退了退以便更好地打量苏西：“我得承认你跟我期待的不太一样，但我确定我会习惯的。”

“姨妈！”威尔莫特双手拧着帽子，咬着嘴唇，好像要将自己吃掉似的。

“我只是聊聊天，亲爱的。”多萝西说，然后又转向苏西，“他一直有点儿敏感，你得习惯这一点。”

苏西被威尔莫特的尴尬表情逗乐了，她大笑起来。“抱歉。”她说，“但我不是他的女朋友。”

“哦，”多萝西的脸色微微一变，“你确定？他是单身，而且他非常爱干净。”

“给她看看你的徽章。”威尔莫特从牙缝里挤出几个字。

苏西点点头，翻开睡袍的翻领。多萝西凑上去，眯起眼睛去看徽章，然后她瞪大眼睛，张大嘴巴，直接跳了起来。当双脚再次着地时，她紧盯着威尔莫特。

“这不是真的！”

“是真的。”威尔莫特抑制不住脸上漾起的微笑，“我终于有了一名员工。”

“哦，等你妈妈来了再说！”多萝西将他俩揽在一起紧紧抱住，“她会乐疯的！”

又一个呼喊声在房子的另一头回响起来，喊声不断重复，越来越近，护理员们一个接一个地传递，直到信息传到了大厅：“我在公共休息室。”

“瞧，她在那儿！”多萝西松开他们说，“我说过她会回答我们的。”

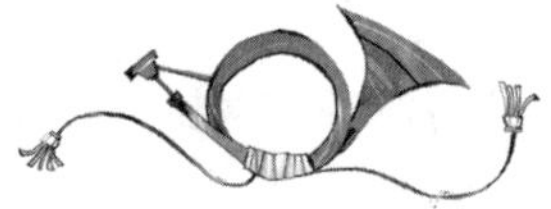

公共休息室是一个长条形房间，天花板很高，后面的墙上是一排高高的拱形窗户。苏西可以看到窗外是一个宽敞的阳台，再远处是一片虚空，整片城区都浸在这片虚空之中。休息室里散乱地放着扶手椅和沙发，上面零零散散坐着一些裹着格子呢毛毯和羊毛披肩的上了年纪的矮人。他们有的在一起轻声聊着天，有的在打瞌睡，有的只是坐在那儿眼神空洞地发呆。苏西注意到其中一个矮人是亮橘色的，鼻孔里插着两根胡萝卜。

“这是老邮递员们，”多萝西将他们推进门时威尔莫特在苏西耳边悄声说，“他们如今都退休了。没有他们不曾去过的地方，没有他们不曾派送过的邮件。他们是英雄。”

一名护理员主管轻手轻脚地从一位老矮人走向另一位老矮人，给他们盖好毯子，停下来轻抚他们的肩膀给予安慰，用手中的壶给他们的杯子里添水。她比多萝西更高更瘦，但家族的相似特征很明显。她先是威严地看了威尔莫特一眼，然后又看向苏西。

“你看看谁来了。”多萝西说着从背后轻轻推了威尔莫特一下。

“我刚听到了。”葛楚德微微皱着眉头说，“威尔莫特？你在非探视时间来这里做什么？”

“抱歉，妈妈，”威尔莫特小声说，“我知道您忙，但是我遇到了些麻烦，我想老邮递员们也许能帮上忙。”

伴着关节发出的咯吱咯吱的声响，有些矮人转过身来观望着二人交谈。随后发生了一件好玩儿的事：一些矮人高兴地认出了威尔莫特，这股情绪就像涟漪般一直扩散到休息室最远端，几秒钟之后，休息室里所有的矮人都在看着他们。不，不是看着他们，是看着威尔莫特。他们露出微笑，举起手打招呼，兴奋地嗡嗡交谈起来。

葛楚德斜眼一瞄，注意到了这一点：“可以等等吗？我刚刚将他们安顿好。”

“真不能等。”威尔莫特说着，紧张地在休息室里飞速扫视了一圈，回应着大家对他的关注，“我需要一个能从邮局保险库里提取出一条准入信息的人，”他咽了咽唾沫说，“苏西，我的这位新邮递员，要去象牙塔送件。”他看着妈妈的脸观察她的反应，不知道该不该微笑。

起初，葛楚德没有反应，只是又看了看苏西，从她已经脏了的拖鞋，到她像鸟窝一样乱糟糟的、发梢变黄的头发。打量完苏西，葛楚德就将凝视的目光转回威尔莫特身上。她先是弯起一条细细的眉毛，然后另一条眉毛也弯起来，绽放出一个微笑，一个大大的、灿烂真诚的微笑。

“哦，我的儿子，我就知道你做得到！”葛楚德放下水壶，快步跑过来，将威尔莫特抱在怀里，对着他的鼻子一阵猛亲，然后拉着他跳起舞来，威尔莫特的脚几乎都触不到地面，因为一直在飞速地转圈。他们俩大笑起来，休息室里爆发出掌声。“拥有邮递员团队的邮政局长！”她终于将他放下，用手扇着风说，“就像你爸爸一样，他会非常骄傲的。”她抬起手，擦去一滴眼泪。

“所以您会帮忙？”威尔莫特说。

“哦，亲爱的，我当然会。”

她一边扫视着老矮人们，一边抚平自己的围裙，抑制着笑容，但抑制不住声音里的喜悦：“女士们、先生们，奇境邮政服务需要你们的帮助。如果你们中有谁在邮局保险库里寄存了准入信息，请让邮政局长和他的新员工知晓。”

她的话音未落，苏西和威尔莫特就被包围了。老矮人们全都以惊人的敏捷度从椅子上一跃而起，向他们围过来，瘪嘴微笑着。他们纷纷伸出手来与他们握手，拍他们的后背，拨弄苏西的邮递员徽章。

“欢迎加入我们的行列！”

“没想到我有生之年还能再见到一次目的地是象牙塔的派件。”

“看到新人总是很好的。”

“你们想点餐吗？我要海绵布丁。”

当老矮人们推搡着进一步靠近时，苏西微笑着和尽可能多的人握手。让她意外的是，威尔莫特似乎暂时将象牙塔的事情抛到了一边，欣然接受众人的关注，像老朋友一样和老矮人们打着招呼。

“霍恩太太！见到您真高兴。您的腿怎么样了？”“利奇先生！牙齿还给您找麻烦吗？”“是的，是的，我非常兴奋，兰博先生。她已经成功派送两次了。”

如果他一直这样的话我们就哪儿也去不了了，苏西想。她正准备提醒威尔莫特，一只有力的手抓住她的手，将她从人群中拉了出来。苏西晕晕乎乎地发现自己正与葛楚德对视。

“你得体谅一下他们，”葛楚德说着松开苏西的手，“他们不经常有访客，而且，就咱俩私下说，我觉得威尔莫特平常见的人也不够多。”她用审视的目光注视着苏西：“不过，也许我低估他了。”

“我们算是偶然遇见的。”苏西说，“我只是在帮他点小忙。”

“哦，我很高兴有你帮忙。”葛楚德说，“奇境邮政服务就像是个大家庭，但已经衰落太长时间了。有你和我们在一起很好，苏西。”葛楚德重新露出睿智又让人安心的微笑，苏西发现对她回以微笑很容易。

人群的骚动突然停住了，她们俩转过身，看见老矮人们渐渐散开，露出站在中间的一个人。他的皮肤是铁锈般的深橘色，上面布满老年斑，鼻子像十字镐尖一样锋利。他举起一条精致的金链子，上面悬挂着一把小钥匙。

威尔莫特的眼睛亮了起来。“特雷里斯先生！您可以帮助我们吗？”

“是的。”这位上了年纪的矮人说，“我有一条——我有一条准入信息在保险库里。”

“棒极了！”葛楚德说，“邮政局长和他的员工时间相当紧迫，所以其余所有人，请和他们说再见……”她对着威尔莫特和苏西笑了一下：“正好我去弄辆巴士来。”

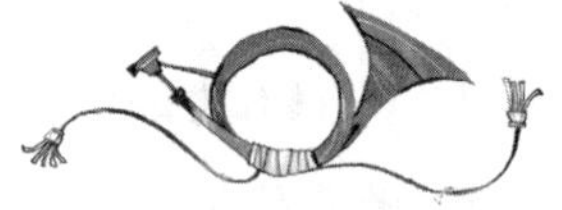

“巴士”伴随着齿轮咯吱咯吱的声音滑进大家的视野，那是一辆大型缆车。在苏西看来，它像是一节改造过的火车车厢，酒红色的油漆剥落了，露出下面的旧木头。当缆车升到跟休息室外面的阳台齐平的位置时，它仅剩的几扇窗户全都叮当作响。

苏西、威尔莫特和特雷里斯先生站在阳台上，胳膊交叉抱在一起，抵御冷风灌进衣服。在他们身后，多萝西和剩下的老邮递员都将脸贴在窗户上看着他们。

“你确定这车安全？”葛楚德从驾驶室对他们招手时苏西小声对威尔莫特说。

“哦，确定。”威尔莫特回头挥着手说，“洪克斯爷爷建造的，这是他最引以为傲的成就之一。”

“那是多久之前？”苏西问。

“这个嘛，我不确定。”威尔莫特说着伸手去开巴士的车门，结果把门把手拉了下来。“它只是需要多擦几遍。”他说，脸上的微笑看上去没有他想表现出的那样自信。

车门啪的一声打开，特雷里斯先生跳上车，车子随之咯吱一声沉下去一些。苏西在跨越阳台和缆车之间的窄缝时尽量不往缝隙下面看，以免想起之前见到的深不见底的峡谷，所以她只是看着脚下那坚固得让人放心的地板。

大桥下面，巨大的建筑物之间连接着像交织的翻花绳一样的电缆网，连接着巴士的电缆在网络的远端支线上。这些电缆似乎有一个复杂的连接系统，在一些较大的分岔路口，苏西甚至看到了像红绿灯一样的东西。为数不多的几辆缆车就像古老的过山车一样挂在电缆下面，以恒定的速度嘎吱嘎吱地行驶着。

苏西在威尔莫特旁边的座位坐下，祈祷巴士不会行驶得太快。

“都上车了吗？”葛楚德喊道。

“都上了，没错。”威尔莫特说。他关上身后的车门，苏西注意到他用一截细绳将门把手拴在了一根钉子上。

伴着又一阵冰冷的金属发出的刺耳声响，巴士沿着电缆走走停停。苏西看着疗养院渐渐滑出视线，老邮递员们仍聚在窗户前跟他们挥手道别。

“很高兴你见到了他们，”威尔莫特说，“他们是一群了不起的矮人，其中很多都是我爸爸和爷爷的朋友。”

“是的，他们非常友好。”苏西说，很高兴能转移一下注意力，不去想他们的旅途。

特雷里斯先生坐在对面的座位上对她瘪嘴微笑。“当邮递员是我人生中最伟大的冒险之旅，”他说，“我见到的那些地方！我遇到的那些人！你会爱上这份工作的，小姑娘。”

“嗯，谢谢您。”苏西说，尽量不去盯着老人头皮上用螺丝固定的反光钢板，那里映着自己歪歪扭扭的影子。

“瞧见这个了，嗯？”特雷里斯先生咧嘴笑着，用指关节在上面敲了敲，“这是我给乌佩斯塔公主派送生日贺卡时得到的。”

巴士嘎吱嘎吱晃动着驶过几个节点，窗户又是一阵叮当作响。苏西的胃里稍微翻腾了一下，当她看向窗外时，震惊地发现巴士现在翻转了过来，峡谷在他们身下，下城的建筑物再一次颠倒了过来。

“派送生日贺卡？”苏西说，“听上去没那么危险。”

“本来是不危险的，”特雷里斯先生说，“但是公主被她的叔叔——那个大公爵绑架了，被挟持到皇宫钟楼顶上。你知道皇室成员的德行。不管怎么说，我爬了好一阵。他看见我上来便慌张起来，拿剑劈向了我。”

“真可怕！”苏西大吃一惊，“您只是去送卡片，他为什么要伤害您？”

“哦，他没伤到我。那个傻瓜被自己的脚绊倒，掉下去摔死了。但是公主打开贺卡发现里面没有任何生日礼金，就使起性子来，将我推下了钟楼。”

苏西吃惊得说不出话来。

“幸运的是，大公爵垫在我下面。”

“真可怕。”她说。

“我没法儿埋怨她,她只有三岁,”特雷里斯先生咯咯笑着，“还有一次我在格鲁南达的沼泽地里被一只大蛤蜊弄断了腿。”他拽了拽裤腿，露出里面亮闪闪的钢板。

“我不想打断您，特雷里斯先生，”葛楚德说，“但是我们差不多到地方了。”

苏西向窗外一看，发现她说得没错。现在他们已接近大桥的拱弯处，大小不一的下城建筑在他们四周延伸开来。

几秒钟之后，巴士从一个开口处往上升。当他们顺着通道向上爬升时，钢梁和一块块陈旧的墙砖从窗外滑过。苏西瞥见了更多荒废的地方、闲置的机械和半隐蔽的通道，之后他们终于来到有阳光的地方。尽管光线暗淡浑浊，但与下城的昏暗比，这光亮无疑让人目眩。

巴士发出巨大的声响，停了下来，葛楚德拉紧手刹。“上城到了，”她喊道，“所有人下车！”

第18章

秘密保险库

威尔莫特带领小分队回到邮局。满脸不友善的接待员仍然在桌子后面，不屑地看着他们靠近。苏西也瞪着她，希望这个多事的小矮人不会再耽搁他们的时间。

“需要帮助吗？”接待员说，就仿佛她不知道答案一样。

威尔莫特献上最灿烂的微笑，并捅了捅特雷里斯先生。

“什么？”老矮人吓了一跳，“哦，对，你好！”他上前一步，一手拍在桌子上，接待员往后缩了一下：“我是伯特勒姆·特雷里斯，前邮递员，我有点儿东西放在保险库里了。”

接待员哼了一声：“你有钥匙吗？”

特雷里斯先生将手伸进衬衣，拉出一条长链，末端挂着把钥匙：“这个行吗？”

接待员先是看了看钥匙，然后看向特雷里斯先生，最后看向队伍里的其他人：“你们知道路吗？”

“清楚得很，谢谢你。”葛楚德昂起头，绕过桌子率先走了。看到接待员脸上明显的愠怒，苏西忍不住有点儿幸灾乐祸，然后起身追了上去。

“那个接待员一定是新来的。”和苏西并排小跑着时，威尔莫特咧嘴笑了笑，“不然的话，她会对妈妈更客气些。”

“为什么？”苏西问。

“因为我以前在这儿工作，”葛楚德说，“大家都认识我。”

“她是谦虚。”威尔莫特说，“她不仅仅是在这儿工作，而是掌管这里。”

“什么？”苏西说，“管理邮局？”

“管理这里的一切。”威尔莫特骄傲地微笑着说，“她是邮政大臣。在她大部分优秀的邮递员退休之后，她成立了疗养院来照顾他们。这里的人都称她为‘女王陛下’，不过当然只是在她背后这么说。”

“就好像我听不到一样。”葛楚德会心一笑。

他们来到两扇高大锃亮的铜门前。一个穿着邮政制服、上了年纪的矮人正弯腰坐在门前的凳子上，轻轻打着呼噜。

“那是谁？”苏西小声问。

“邮局安保队长，”威尔莫特悄声回答，“声名显赫，受人敬仰。”

特雷里斯先生走上前，踢开老矮人的凳子，老矮人仰面摔倒在地。“快醒醒，德里克，你个大傻瓜。”特雷里斯先生说。

“有人入侵！坏人！海盗！”邮局安保队长摇晃着站起来，

从腰间抽出一根小警棍，但看样子不是十分确定自己应该面朝哪个方向，“你们休想从我这里溜过去！”

“一群猛犸象都能从你旁边溜过去。”特雷里斯先生说，“现在让我们进去。”

德里克使劲儿眨眨眼睛，眼泪汪汪地看着特雷里斯先生：“是你吗，伯特勒姆？你来这里干什么？”

特雷里斯先生从脖子上摘下链子，举起钥匙。

德里克放下警棍：“你是说，你终于来取了？”

“是的。”特雷里斯先生说，“这位邮政局长有紧急公务。”

“哦，你怎么不早说呢？”德里克突然一副公事公办的样子。苏西原以为他会打开大铜门的锁，但他只推了一下，大门就轻松地打开了。“前阵子我们把钥匙弄丢了，”他领着他们进去时解释说，“但是已经太久没有人想从这里拿走任何东西了，我们觉得没有人会闯进来，况且还有我守卫。”

特雷里斯先生咯咯笑起来。“我看你更像是靠做梦挣钱。”他停下来看看保险库的四周，“他们重新装修了，我喜欢那些雕像。”

苏西四处打量。保险库很高，天花板半掩在阴影里。墙上是一排排方形小铁柜，两排柱子形成屋内的中心通道。柱子与柱子间立着看上去很古老的雕像，它们全部立正站着，高举着阔剑。这让苏西不禁想起黑岩塔的雕像，当德里克带着他们沿通道走到房间深处一个柜子前时，苏西尽量不去细看这些雕像。

“柜号 82517，如果没记错的话。”德里克说。

“听起来似乎没错。”特雷里斯先生说着将钥匙插进锁孔，钥匙转动时发出让人满意的咔嗒声。

苏西和其他人都探身看着他，他打开柜子，取出一个小小的玻璃球，大小和装着弗雷德里克的水晶球差不多。

“那是什么？”苏西问。

“神经球。”威尔莫特说，“它能存储记忆，并能让你把记忆分享给别人。”苏西凑近去看，看见神经球里布满微小的黄铜齿轮，正像老式手表的机芯一样慢慢地转动着。齿轮间传递着一股细微的噼啪作响的红色能量，看上去像一条亮闪闪的毛毛虫在中间钻进钻出。

“那是记忆吗？”苏西指着红色细线问。

“是的。”特雷里斯先生边说边迎着光举起玻璃球，“你们知道是什么记忆吗？”

“别告诉我们！”苏西喊道。特雷里斯先生大笑起来。

“很久很久以前，我独自一人站在疯狂山的山顶上，风在我耳边低语，提出用特别的东西换取我的理智。”他敲了敲玻璃球，“这里记录着它给我的东西。我不介意告诉你们，我那时被诱惑了，但现在它是你们的了，好好使用它。”他将玻璃球递给威尔莫特，威尔莫特恭敬地用双手接过。

“谢谢您！”他说，“我们会的。”

但他还没来得及将它装进口袋，一阵巨大的骚动就从外面的走廊传进来，他们转身看到一群人闹哄哄地拥进房间。

“敌人入侵！”德里克叫喊着，再次拔出警棍。

“别管我们。”威尔莫特的姨妈多萝西匆忙经过他身边，身后跟着一群老邮递员，推推搡搡地往前行进。

“他们没将这里保护好。”其中一人说。

“我听说他们还装了以太网和其他东西。”

“他们是在这里存放海绵布丁吗？”

“多萝西？”葛楚德抬起一条眉毛询问，“你在这里做什么？还有这些老邮递员怎么也来了？”

“抱歉。”她咧嘴笑着，一点儿也看不出歉意，“我没办法让他们待着别动，他们想看苏西舔女王的后背。”

苏西震惊得僵在原地。“他们想干吗？”她问。

老邮递员们，包括特雷里斯先生，都在偷偷地笑。但她听到威尔莫特倒吸了一口气。

“当然，”威尔莫特说，“我一直太忙了，完全忘了这回事。”

“忘了什么？”苏西问。她的问句听上去像是一种责备，她本意也是如此。

“那是一种传统，”威尔莫特说，“只有舔过之后你才算是真正的邮递员。”

“我们都舔过，是不是，伙计们？”特雷里斯先生喊道。

其他人欢呼着，挥舞着手杖。

“他们只是不想让你错过。”多萝西看着她姐姐说，葛楚德脸上的不赞同暂时消退了些。

“好吧，”葛楚德说，“但别占用太长时间。”

“我就知道你会同意的，”多萝西说，“所以我们才在来这儿的路上稍微绕了些路，去了趟邮资处，将它从盒子里拿了出来。”

多萝西转过身冲老邮递员们点点头，他们的吵嚷声戛然而止，有什么东西从人群后方传到前面来。那是个天鹅绒小垫子，上面放着一个金色的东西。

“威尔莫特，你来主持。”多萝西说着将垫子递给他，脸上带着骄傲的微笑。

威尔莫特自豪得涨红了脸，他将神经球塞进苏西手中，双手捧着垫子。“我从未想过会有机会做这件事，”他看着四周写满期待的脸，“谢谢大家。”

“别让她等啦，小伙子，”特雷里斯先生说，显然和其他人一样激动，“今天是她的大日子。”

所有眼睛都转向苏西，令她十分紧张，她不知道是怎么回事，但她不喜欢成为焦点。

“当然啦，抱歉。”威尔莫特清了清嗓子，对着人群说，“女士们、先生们，我，邮政局长威尔莫特·格伦特，很荣幸地向大家介绍我们奇境邮政家庭的最新成员——”他用胳膊肘轻轻戳了戳苏西的肋骨。

“什么？哦，是我，苏西·史密斯，一名邮递员。大家好。”

“苏西·史密斯，”威尔莫特缓慢而庄重地说，“你已宣誓维护奇境邮政特快专列的理念，履行职责，即使以生命、健康和理智为代价也在所不惜，且已证明可以肩负起此重任。”

苏西本想微笑，却感觉水晶球在她的口袋里更沉了。“听着，”她低声对威尔莫特说，“也许这不是个好主意。”

“嘘嘘嘘嘘嘘！”房间里的所有矮人都将手指放到嘴唇上让她安静。她吓了一跳，脸红得厉害，不再说什么。

“现在走上前，瞻仰女王陛下——博拉女王一世。”威尔莫特说。

苏西看向葛楚德，希望她能够出面拦一下，免得接下来出什么乱子，但葛楚德只是鼓励地对她点点头。苏西只好硬着头皮照指令做了。

威尔莫特将垫子递到她面前，她这才看出那金光闪闪的东西是什么。那是一枚邮票，看起来像是由真正的金箔制作而成，闪烁着美丽、迷人、温暖的光芒。但最与众不同的是它的形状。它的高度和普通邮票一样，却出奇地宽，有十五厘米左右，印着博拉女王的肖像。当然，她是一位矮人女王，鼻子比苏西见过的任何鼻子都大，一直伸到邮票的边缘。

“这是第一版女王金邮票，”威尔莫特说，“是有史以来发行的第一枚矮人邮票。按照入行传统，我现在邀请你舔它的背面。”他极为庄重地将邮票翻过来。

苏西终于知道大家说的是什么了，她感到如释重负，差点儿笑出了声。不出所料，她身后的人群中传来几声没憋住的咯咯笑声。

但苏西并没有轻松太长时间，因为威尔莫特期待地对她微笑着，她意识到房间里的人都在等着她行动。她的嘴唇开始发干。

“快舔啊，苏西。”威尔莫特小声说。

为什么不呢？她想。

在她之前有成百上千个矮人舔过它！她的大脑突然反应过来，上面可能爬满了细菌！

赶紧做完，然后你就可以离开这儿，她试着说服自己，你还有什么顾虑？

苏西不知道，但肯定有什么事情不对劲。庄重安静的房间里不安的嘀咕声越来越多，威尔莫特再次递上垫子，他看上去开始紧张了。

苏西想不出有什么拒绝的理由，她将神经球装进另一边口袋里，朝垫子弯身，想伸出舌头，却发现舌头粘在了上腭上。她活动了一下舌头，想让它湿润一些。威尔莫特、葛楚德和其他人都在看着她。

“你还好吗？”威尔莫特问。

这是个简单的问题，但正是她此刻所需要的。“不。”苏西喊道，这个字像枪声一样在房间里回响。她看着他的眼睛，说道：“对不起，我做不到。”

四面传来震惊的喘息声，威尔莫特却默不作声。不知怎的，这种感觉更糟。“为什么？”他静静地说，“你做得这么好。”

“不好。”苏西说，“我知道你认为我做得好，但是并不好，而且我不想继续向你撒谎了。”她将手伸进口袋，握住装有弗雷德里克的水晶球。

“你在干什么？”弗雷德里克在口袋里悄声说，她听到了，却没有理会他。

“我违背了誓言，威尔莫特。我跟你说过我会维护奇境邮政服务的价值观，我是真心实意的，真的是真心实意，但发生了一些事情，让我无法信守诺言。对不起。”

威尔莫特看上去惊愕不已：“你在说些什么？”

事已至此，和盘托出的时刻到了。苏西一直隐藏着的秘密在拼命往外挤，她感觉到胸口发紧。她将水晶球从口袋里拿出来，高高举起。

所有人都困惑地盯着看。

“一个水晶球？”威尔莫特说。

“这不是我的，”苏西说，“是暗影夫人的，是我偷的。”

静默被众人的惊呼声打破，威尔莫特睁大了眼睛。有那么一瞬间，苏西以为这是因为她的一番话，但紧接着她看到了映在他瞳孔里的景象，她立刻向前飞扑，护住威尔莫特，两个人一起摔倒在地。

咔嚓！他们刚刚站立的地方迸出一大堆花岗岩碎片。

一个雕像从它刚刚在地板上劈开的裂缝里拔出剑尖，苏西从威尔莫特身上滚下来，仰面躺着。她惊恐地抬头看着雕像扭曲的脸，后者将剑举过头顶，准备再一次发动攻击。

第19章

四面受敌

“快跑！”苏西大喊。

她一跃而起，拽起威尔莫特，但此时他们四面受敌，房间里的所有雕像都拔剑紧追在他们后面。苏西很后悔自己刚刚没有细看，尽管这些雕像之前一直掩藏着脸，但她曾在黑岩塔见过，本该早点认出它们的。

“什么情况？”威尔莫特问道，第二剑从距他头顶几厘米处呼啸而过，他害怕得发出一声尖叫。苏西躲闪着，感觉到石头剑刃擦过自己的发梢。攻击仍在继续，她迅速从一个雕像旁跑过，拽着威尔莫特和她一起躲在最近的一根柱子后面。

“我们得离开这里，”她说，“还有其他门吗？”

“有一个秘密出口。”是葛楚德的声音，他们扭头看到她躲在邻近的柱子后面，德里克和特雷里斯先生和她在一起，“在房间最里面，两个柜子之间。”

“让所有人都从那儿出去，”苏西命令道，“我会尽量引开雕像。”

雕像的石手绕过柱子来抓他们，逼得他们离开掩护。当苏西奔跑着穿越通道时，又有两个雕像冲她挥剑，但她刚好抢先一步，避开了攻击。她成功躲到对面的柱子后面，花岗岩碎片紧跟着飞过来。一秒钟之后，威尔莫特面色苍白、上气不接下气地来到她身边。

“你准备怎么将它们引开？”他喘着粗气问。

“我有它们想要的东西，”她说，“它们一定会追我。雕像们是很强壮，但身体似乎不太灵活。我想我能行，你帮助其他人安全出去。”

威尔莫特还没来得及争论，苏西已溜到通道中间，站在四个大雕像的正中央。她因害怕屏住了呼吸，之后才勉强开口喊道：“我在这儿！”她高举起装着弗雷德里克的水晶球，让所有雕像看到：“如果你们想要的是这个，那就来拿吧。”

“你会把我们都害死的！”弗雷德里克尖叫道。

但这招奏效了。四个雕像全都冲向水晶球，一时忘记了手中的剑，也忘了彼此。

苏西猛地趴到地上，从离她最近的一个雕像的两腿之间爬出了包围圈。雕像们撞在一起，发出如大炮开火般的声音。它们晕头转向，这刚好给了苏西时间站起来，她开始拼命沿着通道跑向正门，逃离雕像。

“所有人快出去！”苏西冲躲在其他柱子后面的老邮递员

们大喊，“跟上葛楚德，从后门离开！”

离她最近的雕像举起剑，正要砍下来时苏西脚下一滑，仰面摔倒在地。她无助地看着剑刃画出一个残忍的弧形朝头顶挥下来，甚至都没有时间闭上眼睛。

正因如此，她才看到特雷里斯先生的手杖从侧面打在雕像的胳膊上。手杖断成了几截，但足以使那挥动的胳膊偏移几厘米，剑击进了苏西脑袋旁边的大理石里，发出的声音震耳欲聋，像一股电流从她身体里穿过，让她尖叫起来。她滚向一旁，伸手摸了摸轰鸣的耳朵，耳朵还在。她被震得晕头转向，吃力地站起身。

“自命不凡的东西！”特雷里斯先生大声喊道，“过时的橱窗傻瓜！”他边说边挥舞着只剩下一小截的手杖。多萝西抓住他的两只胳膊，将他拽向房间深处，葛楚德已成功打开隐藏在那里的门。

苏西转身逃跑。特雷里斯先生转移了雕像的注意力，救了苏西一命，但敌人很快反应过来，现在六个雕像步履一致地朝她逼近。苏西和暗门之间已没有任何阻挡，她快速跑到了门口，恐慌感却没有减少。

“我可以办到的。”苏西自言自语道，“我已经拿到了神经球。如果我可以回到特快专列上，就可以到达象牙塔，将弗雷德里克变回原样来解决这件事。我可以解决任何问题。”

她冲出门，但迎面而来的不是走廊，而是令人窒息的黑暗，如夜一般黑，如霜一般冷，还有尖利的爪子狠狠抓向她。她反抗着，却无助地被带回保险库里。

伴随着一声巨响，雕像们停止追赶，立正站住。

影子将苏西放下来，化作一道墨汁般的巨浪猛灌入房间，在她四周涌动。

“你干了什么？”弗雷德里克哀号着说。苏西没有回应他，紧紧盯着此时正从翻滚的黑暗中显现出来的驼背身影。唯一令她欣慰的是，矮人们已经逃离了这里。

“你在这儿，小姑娘，”暗影夫人说着在她面前停了下来，“还没逃够吗？”

左右为难的交易

“你跑得真快。”暗影夫人说着将两手叠放在拐杖头上，“要是没有这段令人沮丧的追击，我也许会对你刮目相看。”

苏西环顾四周，寻找着出路，却发现自己被包围了。暗影夫人和她的影子堵住了正门，雕像们则一个挨着一个围成半圆形站在她身后。苏西有点儿惊讶地发现自己早先的恐慌正在渐渐消退。她担心暗影夫人的抓捕担心得太久了，以至于当这一切真的发生时她几乎有种解脱的感觉。这让她的大脑有了一点儿思考的空间。

“你怎么知道我们在这儿？”苏西问。然后她注意到一个小小的身影悄悄地从暗影夫人身后溜进房间，像是在尽力避免被人发现。“弗莱彻。”她叫道。

工程师吓得往后一缩。“完全不是我的主意。”他咕哝着，“我来这里只是要取回属于我的东西。”

“我们都是。”暗影夫人说着将一只手伸向苏西。

“不要！”弗雷德里克哭喊道，“不要让她把我带走！”

苏西将水晶球紧握在胸前。“你别想得到他！”

暗影夫人叹了口气：“我是个通情达理的人。把弗雷德里克还给我，也许可以说服我放过你。”

“我为什么要相信你？”

“这话从小偷的嘴里说出来就有点儿过分了，亲爱的，”暗影夫人勾了勾伸出来的手指，“快点，我的耐心是有限的。”

“快跑，苏西！”弗雷德里克说，“或者跟她对抗，不要光站在那里，做点什么！”

暗影夫人的脸上挤出一个阴森的笑容：“弗雷德里克，我突然想知道你跟这位年轻的小姐都说了些什么，竟能说服她像这样带着你逃跑。我敢打赌你没有实话实说。”

“我什么都跟她说了。”弗雷德里克抗议道。

暗影夫人转过脸带着怀疑的表情看着苏西，这令苏西十分不安。她知道弗雷德里克没有把一切都告诉她，但她不准备让暗影夫人知道这一点，免得对方得意。“他跟我说了什么不重要，”苏西说，同时坚定了决心，“我不会将他交给像你这样的人！”

“你比我担心的还要愚蠢，”暗影夫人说，“既然你这么没主见，又无处可逃，也许你会接受交换，用你的东西来换我的东西。”

“别听她的！”弗雷德里克说。

“我不会做任何交易。”苏西说。

“你先听听我的条件。”暗影夫人把手伸进上衣，从里面掏出一个用盖子密封住的空玻璃罐。

苏西怀疑地看了一眼：“那是什么？”

“我从你生命中取走的那三十分钟，”暗影夫人说着将罐子举起来迎着亮光，“用你的时间换弗雷德里克。哦，还有这个可怜的小东西的魔法棒，我知道它也在你手上。”她向弗莱彻示意了一下，后者看上去恨不能有个地缝钻进去。“我想这再公平不过了，你觉得呢？”她说。

“你一定认为我是傻瓜，”苏西说，“那只是个空罐子。”

暗影夫人对她怒目而视：“你以为时间看上去会是什么样？你是想让我用金属丝填满它吗？”

苏西不知道该如何回应，所以什么也没说。她仍然在想逃脱的办法。

“它珍贵无比，”暗影夫人接着说，“所有鲜活的生命都想多要一些。只要你将弗雷德里克还给我，它就是你的。”

“苏西……苏西，求你了，不要！”弗雷德里克听上去害怕极了，仿佛在发抖。苏西确定他在水晶球里面无法颤抖，但她的确感觉到了，莫非是她自己的手在颤抖？

苏西站在那儿，更加坚定地看着暗影夫人的眼睛。“我拒绝，”她说，“那只有三十分钟，不值得用一个人的生命去换。”

暗影夫人沉下脸：“你确定吗？我从你有限生命的末端剪去一段，你的生命会比原先短三十分钟。想一想如果可以把这些时间拿回来，你可以做些什么吧。”

“做不了什么。”苏西试图让自己听上去并不在意，但可怕的是，暗影夫人的话在她的脑海里激起了涟漪。用那些时间她可以做什么？

“那是你生命中最宝贵的三十分钟，”暗影夫人压低声音说，听上去有些急切，“能让你做最后的决定，跟朋友和家人告别，倾吐心底的爱，也能让你纠正曾经的错误。”

冷汗将苏西的睡衣贴在她的皮肤上。“我生命的终点。”她说，“你看到了吗？”

暗影夫人露出鲨鱼般的微笑：“你想知道你的生命将终于何时吗？”

这个问题像冰针一样刺向苏西，有几秒的时间，她分不清这种感觉是害怕还是兴奋。没有人知道自己的死亡时刻，心怀这样的信息活着将十分可怕，不是吗？

如果她可以知道，又会怎么样？她浑身起了鸡皮疙瘩，脑子因这种可能性活跃起来。她的生命是长还是短？死时会是何种境况，声名显赫，穷困潦倒，还是孤苦伶仃？如果她知道这些，就可以提前计划，在问题还未发生时就将它们全部解决。她可以解决任何问题。

但当她抬头看见暗影夫人在咧嘴奸笑时，这种感觉减弱下来。她已经尝试过解决问题，正因如此才陷入目前的境地。她的计划失败了，只剩下暗影夫人给她的选择。“不！”苏西毅然决然地说，“你说什么都没用，我是不会把弗雷德里克交给你的！”

暗影夫人死死地盯着她看了一会儿，然后叹息一声：“那样的话，我们只能不愉快地解决了。”

暗影夫人向前一步步逼近，苏西迅速后退。

“住手！”一个声音传来。

苏西吃惊得僵在原地，就连暗影夫人也停了下来，脸上带着不耐烦又困惑的表情。苏西朝声音的源头转身。“哦，不！”她倒吸一口气。

威尔莫特站在隐蔽的后门门口，松松垮垮的制服拖到脚踝处，帽子歪戴在头上。

“威尔莫特，不要……”苏西开口道，但他却投来一个愤怒的眼神，让她住嘴。他怒不可遏，是苏西之前从未见过的样子。

“暗影夫人，”威尔莫特说着大步穿过房间朝他们走来，雕像们自动分开让他通过，“我恳请您放了我的员工。”

“你是什么人？”暗影夫人说。

“我是奇境邮政服务的邮政局长威尔莫特·格伦特。”他走到苏西身旁停住了脚，“这名邮递员是我负责的，因此，我欠您一个道歉。”

暗影夫人抬起一边的眉毛：“我不在乎道歉，孩子，我只想要回自己的东西。”

“我理解。”威尔莫特没有理会她对自己年龄的轻慢，“尽管如此，还请允许我代表奇境邮政服务真心实意地表达歉意。

我们的邮递员偷了您的东西，我们会非常严肃地处理此类违背道德准则的行为。”

苏西站到威尔莫特和暗影夫人中间。“你在干什么？”她小声说。

威尔莫特镇定地将她推到一边，同时从嘴角挤出一句话：“相信我！”他拉正帽子，继续对暗影夫人说：“奇境邮政服务乐意将您的物品奉还，并就此事造成的不便给予补偿。但对邮递员苏西·史密斯的惩处必须由我们内部解决。”

暗影夫人还没来得及回应，一阵急匆匆的脚步声让所有人又都转过身去。葛楚德从隐蔽的后门口跑进来，雕像挡住了她的去路，她在大厅中间刹住了脚。

“威尔莫特！”她呼喊道，想从雕像之间冲出一条路，“威尔莫特，亲爱的，离开这儿！”

苏西咬着嘴唇，威尔莫特却转过了身。“别担心，妈妈，”他说，“我只是在尽自己的职责。”

暗影夫人哼了一声，将注意力转回到威尔莫特身上：“你想让我放过你的小宠物——在她干了这一切之后？”

“她不是我的宠物。”威尔莫特说，“不过，如果您想的话，您当然有权利提出正式投诉，我这里有所需的表格。”他将手伸进上衣，掏出一小张长方形的纸，递给了暗影夫人。

有那么一会儿，大厅里静悄悄的。随后暗影夫人轻声笑了起来，她笑声越来越大，肩膀也随之颤抖。苏西不由自主地退后一步，但威尔莫特立在原地，纹丝不动地拿着投诉表。

然后暗影夫人向他一指，影子往前冲去。

“不！”苏西向他扑过去，但为时已晚，影子将他整个吞没，威尔莫特的呼喊声越来越小，像是从非常遥远的地方传向苏西的耳朵。影子渐渐消散，只剩威尔莫特的帽子皱巴巴、孤零零地躺在石板上。

苏西震惊得僵在原地，她听到葛楚德的哭喊声。

“我已经受够了这些干扰，”暗影夫人俯身对着苏西，“如果你不把弗雷德里克交过来，我就自己动手了。”

苏西惊恐得脑子一片空白。她唯一能想到的就是：威尔莫特消失在了黑暗之中，全都是她的错。

“苏西，拜托！”弗雷德里克的声音穿透了苏西脑海里的迷雾。她看到暗影夫人几乎已经站在自己面前。她不能讨价还价，不能逃跑，她能做的只有反击。于是，她孤注一掷，将手伸进口袋，掏出最先碰到的东西，使劲儿向暗影夫人扔了过去。

那是弗莱彻的魔法棒。暗影夫人看到它飞过来，抬起一只手挡了一下。她抬起的是那只拿着玻璃罐的手。

魔法棒打在罐子上，罐子爆炸，迸出光亮。苏西闭上了眼睛。

下一刻，一切都停住了。

时间的差错

苏西将一只眼睁开一条缝，以为会有某种恐怖的景象在等着她。但是相反，眼前只有反常的静止画面，一片寂静。

苏西小心翼翼地睁开双眼，四处张望。暗影夫人站在她面前，伸出来的手离她只有几厘米远。但她没有移动，也没有说话。

苏西在闭上眼睛前看到的已经破碎的罐子还和之前一模一样——飞出的碎玻璃片停在半空中，在水晶灯的光线中一闪一闪。

苏西试探性地伸手摸了摸其中一片，它没有掉下去，不过当她指尖施加一点儿力时它的确动了，还割伤了她。苏西立即将手指缩回来放进嘴里吮吸，同时观察着房间里的其他地方。

一切都像被冻住了。魔法棒从破碎的罐子上弹开，此刻正悬在暗影夫人胳膊肘外侧的空中，弗莱彻正伸手去拿。在苏西身后，葛楚德依然伸手够向威尔莫特之前站立的地方，她的脸上全是悲伤和痛苦，泪水如同结实的玻璃珠一动不动地挂在脸颊上。苏西立刻转过脸，感到自己的泪水也开始往外涌。

“发生了什么？”弗雷德里克的声音出其不意地传来，苏西差点儿将他掉到地上。

“我不知道。”苏西抽泣着说，“一切都……停了下来。”

“除了我们俩？”弗雷德里克说，“你做了什么？施了什么咒语吗？”

“不，我……”她抽抽噎噎地说，声音因哭泣而变得沙哑，“我不知道我做了什么。”

“哦，不管是什么，奏效了，”弗雷德里克说，“这是咱们的机会，快逃吧！”

“不！威尔莫特怎么办？”

“他怎么办？你看到了，他消失了，一切都结束了。”

“不！”她跑向像静止的雷雨云一样堆积在暗影夫人身后的影子，像进入烟雾般轻而易举地走了进去。从影子里看去，房间很黑，水晶灯发出的光被染上一层微弱的紫色。她将空着的那只手在嘴边拢成喇叭状，大喊道：“威尔莫特！威尔莫特，你在这里吗？”

“他不会回答的。”弗雷德里克说。苏西差点儿就将他扔到房间的另一边了。这全是他的错……还有她的。

“威尔莫特？”苏西从保险库的一边跑到另一边，在黑暗中摸索着寻找生命的迹象。但当她磕磕绊绊地回到暗影夫人身前的亮光中时，她知道弗雷德里克说得没错，威尔莫特消失了。

“求求你了，苏西，”弗雷德里克哀求道，“我不知道这里发生了什么，但我们必须在一切恢复之前离开。奇境的命运都……”

“我知道！”苏西抹着眼泪说，“就再给我一分钟，行吗？”

弗雷德里克说得当然没错，而这一点才是最糟糕的。无论发生了什么，现在是他们逃跑的唯一机会，他们必须抓住。苏西眨眨刺痛的眼睛，向周围看去。“我们仍然需要魔法棒，”她说，“没有它，我们解不了你的咒。”

魔法棒不像刚刚的玻璃片那样容易挪动，但还是转动了一点儿。苏西身体后仰，用上全身的力气去拉，终于慢慢地将它从空中拽了下来。

“现在可以走了。”当她将魔法棒装回口袋时，弗雷德里克说。

“还不可以。”苏西说。她拍了拍另一只口袋，确定神经球安然无恙，然后来到威尔莫特之前站立的地方，捡起他掉下来的帽子。苏西将它理了理，掸掉上面的灰尘，将自己的帽子扔到一边，把威尔莫特的帽子戴在头上。帽子很紧，但刚好合适。“现在可以走了。”

“如果不是你跟他们说起我，这一切都不会发生。”弗雷德里克接着说，“你发过誓要为我保密的。”

“我也发过誓要尽最大努力做好一名邮递员。”苏西说着从两个雕像之间挤过，“我无法两者兼顾。此外，情况也发生了变化。我以为他们能够帮助我们。”

她在葛楚德面前停下，和她四目相对。葛楚德的眼里仍然有生机，但身体就像照片一样毫无反应。苏西将一只手放在她的肩膀上说：“对不起。”

苏西在秘密出口处停下，最后看了一眼房间，然后转身跑了起来。

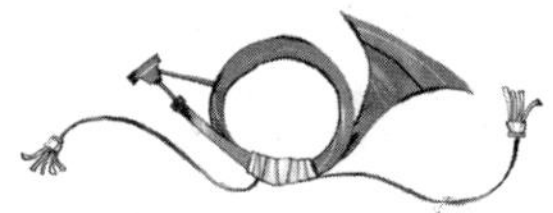

苏西原以为邮局外面的市区会熙熙攘攘、喧闹鲜活，但外面也静悄悄的。老邮递员们被定在大楼后面的小巷里，逃跑的姿势各异，多萝西走在前面，拉着特雷里斯先生的手。苏西在多萝西面前挥挥手，喊她的名字，但知道不会有回应。她悲伤地转过身，匆忙绕过大楼，进入广场。

那里一片混乱。雕像堵住了所有街道，汽车、自行车和各种各样无法分类的车辆被困在这难以形容的乱局中，驾驶员被冻住时的姿态各式各样，或是在挥舞拳头，或是正准备从即将降临的灾难中逃离。

“她一定是把所有雕像都带来了，”苏西畏怯地说，“一整支军队。”

“好在他们也被冻住了。”弗雷德里克说，“你觉得这到底是怎么回事？到处都是这样。”

“一定是跟那个罐子有关。”苏西一边说，一边费力地穿过静止的车流，朝着广场的另一边走去，“或者是魔法棒？我都不知道该怎么使用它。”

“我想是你用它指到了什么，那时你在想着心里希望发生的事，”弗雷德里克说，“但我不明白那怎么会导致整个城市停摆。”

苏西担忧地咬着嘴唇：“我们可以呼叫什么人吗？”

“你是指什么？”

“我是说，有办法联系相关的管理者吗？联邦一定有总理、总统或别的什么人——可以派援兵来的人。”

“没有。”弗雷德里克说，他听上去不太自在，“至少没有官方任命的。有的东西我们共享，比如邮政服务和以太网，但每个奇境都是自治的。矮人有自己的长老会，钟表国有小型机器人首领，没有人知道荒野高地的藤条女人国是怎么运作的——因为打听过她们的人都再也没有出现过。每个地方都不一样。”

“听上去真混乱。”苏西说。

“那不是重点。”弗雷德里克说，“每个奇境都有自己的规则，没有人可以掌管一切。”

他们终于走出了雕像的封锁圈，进入主干道。苏西仔细地四处察看，回忆着之前她和威尔莫特来邮局时是从哪条小道过来的。

“我们要去哪儿？”弗雷德里克问。

“回特快专列，我们需要出城。”

“但是如果一切都被冻住了，我们要怎么将车开动呢？”

“我还不知道。”苏西说着感觉眼泪又要流出来了，“我什么也不知道，但我们不能待在这儿。”

她在一条街道的入口处停下，它看上去很像正确的那条，但他们刚刚路过的两条也有可能。而且，更糟糕的是，每条街都至少立着一个雕像在把守。尽管它们动不了，苏西还是没有足够的勇气去看它们坑坑洼洼的狰狞的脸。她低下头继续跑。“这是暗影夫人的计划吗，”她说，“用雕像入侵联邦？”

“不，这只是为了把我抓回去。”弗雷德里克说，“她真正的计划糟糕得多。试想一下，如果她总是知道你在干什么，而且无论你藏在哪里她都可以找到你，那会怎么样？她甚至都不再需要动用雕像。如果有人做了什么她不喜欢的事，她就轻轻松松地施个咒，就像她对我那样，那就再也不会有人敢不服从她了。”

“但是怎么可能？”苏西惊恐地说，“她怎么可能知道每个人在做什么？”

“那很复杂，”弗雷德里克说，“你就相信我的话吧。我们都不希望那样的事发生。”

这驱使着苏西继续前进。像这样在户外暴露无遗令她非常没有安全感，她迫切需要特快专列里的温暖。“我们试试这条路吧。”她说，祈祷好运降临。他们进入一条小道，尽管不是她之前走过的那条，但应该也不会把他们带到离货运场太远的地方。苏西在人群中穿来穿去，脑子飞快地运转着。

“我可以移动物品，”苏西说，“比如碎玻璃，还有魔法棒。如果足够用力，我就可以……解冻东西。”

“你觉得你可以解冻火车？”

“我不知道。解冻碎玻璃很简单，魔法棒难了一点儿，也许和体积有关。”

“那样的话，解冻火车是不可能的。”弗雷德里克说，“你也许连车组人员都解冻不了。”

“是的，真谢谢你这么说。”

一分钟之后他们到达一个小路口，苏西终于看到了一个她认识的店面。“是那边！”她喊道，更加确信地跑了过去。他们在下一条街上又经过了两个雕像，苏西尽量不去看它们。

“那我为什么没被冻住？”弗雷德里克问，“因为当时你正抓着我？”

“也许吧，”苏西说，“如果我可以通过接触将物体解冻，那么这就说得通了。”

弗雷德里克反复琢磨着这句话。“那么不要放开我。”他说。

“不会的。”苏西说，“我保证。”

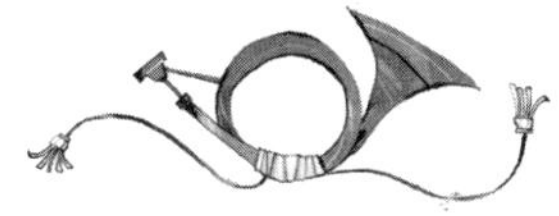

在拐错了两个弯、兜兜转转绕了个圈之后，他们终于回

到货运场。但苏西的高兴劲儿很快就消退了，因为她看到有一个雕像正把守在站台一端。它拔出了剑，被冻住时像是在扫视四处逃跑的人们的脸。

苏西的手下意识地放到弗莱彻的魔法棒上，尽管她不知道如果真有需要，她该如何使用它来保护自己。她仍然不知道魔法是如何起作用的，或者魔法可以做什么。倘若魔法棒出现故障怎么办？比如它打到了……

“罐子！”苏西停下脚步，她的脑海里迸出一个极为大胆的想法。

“罐子怎么了？”

“里面有时间，但那只是我的时间。”

“你的意思是？”

“暗影夫人说她从我生命的终点取走了时间，那时间只属于我。”

“所以呢？”

“所以，如果我现在使用的正是那段时间呢？因为罐子打破，它没有被放回它原本所在的地方，而是属于了此时此地的我。但它是只属于我的，所以全世界都不可以和我一起拥有它。”

“你是说，全世界都暂停，让你拿回了半个小时的生命？”弗雷德里克说。

“我想是的。我是说，也许吧。”苏西摇摇头试图清醒一点儿，“这样说得通吗？”

“我不知道。”弗雷德里克说，“我不是个研究时间的高手，我想等三十分钟到了我们就清楚了。”

苏西吓了一跳：“哦，不！我们还剩多长时间？”

“我不知道。没人制造像我这么小的人能戴的手表。”

“我们的时间不多了。”苏西更加用力地抓紧弗雷德里克，拔腿跑起来，拼命从堵在她和特快专列之间的冻住的矮人间挤过去，“也许只有几分钟！”

当周围的世界突然切回运转状态时，苏西才发现根本不剩什么时间。一个矮人工人在逃离货运场里的入侵者时狠狠撞了她一下，把她撞得飞了起来。她在瞬间做出反应，让自己背部朝下，落地时将装有弗雷德里克的水晶球紧紧地抱在胸前。

“当心！”那个矮人跃过苏西继续跑时大喊道。

四面八方都是惊恐万状的矮人，他们咚咚咚地跑上站台，险些将苏西踩在脚下。苏西挣扎着站起来，却正好与货运场里的雕像四目相对。片刻之间，周围矮人的惊恐传染给了苏西，她发现自己无法动弹，而雕像转过身缓缓向她走来。这时，弗雷德里克的提醒让她回过神来。

“快跑！”他尖叫道。

第22章

红色警报

带着不断加深的忧虑，诺玛阅读了矮人领地观测员刚刚递给她的匆忙写就的报告。

“这是刚刚发生的事？”她问。

年轻的观测员使劲儿点头，据名牌显示他叫司康吉：“那个人类女孩上一秒钟还在保险库里，下一秒钟就不见了。凭空消失了！”

诺玛叠起报告：“找到她，查查特快专列。”

司康吉点点头，冲回桌子前。与此同时，诺玛径直走向启明大人的办公室。当她大步走向门口推开大门时，莫娜中士明智地没有阻拦她。她没有理会“禁止进入”的标识，不管有没有会议，她都等不及了。

“大人。”她开口道，但眼前非同寻常的一幕让她沉默下来。

启明大人坐在一把皮质扶手椅上，镇定自若地看着一本书，在他脚边的地板上蹲着狂暴战士首领。那个曾经的巨人缩成一团，两只胳膊抱在一起，身体微微发颤——他正在抽泣。他看到诺玛时吓得跳了起来，冲她龇着参差不齐的牙齿，随后他的下唇开始颤抖，令诺玛吃惊的是，他的眼里蓄着泪珠。他一定是看到了诺玛吃惊的表情，因为他正试图遮住脸，并且毫不费力地将她推到一边，从门里挤了出去。观测员们看到他过来，全都躲到桌子底下，但他对他们视而不见，低着头匆忙大步跑向出口。

“这里发生了什么？”诺玛问。

“启迪活动，队长。”启明大人放下书，“狂暴战士首领来这里开阔眼界，这可是极具感染力的活动。”

如果这个答案是为了让人放心，那么它并没有起作用，诺玛想。直到刚刚她才知道狂暴战士居然会流泪，甚至会流泪到颤抖。但是现在没有时间操心这些，她将叠起的报告递给启明大人。

“暗影夫人在矮人城包围了弗雷德里克和那个女孩，大人。我将带领一支队伍去解救他们，我不接受您说‘不’。”

启明大人扫了一眼纸条，还没等她说完就从扶手椅里站了起来。“该死！我早该料到这一点的。”他将诺玛往门口赶，“把你的队伍集合起来，坐我的私人火车去，那是我们最快的火车。”

“谢谢您，大人。”

诺玛在匆忙召集队伍的过程中依然无法将刚才的那一幕

从记忆中抹去——狂暴战士首领在转身逃跑的前一秒眼里泛起了泪花。是的，逃跑，她确定他是在逃离什么东西。而狂暴战士从不逃跑，他们骨子里就不会那样做。上次狼港的财政大臣是怒气冲冲地离开的。那间办公室里发生了什么?

她将这个想法搁到一边，所有未解的问题都必须先放一放。终于到了战斗的时刻，联邦等着她去拯救。

第23章

弗莱彻的麻烦

玻璃声叮叮当当地响起。

罐子的碎片散落一地，立即被暗影夫人踩在脚下。她朝空气里猛抓一把，在她看来，那是不到一秒钟之前苏西所站的地方。弗莱彻一跃而起想接住魔法棒，却两手空空地落地。等他站稳脚跟，困惑地看向四周时，暗影夫人正背对着他用拐杖在碎玻璃间寻找。

他悄无声息地朝墙边走去，希望在有人注意到他之前小心翼翼地离开。雕像们似乎因为女孩的突然消失分了神，影子有何反应呢……哦，那可说不准。但弗莱彻要抓住机会。

“她是个幸运儿。”暗影夫人说着拔出扎进指尖的一块碎玻璃，抖下一滴深蓝色的血，“她拿回了她的时间，并且趁机带着我的宝贝逃跑了。要我说她可真是非常幸运，不是吗？”

弗莱彻尽可能安静地移动着，每次小心翼翼地抬起一只脚再平着放下。可他刚迈开两步，暗影夫人就头也没回地将手指握得咔咔响，然后径直指向了他。

“你想去哪里？”

弗莱彻吓了一跳，然后为自己的反应感到生气。“我要去找人来解决这个麻烦，”他挤出几个字，“我说的‘麻烦’就是你。”

“有意思。”暗影夫人语气平淡地说，“但我跟你还没完呢。”

“可我跟你已经完了，你这个老巫婆！”弗莱彻对她挥着拳头。他终于说出了自己的想法，愤怒奔涌而出，驱使着他继续说下去，那仿佛是种自由的感觉：“也许我不怎么喜欢那个小不点儿邮政局长，但我敬重他。他拼命工作，夜以继日，只是想追随他父亲的脚步。你不应该那样对待他。”

当弗莱彻长篇大论地抨击她时，暗影夫人看上去始终很有耐心，她只是点点头，然后说：“那个女孩去了哪儿？”

“我怎么知道？”弗莱彻吐了口唾沫，“她就那样消失了，还带着我的魔法棒。只要她在你抓不到的地方，我都祝她好运。”

“让我换个问法。”暗影夫人说，“她是乘坐你那辆可恶的火车来到这儿的，火车停在哪儿？”

弗莱彻抱起双臂：“无可奉告。”

暗影夫人从牙缝里吸了口气：“为什么人们总是敬酒不吃吃罚酒？”她将拐杖尖指向葛楚德，后者正跪在威尔莫特消失的地方，眼泪无声地从脸上滚落下来。在拐杖的作用下，葛楚德的身体僵住了，她飞上三米高空，悬在那里，缓缓地旋转，她的眼睛因害怕和愤怒而睁得大大的。“告诉我奇境邮政特快专列在哪儿，”暗影夫人说，“否则这位亲爱的护理员将会有极不愉快的体验。”

“你敢！”弗莱彻呼喊道，但他知道暗影夫人绝对做得出来，从她的脸上可以看出这一点。

“什么都别告诉她，弗莱彻！”葛楚德喊道，“她杀了威尔莫特！就算她把我杀了，我也不会帮她！”

“这完全有可能。”暗影夫人说，她将拐杖轻轻一点，让葛楚德快速翻了三个跟头，“现在请安静，我想听听你的朋友有什么话要对我说。”

她将冰冷的目光转到弗莱彻身上。弗莱彻咽了口唾沫，埋怨了自己一句。他知道自己已经输了。

第24章

运动定律

“嘿，下面那个！”一声呼喊传来。

苏西抬头看到了斯通克的脸和胡子，意识到经过一番拼命奔逃，她终于来到自己要去的地方。贝儿号耸立在她身边，冒着蒸汽准备启动。身后传来一阵骚动，她转过身，越过惊慌失措的矮人，看到有个雕像正登上站台朝他们追来。

“记得把我藏起来！”苏西慌里慌张地爬上梯子时弗雷德里克悄声说，“为了我好，也为了他们好。”

苏西没说什么，将弗雷德里克藏在口袋深处。她不准备让任何人因她的所作所为而遭罪。

“你们怎么耽搁了这么久？”苏西到达车外侧的舷梯时斯通克说，“邮政局长在哪儿？另外，有人能告诉我发生了什么事吗？真见鬼！”

“遭到袭击了。”苏西说，“咱们必须离开这儿。”

斯通克看到步步逼近的雕像，吃了一惊，他将苏西揽进驾驶室，使劲儿关上身后的门。乌瑟尔将头伸出侧窗，警觉地看着外面的骚乱。

“嗷呜！”

乌瑟尔退回到驾驶室中，但她的警告太晚了，雕像可怕的脸已经贴近车窗，挡住了光。它一拳砸下来，将窗户击碎，贝儿号吱吱嘎嘎地歪向一边。

苏西想飞身卧倒，以躲避飞来的碎玻璃，却无处可藏。雕像发出胜利的吼叫声，和号角一样响。它的嘴唇没有动，也没有喉咙或者肺来吸气，却持续发出让苏西濒临崩溃的吼叫声。这家伙发现了猎物，在呼唤队友。

有什么东西在苏西上方移动，离她的头很近，她以为是一只石手来抓自己，抬头看去却发现是乌瑟尔在伸手从炉膛里拽出一根燃烧着的香蕉。香蕉发出像煎培根一样的嘶嘶声，火焰贪婪地舔舐着她爪子上的毛。然后她一跃而起，飞向窗户，将香蕉径直戳向雕像的脸。

一阵蓝色的火花迸发出来，雕像倒了下去。片刻之后，它砸到站台上时发出的巨大哐当声传来，大家连忙跑到窗口去看。只见雕像躺在地上，头被蓝色的火焰包围。随着火焰发出的光越来越亮，雕像的尖叫声渐渐消失了。

“趴下！”斯通克吼道。苏西正要问为什么，雕像的头爆炸了。她扑倒在地，碎石块呼啸着飞向发动机外壳，又向周围弹开。

苏西眨了眨眼，想消除爆炸在她的视线里留下的一团紫色。她又跑到窗口，发现那个雕像已所剩不多，只有一双石腿躺在烧焦的炸坑旁。

“好可怕！”她惊叫道。

“好幸运才对。”斯通克说着跳到乌瑟尔身边，她仍躺在那里躲避爆炸，“跟所有这些该死的愚蠢的事情比起来。”

苏西来到他身边，跟他一起帮乌瑟尔靠着驾驶室的墙壁坐起来。熊发出一声低沉的咆哮，紧紧握着自己的手掌，她的手掌到手肘处的皮毛都被烧光了，留下严重的红色水疱。

“我这一生中也见过一些不负责任的行动，但这一次最不负责任，”斯通克说，“你可能会把自己炸上天。”

“嗷呜。”乌瑟尔说。

斯通克笑了笑：“是的，我得承认，非常棒。谢谢你。”

苏西用两只胳膊搂住乌瑟尔的脖子，乌瑟尔咕噜了一声，伸出没有受伤的那只熊掌，做出一个好似竖起大拇指的动作。

他们又听到一声尖叫，全都转过身去。声音从远处传来，但异常尖锐刺耳，听起来比实际距离近得多。又一声尖叫响起，接着又是一声，整座城市似乎都在这种尖叫中震颤起来。

“是其他雕像。”苏西说，“它们来了！”

“局长一上车我们就出发。”斯通克说，“他为什么没和你在一起？”

巨大的悲痛又向苏西袭来，压得她无法呼吸。她想说话，但声音卡在了喉咙里。她不得不再次强忍住泪水：“他走了。”

“走了？”斯通克说，“去了哪儿？”

苏西摘下威尔莫特破旧的帽子给他看。“是暗影夫人，”她声音沙哑地说，“威尔莫特想阻止她伤害我，碍了她的事，于是就……”她的声音越来越小，最后沉默了。

“暗影夫人？”斯通克的声音已经变成了低语，“这一切都是那个老巫婆搞的鬼？”

乌瑟尔巨大的身体里发出低沉的怒吼。

“是我的错，”苏西说，“我偷拿了本该派送给她的包裹。”

“那就发发善心还给她，”斯通克说，“趁其他人还没受到伤害。”

“我不能！”苏西喊道，“那本就不是她的，现在我必须将它送到象牙塔。”

斯通克在消化这番话时胡子抖动了一下。“你是说我们在处理盗窃来的货物？那罪过可就大了。”他和乌瑟尔交换了个眼神，“那它到底是什么？财宝？被诅咒的手工艺品？被禁的古书？”

“是个……秘密。”苏西被他俩犀利的眼神盯着，有点儿退缩，“对不起，但你们俩还是不知道为好。我告诉了威尔莫特，我以为他可以帮助我，但那却让他……”后面的话太过沉重，她不得不使足力气才说出来，“被害了……”说出来之后，这件事似乎更加板上钉钉了。苏西第一次希望自己没登上特快专列，而是待在家里，让弗莱彻抹除她的记忆，因为她一点儿也不想记得这个时刻。

“这个包裹属于象牙塔？”斯通克说。

“是的。”苏西说，“如果我们到达那里，暗影夫人就不会再追我们了。希望如此。”

斯通克看了她一会儿，掂量着她的话。最终，他用几乎察觉不到的点头表示接受。“那么我们最好行动起来了。”他一改平日里戏谑的样子，带着坚定的决心转向控制台，松开制动阀，将特快专列从侧线上倒出来。

苏西看着舷窗外掠过的矮人城轮廓。更多的雕像涌了过来。苏西看到它们爬过停在侧线上的货运车厢，沿着站台朝他们大步走来。她数了数，五个，不，六个，已经七个了。什么东西正在头顶上空盘旋——是暗影夫人的滴水兽！

“它们就快追到这里了！”她咬着嘴唇说。

“我们马上就好。”斯通克说，“让它们拼了命地追怎么样？为了威尔莫特。”

乌瑟尔咆哮着表示赞同，他们的决心让苏西多了一点儿勇气。

“为了威尔莫特！”她说，“就这么办！”

他们已经从侧线上倒出来，进入了主干道，斯通克将引擎挂到前进挡。

“传送隧道在哪儿？”苏西说。

“矮人城另一头，”斯通克说，“离这儿几分钟的路程。”

他们的速度在迅速提升，但带头的雕像们已翻过了最后几节停在货运侧线上的车厢，抄近路朝他们追来了。

“再快点！”苏西喘着粗气说。

最近的一个雕像与他们之间的距离越来越短。它将剑扔到一边，纵身跳向火车，伸手抓来，但失之交臂，在邻近的铁轨上摔了个大马趴。

苏西大笑着松了口气，但下一个雕像紧跟在它后面拼命奔跑着。特快专列仍然在加速，但还是不够快。雕像跃起，抓住了危险地带车厢。苏西将头伸到窗外，刚好看到它正双手交替着往车顶上爬。

“它上车了！”苏西喊道。

“真烦人！”斯通克双手在机器上飞舞着，“帮个忙，往炉膛里再加一些香蕉，我们需要减一些重量。”

“嗯。”乌瑟尔似乎很疼，但强撑着站起来。

“不是你。”斯通克说，没有回头看，“以你的状态什么也做不了。苏西，行动起来！”

但苏西太过入神，没有回应他，因为斯通克的话引发了她一连串的思考。“重量，”她自言自语道，“重量和速度！”然后，她猛地推开驾驶室的后门，飞身跃到煤水车上。

“嘿！”斯通克在她身后大喊，但她已经艰难地爬上了通向香蕉堆的梯子。路线仍然是她在黄晶峡时走的那条，但那时没有雕像杀手在等着她。

“怎么了？”弗雷德里克在她的口袋里喊道。

“我知道该怎么做了！”苏西说。能量从香蕉上传出，在她没有防护的手上噼噼啪啪冒着火花，苏西疼得龇牙咧嘴：“我的作业！”

“作业！”弗雷德里克喊道，“在现在这种时候？”

“我是指牛顿运动定律，”苏西说，“我知道该怎么解决眼前的麻烦了。”

她翻过香蕉堆，迅速爬下梯子，来到煤水车后面的踏板上。一条粗铁链将踏板与危险地带车厢连在一起，由一根结实的金属销固定着。

“牛顿第二运动定律，”苏西说着双手抱住金属销的顶端，“对物体施加力会让它加速，此时的物体是火车。如果力保持不变，但质量减小，加速度就会增加。所以，如果可以把这个拔掉……”

她用尽全身力气，感觉火舌在往胳膊上蔓延。她身体往后仰，用力挺起背，直直地看着天空，却猛然看到了雕像那张吓人的脸，它正从危险地带车厢顶上俯视着她。

雕像向她扑过来，苏西吓得直往后退，后背撞到了煤水车后部。在那寒意逼近的恐怖瞬间，她意识到自己无处可逃。断裂的石头手指向她伸过来……

手指在她面前仅仅几厘米的地方抓了个空。苏西震惊地眨眨眼，然后低头看向连她自己都没有意识到的、仍然拿在手里的东西——金属销。

雕像失望地吼叫着，但为时已晚。贝儿号加速前进着，危险地带车厢却开始慢下来，两者之间的距离随后越拉越远。雕像朝煤水车最后一跃，摔到了铁轨上，距苏西仅有一米之遥。

一阵混合着害怕和放松的眩晕感涌上苏西的胸口。“你看到了吗？”她说着将弗雷德里克从口袋里掏出来，让他看远处越来越小的雕像、危险地带车厢和它后面的分拣车厢，“因为少了几节车厢，现在我们的质量变小了，这也就意味着我们有了更大的加速度。现在他们追不上我们了！”

又有几十个雕像冒了出来，但也追不上贝儿号无可比拟的速度，渐渐被抛在远远的后方。

“我得承认，这相当聪明。”弗雷德里克说。

“这是物理，”苏西说，“正是我所擅长的。”

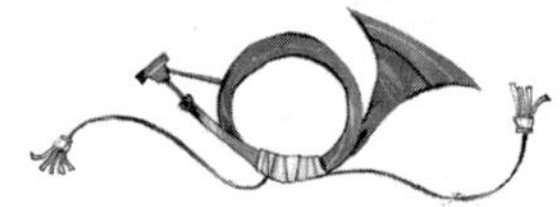

“干得好，邮递员！”斯通克喊道，此时苏西已将弗雷德里克安全地装进口袋，再次进入驾驶室，“现在打起精神，马上就进传送隧道了。”

苏西跑到前面的窗口往外看，他们在快速接近城市边缘。悬在峡谷上的拱形大桥在这里到了尽头，插入坚实的土地。山丘在他们前方不足一千米的地方赫然而立，轨道爬上一面几百米高的陡峭的悬崖壁，壁上有一排隧道口。她顺着他们所在的轨道看向中间的一条大传送隧道。隧道上方的灯是绿色的，道路畅通，他们一定可以顺利通过。

但是随后驾驶室顶上发生了爆炸，着火的大块木头像雨点一样砸向他们。他们赶紧趴到地上，苏西透过手指缝往上看去，只见车顶冒着烟的洞口露出了暗影夫人那双可怕的眼睛。

暗影夫人高高地飞在火车上空，站在她的恶魔滴水兽的爪子上。滴水兽的翅膀像黑色风帆一样遮天蔽日。暗影夫人用她的拐杖指了指，那怪物便朝他们俯冲而来。

一道光闪现，苏西只来得及看清有什么东西闪电一般从拐杖尖迸出，驾驶室的后门和窗户就被炸开，蓝色的火光刹那间吞噬了她周围的一切。

“到底出了什么事？”她听到斯通克惊呼。

苏西眨了眨眼睛，向周围看了看。乌瑟尔除了手掌受伤，看起来没有大碍，斯通克仍然在控制台旁。但驾驶室后面的煤水车已经烧成了一个冒着蓝烟的火堆，里面满是噼啪作响的香蕉。

“她要将我们炸成碎片！”斯通克叫喊道。

滴水兽飞到距离驾驶室更近的地方，暗影夫人对他们喊话。“快停下！”她尖叫道，“如果弗雷德里克到达象牙塔，一切就全完了！他知道的事情太重要了！”

煤水车内部发生了爆炸，向空中迸出一个火球。滴水兽斜着转了个弯避开火球，暗影夫人又一次喊了起来。发动机隆隆作响，苏西没听清她说了什么，但听起来像是“它关系着奇境的命运”。暗影夫人举起拐杖，又放出一个光团，但打偏了。随后滴水兽逐渐飞离，她也消失不见了。

“真是灾难！”斯通克指着正前方的窗外喊道。苏西看过去，发现暗影夫人的光团根本就没有偏离目标，她瞄准的是传送隧道。就在前方仅仅几百米的地方，拱形石洞正在坍塌，传送隧道里的微光就像老电视机上的图像一样频繁闪烁。

斯通克用尽全身力气去拉动制动阀，但苏西拽住了他。

“我们必须过去。”她说。

“传送隧道在坍塌，你会害死我们的！”

“如果我们留在这里，暗影夫人会杀掉我们！”

他们瞪着对方，争抢着制动阀，谁也没能占据上风。随后一切陷入了不可挽回的境地，一阵石屑如下雨般叮叮当当地击中火车头外壳，世界变黑了，贝儿号钻入正在崩塌的石头洞口，带着斯通克、乌瑟尔和苏西一头扎进传送隧道中。

坏事传千里

“都准备好了吗？”诺玛检阅着她的队伍。她已在瞭望馆外面的作战堡垒中召集了十二名最得力的护卫，她们笔直地立正站着，盔甲擦得锃亮，等离子步枪已充好电。

“准备就绪，队长！”护卫们异口同声地说。

“我必须对你们实话实说，”诺玛说，“这是一场危险的行动，对手强大，敌众我寡，但我们的优势是出其不意，我们要利用好这一优势，速战速决，拿到水晶球就撤。明白了吗？”

“明白，队长！”

诺玛扬起一边嘴角，露出一丝满意的微笑。“绝对比当保姆强，对不对？”其他队员的脸上也露出微笑。经过了这么多阴谋诡计和变数之后，即将展开一场像模像样的战斗，这种感觉很好。“那为什么还站在这里？”她吼道，“行动吧！”

她转身正准备带领手下走出堡垒，却发现启明大人站在门口。“恐怕没有这个必要了，队长。”他说，“我们无须再担心水晶球会落入他手，事实上它不会落入任何人手中了。”

“大人？”诺玛感觉到自己压抑着的兴奋在转变为烦躁，从身后传来的窸窣的脚步声来看，护卫们也有同感，“为什么不需要？”

“因为它已经被摧毁，与奇境特快专列和车组人员同归于尽了。”启明大人无奈地耸耸肩，“很遗憾，我原本相当期待见到他们。”

诺玛的兴奋劲儿一落千丈，由烦躁变为沮丧。尽管她不喜欢弗雷德里克那个小坏蛋缺勤，但也不希望他死去。但启明大人似乎已经翻过了这一页。

“招聘替补的事没必要再推迟了，”他说，“我们不能让项目进度滞后。派人在西沼泽地比较好的学校里招揽新人吧。”

“但是，大人，”诺玛说，“暗影夫人怎么办？”

“她怎么办？”启明大人说，“她已经没有了筹码，她会回到黑岩塔生闷气。”想到这里，他咯咯笑起来：“现在，如果你们不介意的话，我希望大家都回到自己的岗位上。请吧！”

诺玛点头示意了一下，护卫们就排着队出去了，之前的热情所剩无几。诺玛跟在她们后面，试图忽略自己的失落感。她不仅被剥夺了一场与暗影夫人正大光明的战斗，还永远不会知道弗雷德里克逃离瞭望馆的真正原因了。

她原本还指望他能给出答案。

第26章

峰回路转

滴水兽将暗影夫人放到隧道口前，然后啪地一扇翅膀飞到空中。隧道口的最后一部分坍塌下来，暗影夫人无奈地看着。传送隧道里的黑暗中闪现出一道亮紫色光芒，一阵气流突然冲进传送隧道，像一个大型真空吸尘器一样吸走了遮天的灰尘。随后气流的嘶嘶声减弱，光芒消失了，只留下破碎的拱形隧道中光秃秃的岩壁。

暗影夫人久久地站在那里，直到雕像们砰砰踩地的声音传来，它们终于追上了她。雕像们不需要呼吸，也不会气喘吁吁，它们只是站在一旁，面朝暗影夫人放空的眼神所看的方向，等待新的指令。然而什么指令都没有，她似乎都没有注意到雕像的到来。

“你干了什么？”

沉思终于被一声怒喝打断，她转身看到一脸怒容的弗莱彻。与雕像不同,他从邮局一路跑来,上气不接下气,满脸通红,大汗淋漓。他双手撑在膝盖上，然后指着被毁坏的隧道口说："你杀了他们?!"

"是的，几乎可以肯定，"暗影夫人的声音里没有胜利的意味，"真是非常不幸。"

"不幸？是你弄塌传送隧道砸中他们，你要了他们的命！"

"我以为他们会停下，"她说，"但是看样子我判断错了。"

"你就是魔鬼！"弗莱彻说着双手插进口袋,转身背对着她,"我真后悔遇见你。你想怎样就怎样吧，反正我不会再帮你。"

"随你的便。"暗影夫人说。弗莱彻缩了一下，以为会有一股魔法击中他的背。但当他转过身时，发现暗影夫人仍然盯着隧道口，像是在期待些什么。

"邪恶的老巫婆。"弗莱彻一边快速溜走一边小声嘀咕,"如果世道公平，她就应该在里面和他们一起被砸。"他吸了吸鼻子："还有我，我真蠢。"他因震惊、气愤和悲伤而双手颤抖，但他竭力不让自己在暗影夫人的视野范围内表露出来。

弗莱彻小心翼翼地沿着铁路线朝城中心走，才走出一小段，就听到暗影夫人的声音。

"孩子们，我希望你们往象牙塔跑一趟，去看看我们火车上的朋友们是否逃脱了。我不指望有好消息，但去看看总比不知道要好一点儿。"她一拍手，雕像们就各自朝着不同的隧道口飞奔起来。弗莱彻看着它们跑走，心里既惊叹又厌恶。没有哪个活着的生命敢在没有交通工具确保安全的情况下踏进传送隧道，但他猜那些雕像是由更厉害的物质构成的。

“一点儿都不尊重逝者，”弗莱彻吐了口唾沫，“还有其他人。”

但是，看着雕像们消失在隧道里，弗莱彻心中隐隐升起一种感觉，不是希望——他还没笨到对不可能的事情抱有希望，但又有点儿像，应该说是罔顾现实的一点儿妄想吧。

斯通克、乌瑟尔和那个女孩怎么可能会在塌方中幸存，那是不可能的，然而……

然而，暗影夫人还有疑虑。这些疑虑足以让她派遣雕像大军去完成任务，以防任务没有结束。

可任务已经结束了，不可能没结束。

但如果有可能呢？

弗莱彻走到危险地带车厢和分拣车厢前，与贝儿号断开连接之后，它们就慢慢停在了主干道上，此刻仍在那里。奇境邮政特快专列就只剩下这些了。

弗莱彻将手放在危险地带车厢坑坑洼洼的铁皮外壳上，它仍然颤动着，一息尚存，这多亏了里面无数的机械，其中一些他还参与制造了。那是可以去到任何地方的机械，不论是到海洋深处还是最遥远的太空。

弗莱彻忽然知道自己该做什么了。

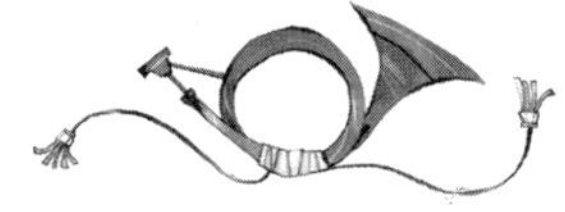

一道光像另一个太阳一样骤然点亮矮人城，暗影夫人从

传送隧道那边转过身来。她用手遮着眼睛，避开刺眼的光和翻滚到空中遮天蔽日的尘土。

在余下的雕像身后稍远一些的铁轨上，危险地带车厢被一道火柱顶着升到空中。它一开始上升得比较缓慢，随后伴着震耳欲聋的轰隆声不断加速，直到变成一个斑点，渐渐消失在天空中。

“那个讨厌的家伙在干什么？”暗影夫人说，“这些矮人总是用最荒唐的方式将自己摔来摔去。”她的目光一直追随着车厢的轨迹，直到它从视线中彻底消失。然后她将目光转回传送隧道，继续等待着。

当车厢飞速穿过云层进入湛蓝的天空时，弗莱彻坐在危险地带车厢的控制面板前露出了微笑。他不确定这个老车厢能否成功脱离底盘，因为距离上一次飞行已经太久了，但所有设备都运转正常，就好像它们是昨天刚刚造好的一样。

“经久耐用。”弗莱彻亲切地抚摸着控制面板说，“当然，据说降落才是困难所在。”

他抻长脖子，对抗着将他钉在座位上的重力，从右舷窗往外看去。地面的弧度清晰可见，离开大气层后，蓝色天空渐渐变成黑色。重力开始减弱，弗莱彻的身体放松了一些，很快他就会完全失重了。幸好没吃早餐，他这样想着，同时确认自己系好了安全带。

他校准了几次航线，将危险地带车厢掉了个头。地平线上，月亮刚刚升起。

第27章

隧道追击

隧道口在苏西他们身后坍塌时发出炸雷般的声响。但与雷声不同的是，声音没有变弱消失，而是传入隧道，四散开来，不知怎的，感觉还是那么响。

有那么一会儿，当苏西的大脑试图寻找声源时，她失去了方向感，摇摇晃晃的。乌瑟尔扶住了她。

“嗷呜？”

“我没事。”苏西说，“你的胳膊怎么样？”

乌瑟尔耸耸肩，朝坍塌的隧道口弯起一只爪子。就在那时，黑暗中爆发出一道灰色的亮光，从火车正后方照来。

“发生了什么？”弗雷德里克从苏西的口袋里发出刺耳的尖叫声，“那是什么声音？谁来告诉我发生了什么！”

乌瑟尔怒吼着，毛都竖了起来。

“谁在说话？”斯通克喊道。

“假装你没听到吧。”苏西说着将手伸进口袋，压住弗雷德里克的声音，“告诉我，咱们的麻烦有多大。”

“传送隧道正在像牙膏管一样卷起来。”斯通克说，他紧紧地贴着控制台，就好像那是他的一部分，“咱们永远都过不去的！”

“咱们的速度不能超过塌方吗？”苏西一边大喊，一边来到斯通克身边，试图弄明白各种各样的仪表盘和读数。

“我们已经在全速前进了！”他喊道，“马力全开，锅炉压力已经到红色警戒线了，但还不够！”

苏西吞下本能的恐惧，现在她根本没有时间害怕。“如果我们再减些重量呢？”她自言自语道。

“什么？”斯通克大吼，“我听不见你说的。”

苏西没再多说什么，转身跑向已经被毁的后车门。“乌瑟尔，帮帮我！”她趴下来，把手伸出驾驶室，去够与仍在熊熊燃烧的煤水车连在一起的铁链。这个连着链子的金属销比煤水车后面那个更难拔下来，乌瑟尔伸出头用牙齿去咬，它才开始松动。她们一起拔着，费了很大力气，金属销终于被拔出。苏西将它扔到一边，乌瑟尔解开链子，然后她们使出全身力气推了煤水车一把。

煤水车从驾驶室分离出去，才落在他们后面几米远，就被塌方吞没了。苏西原以为会炸出一堆碎片，但眼前的景象让她看入了迷：煤水车平铺展开，变成了一个由矩形组成的整齐的图案。如同万花筒中映出的画面一般，这些形状成倍增加，再交叉合拢，越来越小，接着汇成一个实点，被亮光吞没，然后就直接……消失了。

盯着灰色的火光，苏西觉得有些恍惚，她发现自己没有真真切切地听到或看到塌方，却可以感受得到。那光并不是真正的光。如果她稍微转转头，用余光去看，就会看到它在闪进闪出。她无法理解，这种情况即使是爱因斯坦遇到了也会感到头疼，但它确实就在那里，而且越来越近。

“有帮助吗？”苏西回到斯通克身边喊道。斯通克紧紧咬着嘴唇，瞪着仪表盘。

“轻了一些，”他大声说，“也许给我们争取了几秒钟。”

“够吗？”

斯通克抿紧嘴，嘴唇几乎消失了。他紧紧地握着操纵杆，指关节都变白了。然后砰的一声，壁炉架旁边的一根管子裂开，喷着蒸汽。斯通克往后一缩。

“我们把她逼得太紧了，她撑不了太久，塌方快赶上来了。”像是在证实他的话一样，一只压力表的玻璃碎了，里面的指针掠过他们身旁，从驾驶室后部飞出，径直被塌方吞没。

“但我们不能慢下来。”苏西说。

“我知道。”

苏西看着风暴般的大火像吞食钢制意大利面一样吞没仅在他们身后几米处的铁轨，步步逼近。“咱们能行。”她说。

斯通克摇摇头，仿佛头重得让他无法承受：“从没有人能超过塌方的速度。”

“那是因为从没有人用贝儿号尝试过。”她说。

斯通克挤出一丝微笑，这点燃了苏西心中的火焰。她伸出一只手，放到斯通克的手上，然后将另一只手伸向乌瑟尔。乌瑟尔用一只大熊掌托住他俩的手，将它们紧紧地握在一起。

苏西没有那么大的勇气，真的没有，但假装勇敢让她惊讶地发现自己似乎真的很勇敢。

“如果我们会死，你会告诉我的，对吗？”弗雷德里克的话让苏西红了脸，斯通克和乌瑟尔都斜眼看着她。

“我已经尽量假装没有听到他在说话了，”斯通克说，“但他很难让人注意不到。”

一阵沉闷的金属声让他们全都转过身去，然后又立即缩回来紧靠着壁炉，现在塌方产生的灰砖碎屑已经压到了驾驶室后部。透过空洞洞的门口，他们看到拔出的金属销在无法触及的远处令人目眩地旋转着，然后化为乌有。几秒钟后半条链子也不见了，驾驶室的后墙开始拉伸变形。

“赶上来了！”斯通克说，“塌方一旦赶上车轮，咱们就完蛋了。”

后墙上的砖开始一块块掉下来，变成了二维线条，贝儿号正在被一点点地吞噬。

“所有人快去外面的舷梯！”斯通克命令道，“我们需要待在车头前面。”

苏西拉开门，乌瑟尔用一只胳膊揽起她和斯通克，沿着舷梯摇摇摆摆地大步走到锅炉前方。“恐怕也只能这样了。”

乌瑟尔在最靠边的地方将他俩放下时斯通克说。现在火车四周都已满是大大小小的碎石块，根本无处可逃。“我想说，能和你们俩一起工作是我的荣幸。”他理了理夹克，啪地敬了一个礼。

“什么?!”弗雷德里克尖叫道,“这样不对！你应该保护我，你答应过的！”

苏西几乎没有注意到他的抗议。实际上，此时的她几乎没有任何感觉，甚至没有恐惧感。不需要再有恐惧感了，最坏的事情正在发生，他们输了。“我没想到事情会变成这样，”她抽泣着说，“全都是我的错。真的很对不起，我以为自己在做正确的事。”她的眼泪开始涌出，乌瑟尔、斯通克和带着火光的传送隧道变成一片模糊而杂乱的画面：“我们离成功那么近！差一点儿就成功了！差一点儿就……”

“嗷！”

乌瑟尔又紧紧抓住苏西，苏西觉得斯通克将手伸到她眼前，拼命地指着什么。她转过头去看，但一切像是万花筒中的黑灰碎屑。然后突然之间，出现了亮闪闪的白色，一股风吹来，闻起来像铜器、尘土和家具抛光剂混合在一起的味道。

斯通克在苏西耳边放声大笑，她将手按在脸上擦掉眼泪，定睛再看时看到了另一个世界。

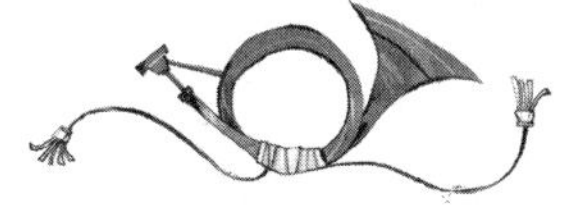

贝儿号疾驰在奶白色的天空下。几百条闪闪发光的银色长条在空中纵横交错，像一张巨大的蜘蛛网。当苏西看到其他火车在上面奔驰时，才意识到那些是轨道。它们没有任何支撑，如失重般悬浮在空中，每一条轨道的尽头都是一个隧道口，这些隧道口仿佛就嵌在天空里。

苏西将身体探过扶手，风吹动着她的头发，她真真切切地看到贝儿号轮子下面的轨道也同其他轨道一样悬浮在空中。这一点倒没那么值得惊奇，最令人吃惊的是，放眼望去，他们远远的下方也完全看不到地面，只有更广阔的天空。除了隧道口，在苏西目光所及的各个方向，都是一望无际、白茫茫、毫无辨识度的天空。

身后传来沉闷的爆炸声，这标志着他们那条传送隧道的最终消亡。塌方过后，拱形隧道里面什么也没剩下，只有一大片碎裂的白色岩石。

苏西看了又看，才发现包围他们的根本不是天空，她惊讶得目瞪口呆——他们处在一个巨大的白色石球内部，直径也许有一百千米，石球内部散发着柔和的光芒。他们刚从它的一面墙里穿过，朝中心驶去。

贝儿号的车轮发出胜利的尖叫声，苏西、斯通克、乌瑟尔和车轮一起尖叫，他们互相拥抱，让风带走他们因如释重负和欢呼雀跃流下的眼泪。

“咱们成功了！”斯通克拍着苏西的肩膀，兴奋地上蹦下跳，“简直不敢相信，但是咱们成功了，快看！”他指着前方，苏西眯起眼睛，向迎面而来的风中看去。

球体中央立着一根巨大的白色石柱，像苹果核一样从顶部贯穿到底部。

“象牙塔！”苏西说。

“那么现在我们不会死了？”弗雷德里克说，“说实话，你们这些人为什么不把最新情况及时告诉我？”

苏西没有理会他。“我们要怎么进去？”她问。

“通过中心站。”斯通克说，他用手指了指围绕着象牙塔中心的一圈气派的白色建筑。就像通向它的几十条轨道一样，中心站也悬浮在空中，而且看上去并不与塔体相连，苏西可以看到它们之间有很大的空隙。

“记住，象牙塔不会随随便便放任何人进去，”斯通克预料到了苏西的下一个问题，进而说道，“我们必须在中心站下车，向他们出示一条准入信息，然后象牙塔才会放下吊桥让我们通过。”

苏西顺着斯通克的手指寻找吊桥，没看见吊桥，却注意到了一件别的事情。“嗯……”她说，“越来越近了，车速非常快。”

“我的天哪！”斯通克愣住了，“我在想什么呢！我忘记减速了！”他从苏西和乌瑟尔身边挤过去，跑回驾驶室。苏西跟在他后面，所以当斯通克险些从引擎后面一头栽下去时，苏西一把抓住了他的衣领。

驾驶室的大部分都不见了，只剩下半米宽的地板。

“它经历了太多。”苏西说。与此同时，斯通克掸掉身上的灰尘，小心地移动到控制台后面剩下的一块地板上。他伸手够到制动阀，格外小心地向后拉：“我们必须慢慢减速，否则惯性会把这位老姑娘仅存的部分撕毁的。”

像在回应他似的，底盘上的金属发出咯吱咯吱的声音，制动阀开始像音叉一样震动，斯通克也随之一起震动。

“加油！”他咕哝着，更用力地拉制动阀，刹车片的咯吱声也变得更响。

然后制动阀咔嚓一声断了，脱离了地板。苏西不得不再一次抓住斯通克，防止他翻过边缘摔到轨道上。他举起断了的制动阀，惊恐地盯着。

“哦，天哪！”他说。

苏西看了看斯通克因惊恐而睁大的眼睛，然后看向那截断掉的制动阀。“现在我们怎么办？”她说。

“呜。”乌瑟尔将头伸进了驾驶室。

“恐怕她说得对。”斯通克说，“我们什么也做不了。列车失控了。”

第28章

一个大胆的主意

“也许咱们可以跳车。”斯通克说。

苏西看了一眼他们脚下疾驰而过、模糊不清的轨道。“以这样的速度？”她说，“我们会摔得粉身碎骨的。”她把手指插进头发，然后攥成拳头，希望自己的大脑能更快地运转，但它偏不为所动：“我想不出办法。”

“我也想不出，”斯通克回应道，“但至少我们会穿着靴子死去[①]。”

“我穿的不是靴子，”苏西回应道，“而且我决不穿着拖鞋死去。我们一定能做点什么。”

“没有办法了。”斯通克说，他现在更平静了，能看出他已经在为无法避免的结局做准备，而且想在最后一刻保持尊严，“我们会像一把大锤子似的撞向中心站。”

---

① 原文“go out with boots on”，有“以身殉职”的意思。

苏西从乌瑟尔身边挤过去，来到舷梯上，绝望地看着他们这趟旅途毁灭性的终点。

中心站向他们急速逼近，如同大张的嘴巴，上面覆着弧形玻璃顶，已经近得足以看清里面繁忙的站台。他们轨道的终点是重型缓冲器，缓冲器再往前是一个人员密集的大广场。在广场的另一头，透过中心站的玻璃后墙可以看到壮观的象牙塔。苏西想，若不是即将命丧于此，也许自己可以好好欣赏一番。

“我想问清楚。”弗雷德里克说，“我们又要没命了吗？”

“闭嘴！”苏西说。

“事已至此，就振作点吧。”斯通克说。当他们飞速冲进中心站时，斯通克拉响了汽笛，贝儿号发出长而尖厉的声响。

人们转身来看，接着便四散奔逃。

苏西跳回驾驶室，用胳膊紧紧抱住管道。一秒钟后，随着一声巨响，贝儿号撞上缓冲器，然后冲出了轨道，苏西双脚离开了地面。当贝儿号砰的一声撞回地面时，她瞥见人群四散逃去，贝儿号的速度丝毫没有减缓，她在广场上划出一道沟痕，火花和碎片四溅。乌瑟尔发出吼叫声，斯通克也在他们的车轮碾过点心铺子和检票口时尖叫起来。

苏西将管道抓得更牢，转开脸躲避飞迸的碎片，发现在她面前有一个写着“向上”的旋钮。苏西的脑子里突然出现一个孤注一掷的想法。“重力真的是可以协商的吗？”她大喊道。

“通常是！”斯通克大叫着回答，“但你为什么想……”

随后，伴着一阵猛烈撞击，火车头穿过中心站的玻璃后墙，飞到站点与象牙塔之间的空谷之上。当贝儿号的前进动量拼命挣脱重力的下拉时，一种恐怖的失重感袭来。苏西感到自己的双脚又离开了地面，但这一次没能再落下来，因为他们开始毁灭性地下坠，坠向数千米之下的球体底部。

苏西转动了旋钮。

有那么一会儿，苏西怀疑自己的计划失败了。但当她看向驾驶室外面时，发现他们虽然仍在坠落，却不是向下的。旋钮起了作用，苏西改变了重力对火车的拉力方向，他们在向侧面坠落，径直冲向象牙塔。

“抓紧了！”当巨大的白色石墙进入视野时，苏西大喊道。象牙塔非常庞大，也许比黑岩塔还大，而且当它越来越近时，苏西可以看到它的彩色玻璃窗闪闪发光，四周被映照得五彩斑斓。

“你疯了吗？”斯通克对着苏西的耳朵大叫。他正双手抱着她的胳膊，身体的其他部分悬浮着。乌瑟尔正用没有受伤的那只爪子抓着壁炉架，看起来也不太高兴。

“我知道我在干什么！”苏西喊道，祈祷这话是真的。

乌瑟尔嘟囔着指向前方。他们正直直地撞向其中一扇彩色玻璃窗。

“抓紧了！”斯通克吼道，然后将头躲到苏西的肩膀后面。乌瑟尔用她粗壮的胳膊抱住他俩，苏西将脸埋进大熊温暖的皮毛里。

玻璃碎了，四周传来刺耳的撞击声和沉闷的爆炸声，接着一切都陷入了黑暗。

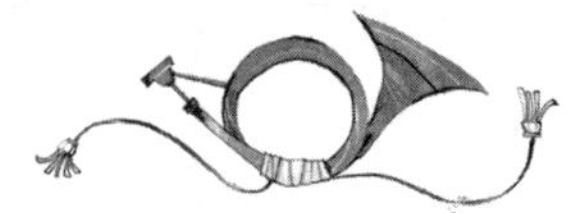

“咱们还活着？咱们成功了？”

弗雷德里克的声音透过翻滚的灰尘和烟雾传进苏西的耳朵。她坐起来，等待一切停止旋转。

贝儿号斜躺着，周围全是彩色玻璃碎片。驾驶室炉膛里的余烬忽明忽暗，逐渐冷却的金属锅炉咔嗒作响。不过，这个大火车头最终变得安安静静，一动不动了。

“我想是的。”苏西说，她的声音因肾上腺素的分泌而有些颤抖，“大家都还好吗？”

苏西身下有什么动了动，她发现自己正坐在一团乱糟糟的亮黄色皮毛和浓密的胡子上。她滚向一边，乌瑟尔和斯通克都坐了起来。

“嗷呜。”大熊一边说一边揉着脑袋。

“还好。”斯通克说，“我不太会选择以这种方式来这里，但看样子大家都安然无恙。我们的神秘客人怎么样？”他朝苏西口袋里鼓出来的一块点了点头。

“我很好，太多感谢的话我就不说了。”弗雷德里克说，“现在趁更糟糕的事情还没发生，咱们快走吧。”

“走？”斯通克抬起眉毛，抖出里面的灰尘，“去哪儿？”

“我们得找到图书馆，”苏西说，“去找一本书。”

“你们真走运，”斯通克说，“看看四周。”

灰尘都已经落定，苏西终于看清了他们闯入的地方。许多古旧的木书架像倾倒的多米诺骨牌一样东倒西歪，更多的书架沿墙壁排列着，从地板一直延伸到天花板。废墟中散落着一堆一堆的书，书页被撕破，还沾上了灰尘。

“哦，天哪。”苏西说。万一《有害符咒及其破解之法》在这堆废墟里怎么办？

斯通克爬起来检查控制台，所有东西都被毁掉了：控制台的玻璃裂了，壁炉架断了，车钟摔碎在地。他用脚指头捅了捅炉膛里的余烬，火星发出微弱的噼啪声，然后熄灭了。斯通克将额头贴在毁坏的管道上，颤颤巍巍地吸了口气。“我希望这是值得的。”他用颤抖的声音说。

苏西环顾着这一地狼藉，一点儿也不确定是否值得。图书馆被破坏得很严重，但贝儿号的损坏更加严重。她不确定这个老火车头能否再跑起来，想到这里，苏西的喉咙有些发紧。她想对斯通克和乌瑟尔说点什么来安慰他们，但她知道自己无话可说。

“别站在那儿大眼瞪小眼了！”弗雷德里克说，“我们需要去高级实操魔法区，护卫随时可能会来。”

“你去做该做的事吧，”斯通克说，声音听上去既沧桑又疲倦。“我们在这儿和……”他拍拍壁炉架，一片碎块掉到了他的手里，“……和损毁的火车头待在一起，我不能就这样将她扔在这里。另外，我想一旦管理人员来了，我们得做些解释。”

图书馆深处传来靴子跑步踏地的声音，听起来像是来了很多人。

“我本不希望这样的事情发生，”苏西一边后退一边说，“但这真的是为了最好的结局。”然而果真如此吗？脑海里朦朦胧胧的疑虑抓挠着苏西，但她选择不去理会。她不愿去想在这一切发生过后再发现自己是错误的意味着什么。“暗影夫人想夺取联邦的控制权。如果我能找到那本书，就可以利用它来揭露她的阴谋，然后阻止她。我知道这听起来很疯狂，但我回来之后会解释清楚，我保证。”她说。

斯通克点点头,乌瑟尔用一只胳膊抚慰般地搂着他。然后，随着靴子的声音越来越近，苏西转身跑开了。

第29章

真正的秘密

图书馆很大。苏西原以为贝儿号是撞进了主厅，但她很快意识到那只是间侧室。她趺趺撞撞地迈过倒下来的书架，绕过火车头那被砸瘪的锅炉，穿过装饰华丽的木质拱门，进到一个更大的房间。这个房间有几层楼高，有一个阔大的螺旋式楼梯。楼梯上有几个转弯平台，苏西在那里看到了无数排书架，上面全都挤满了书。

“我们从哪里开始？”她说着将弗雷德里克从口袋里面拿出来。

“三楼，”他说，“右手边的第二个房间，高级实操魔法区。”

苏西将鼻子紧紧贴着水晶球，瞪着他看：“你怎么会知道这些？”

弗雷德里克有些犹豫，不过只停顿了一秒钟：“我是天才，记得吗？现在快点！”

苏西还没来得及质疑，楼梯顶端就传来了很多双靴子跑步行进的声音，有更多人来了。

“是月亮护卫！”弗雷德里克低声说，“藏起来！”

房间中央立着一个高大的书架，苏西冲到后面，藏了起来。书架正对着楼梯底部，高度足以挡住上面转弯处的视线。苏西移开两本书，透过缝隙，清楚地看到护卫们装备着武器，咔嗒咔嗒地走下最后一段楼梯。

她皱起眉头。她们全是年轻女性，身穿盔甲和配套的银灰色连体裤，系着沉甸甸的执勤腰带，全都留着齐肩内扣短发，每个人的头发颜色不同。顶着翠绿色、鲜红色和霓虹蓝色头发的护卫小跑而过，每个人都手持粗重的银灰色等离子步枪，而且她们显然知道如何使用。

“快点，女士们！”她们的长官咆哮道，“封锁事故现场，看看有没有伤员。保持冷静，你们知道这件事的重要性。”

长官最后环顾了一下房间，然后小跑着跟上队伍，苏西见状把身子缩了回去。

“如果被她们发现会怎么样？”苏西悄声问。

“没什么好事。”弗雷德里克说，“所以拜托，趁她们的援兵赶来之前，咱们赶紧继续。”

这话让苏西立即行动起来。“三楼？”她说。

“右手边第二个房间，要快！”

苏西尽量悄无声息地上楼梯，她知道，如果有人来到他们上方的某个转弯平台，她将无处藏身。楼梯很长，这让苏西有时间思考另一个尚未解决的问题。“她们为什么叫月亮护卫？”她小声问。

“你觉得是为什么？”弗雷德里克反问道。

“哦，可能是跟月亮有关。”苏西一边说，一边尽可能留意着下面的房间，以防再有护卫过来，“但是我们不……哦！”

突然间一切都明朗了。从跳上奇境邮政特快专列开始，苏西看到的东西、去过的地方和所了解到的一切，有一样东西贯穿始终。

“咱们在月亮上，”苏西说，“不，是在月亮里，月亮是空心的。”

“当然是在月亮里，”弗雷德里克说，“不然还会在哪儿？”

明白过来之后，苏西不禁一笑：月亮出现在黑岩塔上方朦胧的天空中；葡萄美酒号上的水手们用月亮导航并将它印在朗姆酒瓶上；她在矮人城也见过月亮的图案被雕刻在邮局入口上方。三个不同的奇境，都有相同的月亮。

“但这是我们那儿的月亮，”苏西到达楼梯的第一个转弯平台时说，“我指的是真实的月亮，绕着地球转的那个。”

“所以呢？它绕着所有地方转。”

但这种事怎么可能呢？她被一个门牌上写着“月亮历史”的房间吸引，想要穿过拱门，躲进那里，但最终还是没有进去，而是继续往前走去。

“中心站……”她开始上另一段楼梯时自言自语道，“它不仅仅是个名称，对吗？月亮是联邦的中心。”

“是的，它是所有奇境的交会点，”弗雷德里克说，“就像车轮正中心的毂，同等地面向每一个奇境。说实话，这是最基础的地理知识。”

但苏西觉得仍有什么地方不对，有什么解释不通。“那为什么我可以从地球上看见它？”苏西说，“地球又不是联邦的一部分。”

“我怎么会知道？”弗雷德里克说，“在我们的好运用完前，你就快点吧。”

太迟了。从楼下传来更多脚步声，他们听到了长官的声音。

“封锁本层，援兵随后就到。”

苏西仓皇爬上余下的楼梯，来到下一个转弯处，庆幸自己的拖鞋没发出太大声响。她到了第三段也是最后一段楼梯的中间时，上面某个地方的门砰地打开了，更多沉重的靴子声在图书馆里回响。

“快点！”弗雷德里克低声说。

苏西将他紧紧抱在胸前，跑到楼梯顶端，然后迅速沿着平台冲进第二道拱门，门上写着“高级实操魔法区”，是这里没错。苏西躲进去时，匆匆瞥见第一拨援军咚咚咚踏上了上面的平台，人数众多。

苏西靠着拱门内侧的墙缩成一团，听着援兵从外面轰隆隆地一闪而过，她们离得那么近，苏西脚下的地板都在颤动。喧闹中，有人从平台上喊：“莫娜中士，下面的情况怎么样？”

“事故现场已封锁，”中士的回答从远处传来，“有两名车组人员，其中一个的胳膊受了伤，我们正在对她进行治疗。”

“他们俩有水晶球吗？”

苏西心头一紧。

“没有。”中士说，“他们声称对水晶球一无所知，但那个人类女孩不见了，我们已经开始了搜寻。”

“我们是来协助你们的。”平台上的人说，“启明大人要不惜一切代价拿到水晶球。”

苏西脖子后面的汗毛都竖了起来，心想：他们知道我们的所有情况！本已危险的藏身之所突然感觉更加容易暴露了。

“我们会依次搜寻每个楼层，”那人说着往楼下走去，声音越来越远，“从下往上。”

“你听到了吗？”弗雷德里克低声说，“你真得快点了。”

但是苏西没有动。相反，她紧紧攥着水晶球，球面在她的手掌间嘎吱作响。“他们知道咱们是谁。”她说。

“不可以晚一点儿再操心这个吗？”

“不可以。”苏西神情严肃地说，“你又在对我撒谎。”

“我没有，我保证！”

“你知道图书馆里的路，月亮护卫知道我们要来，启明大人在找你！你以前来过这里。”

苏西听到弗雷德里克咽了下唾沫，尽管他可能没有用来咽唾沫的喉咙。“也许吧。”他说。

苏西紧紧闭上眼睛，她愤怒得连看都不想看弗雷德里克一眼。“为了帮你，我冒了生命危险，还让其他人也冒了生命危险。威尔莫特为了救我们丢了性命，而你却仍然不告诉我真相。”她压下哽在喉咙里的怒火，“我要把你交出去！”

“你不会的！”

弗雷德里克的反驳正是苏西所需要的，她镇静地下定了决心，准备走回平台。她要这么做，确定无疑。

“你已经做了这么多，现在不能前功尽弃！”弗雷德里克小声说，声音因害怕而有些发紧，“你不知道自己在干什么！”

“那你就看着吧。”苏西可以听到下方护卫们来来往往的沉重脚步声，只需几秒钟她们中就会有人抬头看见她。

“我在这里工作，”弗雷德里克飞快地说，快得字和字都像要叠在一起了，“至少在逃跑之前是这样。好啦，现在你高兴了？”

苏西并不高兴，她将弗雷德里克拿到平视的高度。“告诉我为什么，”她说，“讲清楚。”

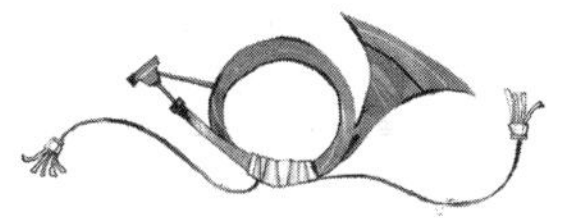

“我是密探。”弗雷德里克说，“这里有几百个像我这样的人，我们被称为观测员。”

“你真的以为我会相信这些？”苏西没好气地说，“图书馆为什么需要密探？”

苏西带着弗雷德里克退入拱门，又来到书架的掩护下，她沿着走道退着往里走，同时留心看着所经过的书：《空中飘浮的乐趣》《你要相信人可以飞》《胆小鬼才需要重力》……

“因为它已经不仅仅是一座图书馆了，启明大人改变了这里的一切。”

“那个象牙塔的看守人？”

“他对知识很痴迷，”弗雷德里克说，“求知若渴。塔里收藏的知识已经无法满足他，他想要更多，而且要更快得到。他想要无所不知。”

“真是荒谬。”苏西斥责道，“没有人可以无所不知，那是天方夜谭。”

“你还没见过他，”弗雷德里克说，“他跟你我不一样。一旦了解了一个事实，他就永远不会忘记。他们说他记得这座图书馆里的每一本书，可以一字不差地凭记忆复述出来。当他看完这些书时，便建立了瞭望馆。”

苏西皱着眉头：“他想研究天文学？”

“不，”弗雷德里克说，“他想研究联邦。那是个魔法瞭望馆，配备了像我一样的观测员，每个人都被分配去观测一个奇境，我们要将所见所闻全部记录下来。”

苏西停下来，从最近的书架上抽出一本名为《嗖嗖——高级去物质化》的书。她将它放回去，继续寻找：“那你负责观测的是哪里？”

“西沼泽地。”弗雷德里克嘟囔着说。

“那个你肯定不是他们王子的国家？”

“我出生在那里，”他咕哝道，“我讨厌那里。”

“我猜也是，”苏西说，“但你说你是在农场里长大的，那你究竟是怎么来到这里的呢？”

“有一天我收到了一封信，”弗雷德里克说，“启明大人亲手写的邀请信。他听说了我的聪明才智，希望我参加他的一项新研究项目,全是绝密的工作。他为我提供塔里的住宿和餐饮、图书馆使用权，以及在项目结束后继续深造的机会。那就像是一个美梦变成了现实。起初是这样。”

“随后发生了什么？”

“暗影夫人，”弗雷德里克的声音里又出现一丝恐惧，“我不知道她是怎么找到我的，但一天早上我透过侦察镜看过去，她正站在那儿盯着我，就像她知道我会去观测一样。”苏西感到一阵恐惧，替弗雷德里克打了个冷战，“她跟我说，她知道启明大人在采取什么大动作，如果我给她提供证据的话，她就会让我变得富有。我必须尽可能多地搜集有关瞭望馆的信息，比如我们在观测谁，怎么观测的，以及观测的原因，然后将信息全部放进她给我送来的神经球里。”

苏西惊恐地盯着他。“你答应了？”她说，“启明大人为你做了这么多！”

“事情没那么简单。”弗雷德里克回答，尽管声音里明显透着惭愧之情，“我以为如果自己衣锦还乡，父母看到我会很高兴，我们可以离开农场，在一个不会一直弥漫着牛粪味的地方买座像样的房子。我会找到自己愿意待的地方，拥有一个愿意接纳我的家庭。”

苏西仍然不确定自己是否该相信他，她有些希望这个故事是个谎言，因为它太过悲伤。如果这些是真的，她会为弗雷德里克感到难过。可苏西并不想这样，因为她仍然很生他的气。

苏西拐了个弯来到旁边的过道，从书架上抽取了一本《原子核转换咒语》。她快速翻了几页，发现这本书主要是讲如何将廉价金属变成金子的，他们无疑越来越接近目标了。

“你为什么不想待在这儿？”苏西说，“我还以为这是你梦寐以求的工作。”

“我来了之后发现这份工作真的真的很无聊。”弗雷德里克说，“启明大人让我观测了整整一年西沼泽地的议会大厦。上到总理和他的顾问，下到清洁女工，都在我的观测范围之内。我猜想其他观测员在研究真正有趣的东西，但他不允许我们相互讨论自己的发现，我在为暗影夫人搜集证据之前从来不知道他们在观测什么。我不得不问他们一些诱导性的问题，或偷听一些悄悄话。这花了我几个月的时间，但我终于能将信息拼凑起来了。”

“然后呢？你发现了什么？”

“我发现研究项目并不像启明大人所说的那样，我们本应该进行一些研究，比如研究庄稼轮作或动物迁徙，但实际上我们都在看差不多的内容，观察那些有影响力的人：整个联邦的君主、政客、将军和商人。”

“为什么观察他们？”

“你听说过这句话吗，‘知识就是力量’？”

苏西皱着眉头思索着这句话的含义，她开始有了相当糟糕的感觉。“暗中监视那么多有影响力的人，”她说，“如果启明大人了解这些人所知道的一切，他就会比他们中的任何人都更加强大。”

“正是如此，”弗雷德里克说，“也许除了暗影夫人，没有人能够对抗他。暗影夫人比他更坏，是联邦最危险的人物之一，如果她弄清楚瞭望馆的项目究竟有多重要，并且决定插手……没有人能免受其害。”

这个想法让苏西不寒而栗：“不，我们不能让那样的事情发生！”

“没错。”弗雷德里克说，“应该就是这里，检查一下书架。”

苏西停下来扫视书脊。“我没看到那本书，不过好像有本书不见了，你看，”她将弗雷德里克举起来，好让他看见书架上空出来的地方，“一定是有人把它拿走了。”

“会是谁？”他听上去有些慌乱。

“你觉得会是谁，弗雷德里克？”一个女人的声音说。一秒钟之后，有个人从阴影里走出来，出现在他们面前。

“哦，不！”弗雷德里克尖叫道，“不要是她！快跑，苏西！”

但是苏西没法儿跑，她看到等离子步枪径直指向自己，瞬间僵在了原地。

第30章

象牙塔看守人

苏西盯着指向自己的等离子步枪，能量正在枪膛里噼啪作响。持枪的人留着亮粉色齐肩短发，肩上戴着队长的徽章。她得意扬扬地冷笑时，苏西看到一颗闪闪发光的金牙。

“诺玛队长，”弗雷德里克害怕得声音都变了，“你在这儿干什么？”

“等你。”诺玛说，“启明大人有你们要找的那本书，他邀请你们到他的书房聊聊，也许是想谈一谈你为什么从我的眼皮底下溜走，把我原本完美的职业生涯捅出一个冒烟的窟窿。”

她一边盯着苏西，一边从腰带上取下一个小对讲机，对着它说：“莫娜中士？我已逮捕逃犯。通知大人，并将其他入侵者带到高级实操魔法区。”

“等一等！”苏西说，“你不知道你在做什么。”

“我很清楚我在做什么。”诺玛说着将对讲机重新别到腰带上，“这个弗雷德里克企图向暗影夫人出卖我们，如今他将付出代价，应该能判个几十年监禁。”

“不！”苏西和弗雷德里克异口同声地说。

莫娜中士的小分队排成两列轰隆隆地冲进房间，把斯通克和乌瑟尔夹在中间。乌瑟尔的胳膊上包扎着止血绷带。他们俩的胳膊都被铐在身前。

“你好，苏西，”斯通克说，被逼着前进令他上气不接下气，“恐怕情况不是特别乐观。”

“安静！”诺玛厉声说，没理会乌瑟尔回应的吼叫，“中士，我需要你留在这里，把守图书馆。其他人跟我来，我们不能让大人一直等着。”

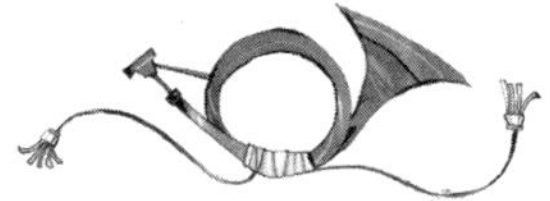

一架吱嘎作响的古旧大电梯将他们从图书馆带到塔的顶层。他们出了电梯，进入一小段走廊，走廊尽头有一扇加固的大门，上面写着：瞭望馆，未经允许，不得入内。

“这里的规矩是，”诺玛在外面停下说，“你们不可以跟这扇门后的任何一个人说话，不可以触摸或者干扰你们看到的任何设备。我们的安保要求相当严格。”

“那为什么还允许我们进来？”苏西问。

“问得好，”诺玛说，“但是我不会揣测大人的意图，我只是奉命行事。”

大门打开，诺玛带领他们大步走了进去。

“哇哦！”苏西吸了口气，看着一排排桌子、精致的穹顶和位于房间中央基座上的大侦察镜，“这儿看起来真的像是一座瞭望馆。”

诺玛穿过房间，绕过大侦察镜的基座，走向启明大人的办公室，观测员们全都从桌旁转过身来看着这群人。诺玛敲了敲门，里面传来一声沉闷的“进来”，然后她将苏西、斯通克和乌瑟尔带了进去。其他护卫都守在门外。

“启明大人，”诺玛敬了一个礼说，“按照您的命令，我已将……”

“苏西·史密斯。”一个身材矮小、身着灰西装的老人说着从皮质扶手椅里起身，他没理会诺玛，而是抓住苏西的手握了握，他的皮肤像旧纸张一样冷冰冰、干巴巴的，“见到你本人真好。你这一天可真忙啊，亲爱的，可真是忙，但你最终还是来了。欢迎！”他松开苏西，继续道，“还有 J. F. 斯通克，奇境邮政特快专列的驾驶员。”他握了握斯通克戴着镣铐的手：“恭喜你跑赢了塌方，你的火车头是第一个做到的，除非我弄错了，不过我不会。”

“哦，”斯通克说，对这一切感到开心的同时又有些困惑，“非常感谢您。”

“也许现在你可以不用再为自己相当不堪的过往感到愧疚了。”启明大人微笑着松开斯通克的手，矮人惊讶地张大了嘴巴，身体往后一缩。

“您怎么知道……”斯通克声音低沉地说。但启明大人已经走到了乌瑟尔面前，一只手搭在她那只没有受伤的爪子上。

“当然，没有司炉员，发动机什么也不是，”他说，“你是你们族群和你老板的荣耀，乌瑟尔，况且你还是在伤心之时做到的这一切。”

乌瑟尔摆脱了老人的触碰，咆哮着露出獠牙。

“请不要认为我无礼，”启明大人转身背对着她说，“我已经从远处看到奇境邮政特快专列一路以来的努力，对你们全都了如指掌，也许还胜过你们对彼此的了解。”

他靠在办公桌旁：“当然，我花了这么多时间观测联邦，也许更应该关注在我眼皮底下发生的事情。是不是，弗雷德里克？”

诺玛将水晶球从苏西手中夺过，交给了启明大人，弗雷德里克紧张地低声尖叫起来。

“求您了，大人，”他哭喊道，“我会把信息还给您，您就放过我吧，做什么我都愿意！”

“我对此并不怀疑，”启明大人将弗雷德里克放到桌子上，“雇用道德上善变的人麻烦之处就在这里。他们可以是优秀的观测员，也可以是不可救药的叛徒。我真应该料到这一点。”他被自己的话逗得咯咯笑。

“那么这是真的？”苏西说，“你一直在窥探联邦？”

“是观测。”启明大人说，“你知道，作为象牙塔的看守人，我有责任搜集信息以改善奇境的面貌，还有比直接研究它们更好的方法吗？我知道得越多，能改进的地方就越多。我比其他人都知道得多，只有我一人可以看到全局。”他抬起拐杖，从他们身旁指向可以俯瞰瞭望馆的窗子，“那就是这一切的目的——搜集信息片段，然后在这里将它们拼凑起来，还原全貌。”他拍拍额头：“说到这里，队长，我想你也为我带来了一条新信息？”

诺玛已经在电梯里没收了弗莱彻的魔法棒和那条准入信息，现在将它们交了过去。启明大人用拇指和食指接过魔法棒。

“你们打算用这个把弗雷德里克变回原形？”他皱着鼻子说，“我的天哪，不，它和脱胎换骨咒根本不搭，就像是用锤子拉小提琴。”他夸张地颤抖了一下，将魔法棒往桌子上一扔，然后将注意力转到准入信息上。

“啊，是的。”他说，“特雷里斯先生在疯狂山的遭遇，十分有趣。”他将神经球贴到额头上，闭上眼睛。苏西看着玻璃球里面的齿轮开始更快地转动，红色能量形成的光带在齿轮间绕来绕去。神经球深处一道红光快速跳动着，启明大人面露微笑：“真的非常有趣，我明白特雷里斯先生当时为什么会接受条件了。”

齿轮慢下来，他睁开眼睛，随后将球丢进自己的衣服口袋：“好极了。档案里没有这条信息，我们总是欢迎新的信息，非常感谢。”

“我不想要什么感谢。”苏西说。

“当然，你们想要换取其他东西。”启明大人走到书桌后面的书架前，取下一本皮质封面的大部头。苏西不需要读金色凸起的书名就知道那是《有害符咒及其破解之法》。“作为象牙塔的看守人，我要承担的道德责任很少，但公平交换知识是其中之一，那是一种神圣的职责。”

“拜托了，苏西，”弗雷德里克提高嗓门儿说，“就按他说的做，我想要变回自己。”

“你可以在第七十六页找到你需要的，”启明大人说着将书递给苏西，“我还可以把自己的魔法棒借给你，算是帮个忙。”苏西的手指拂过书的封面，但某种直觉警告她不要翻开。

“赶紧吧，”启明大人催促道，“毕竟你确实向这个男孩许下了诺言。”

苏西感到一阵寒意：“我也被你观测了？”

“当然。你一直在保护弗雷德里克，当我再次找到他时便不敢让他离开我的视线范围，他知道得太多了。”

“你是指他知道你在这里真正做的是什么？”苏西说。

启明大人用冷冷的眼神盯着她：“他知道吗？”

“不，我不知道！别听她胡说！”

苏西对弗雷德里克怒目而视。现在他为什么又要撒谎？“他什么都跟我说了，你不是在观测奇境，而是在观测奇境的掌权者们。我想我知道为什么。”她说。

“她不知道！”弗雷德里克说，“真的，她不知道自己在说什么！”

“那么说说看。”启明大人对弗雷德里克的话充耳不闻。

“我想你这么做是为了获取控制权，”苏西说，“可以让掌权者们对你言听计从，因为你知道他们最宝贵的秘密——他们所有的计划和弱点。你甚至都不需要军队，因为你可以在这里就控制一切。掌权者会秘密地为你效力，甚至没有人会意识到这些。”

有那么一会儿，房间里静悄悄的。然后诺玛非常轻声地开了口：“大人，这是真的吗？”

“当然不是，队长。”启明大人挥了挥手表示否认，“你应该能听出来这是在胡说。”

然而，这话丝毫没有扫除诺玛脸上的困惑。她的眼神游移到窗户和窗外的桌子上：“是的，大人，不过也许我们需要更加开诚布公。我们同时观测五百个奇境，除了您，没有人真正知道我们在研究什么，还有您一直在开的这些会议，万一我们……”

她的话被对讲机里传出的一个惊慌失措的声音打断：“敌袭！我们受到攻击！重复，我们受到……”声音戛然而止，只剩木头的断裂声，随后断裂声又被一声低沉恐怖的吼叫淹没。苏西太熟悉这声音了，连胳膊上的汗毛都竖了起来。

“哦，不！”她低声说，“它们跟踪了我们。”

与此同时，诺玛从肩上取下枪。“看样子终于轮到我登场了，”她冷笑着说，“暗影夫人来了。”

智慧交锋

远处的爆炸晃动着象牙塔，从天花板上震下一阵灰尘，启明大人沉下了脸："队长，我还以为你已经增派了两倍的外围巡逻。"

"是的，大人，随后您告诉我没有什么需要担心的。"

更多的破坏声从对讲机里噼噼啪啪地传出来，又一阵爆炸声将书从书架上震落。

"是我判断失误，这很罕见，"他说，"我以为一旦传送隧道坍塌，暗影夫人就不会继续追击。"

"大人，那您的命令是？"诺玛听上去有些不耐烦。

"当然是击退她。"启明大人说，"她明显是想控制瞭望馆，不能让她得逞。"

诺玛打量了他一眼，苏西差点儿以为她会拒绝执行命令。但是随后诺玛按了一下等离子步枪侧面的开关，枪内的能量发出嗡嗡声。“遵命。”她踢开办公室大门，率领待命的护卫们跑开，临走前匆匆回头瞥了苏西一眼，脸上的疑虑尚未完全退去，苏西感觉自己脸上也有同样的神情。有什么不对劲，不是秘密的掌权者和他的暗中侦察，不是可能即将杀死他们所有人的邪恶的雕像大军，而是其他什么，是与她已知的信息不吻合的东西。苏西脑子里发痒的感觉又来了。

启明大人用拐杖在空中快速画了一下,大门自行关上。“真让人劳神。”他说。

“为什么？”弗雷德里克说,“你认为月亮护卫赢不了吗？”

“我是说你们四个，”启明大人说，“你们知道得太多了，尽管年轻的弗雷德里克已经费了很大力气没向其他人透露实情。”他看向苏西,“当他告诉你有些事情太过危险不该知道时，你真的应该相信他的话。现在必须对此做个了结。”

“等一等！”斯通克到现在第一次直视这位老人，“你的意思是苏西说的是真的？你准备控制联邦的首领们？”

“不是准备，”启明大人说，“我已经控制了他们。”

“但那太可怕了！”

启明大人耸耸肩:“总得有人这么做。”

“不，不是的。”斯通克说，“即使需要有人这么做，为什么一定是你呢？”

“哦，这很简单。”启明大人说，“我知道得最多。”

苏西从他的语气里察觉不到任何恶意或讽刺，但他的话依然让人不安。斯通克看上去也很惊恐。

“你真的没有必要担心，”启明大人说，“让人们选择自己的领导者从理论上来说非常好，但人们总是做出错误的选择。让知道该做什么的人来管理会更好，你们觉得呢？况且我真的在做很多好事。”

“比如呢？”苏西问。

“进行改革，”启明大人说，“清除不该有的，建立更值得存在的事物。比如建立以太网。”

斯通克直直地瞪着他：“是你在背后操控以太网？”

“不算官方的，但的确如此，那是我最引以为傲的成就之一，信息可以在整个联邦内即时传送，而且全部由我过滤和管理。如果有什么信息我想让联邦的人知道，我可以立刻告诉他们；如果有我认为他们最好不要知道的信息，嗯……”他笑了笑，“我可以确保信息消失。这改变了一切。”

“但以太网让很多很优秀的矮人员工失业了。”斯通克的耳朵尖开始变红。

“是的，”启明大人换上一副故作庄重的表情，“恐怕矮人邮政网络是这一过程中不可避免的不幸牺牲品。你们曾经是变革者，但现在该让位于未来了。”他点点头，像是在肯定自己的结论：“矮人技术整体而言也是如此，你们不同意吗？矮人技术也许有趣，但效率很低，而且总是不稳定。永远没有两台机器是一样的！我们值得拥有更好的。”

“矮人技术能把工作做得很好，”斯通克气得面红耳赤，“而且我们付出了很多心血。”

“矮人长老们也是这样跟我说的，”启明大人说，“直到我威胁说让吸血蝙蝠王接管矮人城。他们已经用滴溜溜的夜视眼睛盯着第四大桥很多年了，显然在大桥下面栖息再好不过。”

“我才不要站在这里听你说这些话！”斯通克斑驳的灰色皮肤涨得通红。

“但你已经听到了，”启明大人说，“一年多前，我就已经开始将资金和资源从矮人城转向其他更有前途的项目。当不再剩下什么值得保留的东西时，我会让你们的长老将土地卖给能更好地利用它的人。我知道，这很令人伤心，但如果不将枯死的树枝砍去，就很难重塑联邦，是不是？”

斯通克现在已经狂怒不止：“矮人不是什么枯死的树枝！”

启明大人又耸耸肩：“我们不得不求同存异。当然，最大的讽刺在于这种力量只有在无人怀疑它的存在时才有效。所有的首领都会为了保守自己的秘密而为我保密，但如果任由奇境各地的人发现这一点，那么游戏就结束了。人们一旦知道自己被操控，事情就会更难办，这就是为什么我不能留下蛛丝马迹。”

启明大人的这番话让苏西从沉思中惊醒过来：“你准备对我们做什么？”

“我刚才在考虑施个遗忘咒，”他说，“但记忆和情感纠缠在一起，只要漏掉其中的一个小细节，一切就都会涌回来。”他思考时发出啧啧的声音：“不，恐怕我必须做个彻底的记忆清除。”

“一个什么？”苏西一边说一边往后退。

“那太恶毒了，”斯通克说，“更别提还不合法。”

“对我来说没有什么是不合法的。”启明大人说，“但无论如何，我很抱歉走到了这一步。你们都是好人，很可惜在记忆清除之后不会再有‘你们’了。诸位将不得不花几年时间学习说话、吃饭、穿衣之类的基本技能。但试着想想好的一面，”他对几人露出一个同情的微笑：“你们会重新开始自己的人生。”

“那么我呢？”弗雷德里克问。

“恐怕会有监狱等着你，”启明大人说，“至少你不会太占地方。”

又一阵爆炸震动了大楼，弗雷德里克水晶球里的小亮片直打转，启明大人不得不靠在桌子上以免摔倒。“那个可恶的女人，”他嘟囔着，“我要对付的麻烦已经够多了。”他挥动拐杖：“好了，谁想先来？”

启明大人转向苏西时，她感觉肾上腺素上涌，也许正是这个原因，苏西突然得以将谜团的最初几条信息拼凑了起来：暗影夫人的跟踪令启明大人很意外，但是为什么？如果她想控制瞭望馆，他难道不应该预料到会遭受攻击吗？而且为什么是现在？她本可以很久之前就进攻，但她没有。她在跟踪我们，她在跟踪弗雷德里克。

苏西没有得到她所需要的答案，不过感觉这像是正确的思路。

“等等！”她想拖延点时间，“我还没看你给我的咒语书。”

启明大人停住了手，明显不怎么高兴：“一定要现在做这个吗？”

“是的。”苏西说，“一旦你清除了我的记忆，我就没法儿施这个咒语了。”

启明大人看向弗雷德里克，然后又看向她，叹了口气：“好吧，但是要快。”

苏西匆忙走向书桌，拿起装着弗雷德里克的水晶球。咒语书躺在旁边，她的手从书上掠过，抓住了弗莱彻的魔法棒。

“我已经告诉过你，”启明大人说，“魔法棒跟那个咒语不搭，你会害死他的。”

“我知道。”她说。

弗雷德里克开始尖叫：“你要干什么？”

“相信我。”苏西低声说，然后转过身面对启明大人，“我改主意了，我不需要那个咒语了。”

“什么？”弗雷德里克说，“苏西，你保证过的！我不想下半辈子都被困在这个东西里！”

“我们约定好的，”启明大人干脆地说，“用咒语换准入信息，我已经兑现了诺言。”

“我有权利用我的准入信息换任意一条信息，”苏西说，“我还没有看那个咒语，所以我们现在可以要求其他东西。这是合规的，对吗？”

启明大人从鼻子里呼出长长的一口气：“严格来讲，是的，但你是在挑战我的耐心。”

“不会花很长时间，”苏西说，“你只要告诉我，暗影夫人真的想要控制联邦吗？”

“开什么玩笑？”弗雷德里克大喊道，“你要知道这个做什么？”

令苏西极为满意的是，启明大人脸上满是怒容，苏西觉得他的眉毛都要拧到一起了。

“那是机密。”他将嘴唇抿成一条细细的白线，挤出了几个字。

“所以你确实知道，”苏西说，“这也就意味着告诉我答案是你神圣的职责。她想要攻克联邦还是不想？”

苏西看到他的脸开始发皱，仿佛正试图将这些话锁在自己的嘴里。他憋得脸颊通红，然后又变白，汗也流了下来。无论他对苏西承诺了什么，对他来说都难以承受。启明大人就像一个快要爆裂的气球，他张开嘴巴，大呼了一口气，里面夹带着一个字。

“不！”

苏西笑了笑：“谢谢你，你给了我们很大的帮助，我对你的脑袋表示抱歉。”

启明大人由气愤变为困惑：“我的脑袋怎么了？”

“我的朋友乌瑟尔正准备打它。”

启明大人迅速转身，举起拐杖来防卫，但正如苏西所希望的，乌瑟尔的反应更快。她举起仍然铐在一起的两只大爪子，拢成弓形，从启明大人的脑袋一侧抓住他，将他拎起来甩了出去。他从空中飞过，撞到了书架上。

“快跑！”苏西大喊着朝门口跑去。启明大人的回答在她脑海里回响，她已经能够据此将其他一些答案拼凑起来，她希望它们是正确的。因为这一次，奇境的命运真的在他们手上了。

第32章

撒谎者、女巫和战场

苏西等人抢在启明大人之前赶到瞭望馆出口。启明大人蹒跚地走出办公室，对观测员们发号施令，其中一些观测员从座位上站了起来，但都因为太吃惊或太害怕而没有行动。在门关上之前苏西和启明大人对视了一秒钟，她很庆幸他们之间还隔着一段距离，因为他的表情严肃愤怒，让苏西打了个寒战。

“咱们去哪儿？”当她使劲儿按电梯按钮时弗雷德里克哀号着问。苏西听到电梯在梯井里哐哐当当上升的声音，希望速度够快。

“抱歉，”苏西说，“我们会找其他的办法把你变回来，我保证，但我必须弄清楚启明大人知道些什么。”

“你上次就保证过。”弗雷德里克咕哝着说。

“总比被清除记忆好，孩子，”斯通克说着不安地扭头朝瞭望馆的大门瞥了一眼，“至少你还勉勉强强是你。”

电梯来了，电梯门还没完全打开乌瑟尔就将他们全部推了进去，苏西飞快按下到图书馆那层的按钮。与此同时，在走廊的另一端，瞭望馆的大门猛然打开，启明大人举着蓄满魔法能量、嘶嘶作响的拐杖出现了。

“退后！”斯通克大喊。启明大人发出魔法攻击，击中了电梯，他们紧紧贴着电梯内壁。魔法光焰离苏西的鼻子只有几厘米远，留下一个缓缓燃烧的印迹，散发出湿垃圾箱的气味。

“我命令你们停下！”启明大人吼道。他们听到他沿着走廊跑过来的脚步声，但电梯门已经关上，电梯猛地一动，开始运行。苏西擦了擦额头上的汗珠。

“哦，我得说他的待客之道不怎样，”斯通克说，“像他那样的人物应该更有礼貌些。”

乌瑟尔低吼着表示赞同。

“你还没有告诉我，咱们要去哪儿，”弗雷德里克说，“还有，为什么你问他有关暗影夫人的事情？她跟这一切有什么关系？”

“是你告诉我的，”苏西说，“你跟我说过她企图征服奇境。”

“不，我跟你说的是有人企图征服奇境，是你自己假定那个人是暗影夫人，我只是没有纠正你。”

“那你为什么不纠正我？”苏西说。

“因为我知道启明大人也许在观察我们，”弗雷德里克说，“你对他的计划知道得越少，他就越没有理由伤害你。这个计划本来是可以成功的，如果你没有在他面前冒冒失失地和盘托出的话。”

“我怎么会知道这些？”苏西因为尴尬和生气而脸颊绯红，她从没想过弗雷德里克是在努力保护她，“不管怎样，我还是没有完全弄清楚你是怎么被关进水晶球的。”

“还有你为什么会出现在特快专列上。”斯通克说，“派送的包裹是什么东西原本跟我关系不大，可你太不同寻常了。”

“那不是我的错，”弗雷德里克说，“暗影夫人送给我一个神经球，用来存储我为她搜集到的有关瞭望馆项目的信息。我本应该将神经球装满再寄回给她，但当我发现这里真正发生的事情时，我就不敢那么做了。如果瞭望馆是用来控制奇境的工具，那她永远不应该知道这一点。如果她取得了控制权，她会是一个比启明大人更糟糕的统治者。”

“那么你又做了什么？”苏西说。

“我告诉过你，”弗雷德里克说，“我逃跑了。我不能留在这里，也不能去找暗影夫人，所以我决定自己解决。你记得启明大人说的吧？如果人们知道自己被操控，事情就会更难办。我想如果我可以告诉整个联邦正在发生的事情，人们就会一起反抗，将启明大人赶下台。然后我会成为英雄，我的父母将欢迎我回家，他们会说‘你们知道吗，我们的儿子拯救了联邦’！我只需要找一个可以藏身的安全之所，弄明白如何打开神经球。所以一天晚上，我从垃圾运送槽溜出来，偷偷藏在一列通往我家的火车上。”

“你为什么需要打开神经球？”苏西说，“你已经在使用它了。”

“暗影夫人在上面施了封锁咒，”他说，“我可以将东西放进去，但没办法把它们取出来。不管怎样，没有正确的咒语就打不开。我本该料到她采取了防范措施。”

“比如？”

“比如施咒，”弗雷德里克悲伤地说，“当我无法打开神经球时，我试着用锤子将它砸开，接下来我所知道的就是我到了球里面，正在往外看。”

苏西恍然大悟，看着他说：“你是说这就是那个神经球？”

“差不多算是吧。它把我困在了里面，并做了伪装。暗影夫人开的小玩笑。”

“但这仍然解释不了你为什么会出现在我们的火车上。”斯通克说。

苏西感觉到弗雷德里克正在为一些难以说出口的话鼓起勇气。“我的父母，”他最终低声说，“他们把我装进盒子里寄给了暗影夫人。我请求他们不要这么做，但暗影夫人将原本答应给我的奖金许给了他们。我想他们也想变得富有。”

苏西不知道该说什么。她仍然不确定自己是否喜欢弗雷德里克，不过她无疑为他感到一丝悲哀。毕竟，他为了让神经球不落入暗影夫人之手一直在努力做正确的事情，尽管实际上全都是为了取悦他的父母。也许这在某种程度上是自私的，可随后苏西想起了自己的父母。他们从未让她感觉自己没有价值或者不受欢迎，肯定也永远不会试图卖掉她。弗雷德里克没有那么幸运，苏西发誓，如果她能成功回家的话，她再也不会做任何惹父母生气的事情，也许她能做到。

附近的一声闷响摇晃着梯井里的电梯，他们听到像是闪电一样的噝噝声和噼啪声，一股烟味不知从哪里飘了过来。

“坚持住，”苏西说，“要到了。”

电梯颠簸着停下，打开门，他们走了出来，进入交战区。

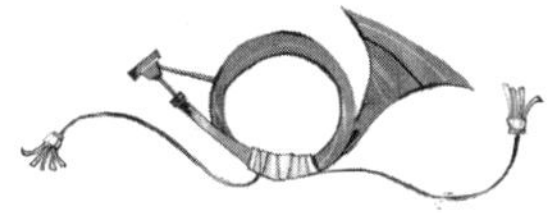

月亮护卫沿着图书馆中央阅览室最近的一侧站成一排，等离子步枪朝着冲过来的雕像方阵发射出一股股炽热的能量。

雕像被能量击中，熔化成沸腾的岩浆，空气中弥漫着难闻的尘雾。每隔几秒钟就有一个雕像倒下，摔成碎片，另一个雕像又会走上前填补空缺。它们的阵线不可抵挡地往前推进着，沉重的脚步声此起彼伏。

“谁还有爆炸瓶？现在用上！”诺玛吼道。她在护卫队列的正中央，将一个雕像的脑袋炸烂时露出了闪光的金牙。

几个装着亮绿色液体的小玻璃瓶在空中画出弧形，击中雕像后炸开，燃起熊熊大火，苏西他们连忙躲开。六个雕像被炸成碎片，其余的则被爆炸的冲击波击倒在地。

护卫们隐蔽起来时，四周安静下来，有那么一会儿，苏西轰鸣的耳朵里唯一能够听到的就是弹片从她后面的墙上嗖嗖弹开的声音。

“祝我好运！”苏西低语道。其他人还没来得及阻拦，她就从诺玛身边冲出，进入了对峙双方之间战痕累累的无人区。

“住手！”苏西大喊。

“救命啊！”弗雷德里克尖叫道，“她疯了！”

没有人理她。幸存的雕像已经爬了起来，战线又一次收拢。苏西听到护卫们的等离子步枪在她后面嗡然作响，积蓄起最后一搏的能量。

“预备！”诺玛吼道，“瞄准！”

她没能再下其他命令。在她下令开火前，有什么黑色的东西从雕像的脚之间冲过，像黑色触手一样迅速掠过地面，连续抓住三名护卫。她们尖叫着摔倒在地，淹没在黑暗之中不见了。苏西一下想起了威尔莫特的最后时刻。

“退后！”诺玛大喊。

“苏西！离开那里！”斯通克喊道。

乌瑟尔咆哮着。

苏西紧闭双眼，成败在此一举。

“暗影夫人！”她放声大呼。

弗雷德里克呜咽起来。

“哦？”一个再熟悉不过的声音说，“我正等着呢。”

苏西睁开眼睛。

暗影夫人站在那儿，双手叠放在拐杖上。苏西的恐惧感消失了，取而代之的是更加难以遏制的炽烈的仇恨——这就是那个杀害威尔莫特的女人。苏西想要对她尖叫，用弗莱彻的魔法棒打她，但她不能这样做，她只是咬紧牙关，更加坚定地站在碎石废墟间。“我来这儿把你的神经球还给你。”她说。

暗影夫人用饶有兴趣的眼神警惕地打量着水晶球：“就这么简单？”

“不。”苏西说，“你将弗雷德里克变回来之后，得让他、我、乌瑟尔和斯通克毫发无损地离开。答应我这个，弗雷德里克搜集的证据就全归你。”

“也许我不再想要它了。”暗影夫人说，“毕竟我已经夺取了象牙塔。”

“不，你还没有。”诺玛咆哮道。暗影夫人同情地看了她一眼。

“如果你想要的只是象牙塔，那么在很久之前你就会向这里进军。”苏西说，“但你没有，那就意味着你来这里是为了神经球。”

暗影夫人抬起一边的眉毛，然后举起拐杖，用尖端指着苏西的额头：“你费了那么大力气不让我得到他，是什么让你改变主意了？”

“我得知了真相。”苏西说，“启明大人在控制联邦。我原以为你也想这么做，但他说那不是你到这儿的原因。”

“你为什么相信他的话？”

“因为他不想告诉我，我想那意味着你在试图阻止他。”

暗影夫人的嘴角露出一丝满意的微笑，但拐杖没有放下来："我当然是来阻止他的，你这个愚蠢的姑娘。你以为我一直想将弗雷德里克拿回来是为了享受他的陪伴吗？"

苏西听到护卫们在她身后呈扇形散开、就位，她背上的皮肤开始起鸡皮疙瘩。如果她们开火，她就会被困在交战双方之间。如果她们击中她，她很有可能灰飞烟灭。"你需要他搜集来的证据，"苏西说，"但是为什么？这些证据怎么能帮上你？"

"因为这不是袭击。"是启明大人的声音，他从护卫中间穿过，进入阅览室，在苏西身旁停了下来，所有人都转过身去看，"而是逮捕。她想把我关起来，但没有证据她无法这么做。是不是，赛琳娜？"

苏西吓了一跳，她没想过暗影夫人还有真正的名字，也没料到有人敢当着她的面直呼其名，但暗影夫人看上去十分平静。

"你做得太过分了，艾贝克。"暗影夫人说，"母亲总是警告我你会这样。作为黑岩塔的看守人，我有义务介入此事。"

"有义务？"启明大人嘲笑道，"你早就想闯入这里了。你一向如此，从我们还是孩子时便是这样。无论我做什么，你都要做得更好或者将我做的毁掉。好吧，今天该做个了结了。"

"等等！"苏西震惊地在他俩之间来回看，"你们俩……是姐弟？"

“双胞胎，”暗影夫人说，“异卵的。”

“谢天谢地。”启明大人说，“难以想象和你长着一样的脸会是什么样。”暗影夫人对他回以嘲讽的微笑。

“但是你们俩的姓不一样。”苏西说。

“是头衔不一样，”暗影夫人说，“头衔随塔而定，职责也是。”她最后一句是对着启明大人说的。

“我的职责是改善奇境，”启明大人说，“那也正是我现在做的事。”

“他的意思是他在观测别人，”苏西说，“秘密窥探各个奇境的首领，以便让他们按照他的意愿行事。”

暗影夫人点点头：“跟我预想的差不多。艾贝克，你真的以为你将侦察镜对着我的时候我没注意到吗？我补牙的填料都震动了。”

启明大人皱了皱眉：“毫无疑问，那是因为牙医技艺不精。”

“恕我直言，”暗影夫人说，“即使相距甚远，那种强度的魔法也很难不被专业人士察觉。而且我留意到无论我到哪里它都存在，从一个奇境到另一个奇境。那也是为什么我可以联系上年轻的弗雷德里克，他过于频繁地将注意力转向他父母的农场，在一千米之外我就能闻到残留的魔法。我需要做的只是站在院子里，等待他发现我。”她向弗雷德里克投去让人不寒而栗的一瞥：“如果不是他自作主张，我早已阻止了这些胡作非为。”

“对不起！”弗雷德里克低声呜咽道，“我以为你准备自已控制瞭望馆。求求你放过我吧，我不会再食言了，我保证！”这让诺玛嘲笑地哼了一声。

“你的承诺一文不值。”暗影夫人说，她将愤怒的目光从弗雷德里克身上移到苏西身上，“至于你……”

苏西戒备起来——她可以透过老妇人淡紫色的眼睛看到对方心里在想什么。

“我也许会接受你的提议，”暗影夫人说，“但有一个条件。”

“什么？”苏西说。

“我会放你的朋友们走，”她说，“代价是你代替弗雷德里克待在水晶球里。”

苏西听到其他人的喘息声和乌瑟尔的咆哮声，但似乎都十分遥远。这个大胆恐怖的想法像铃声一样在她的脑海里回响着，把其他一切都淹没了。

“在我的壁炉架上待几年也许对你有好处，”暗影夫人继续说，“也可能是在烘衣柜上，如果我厌烦你的话。这能教会你尊重长者和强者。”

在整个对峙过程中苏西一直压制着的愤怒变作一个小小的声音，穿过她脑海中的喧嚣。她有很多话要说，虽然知道口不择言是个非常糟糕的主意，但她已经不在乎了。暗影夫人还能对她做什么？

“强者？”她感到血液涌上脸颊，“你凭什么认为你比其他人强？”

“首先，我不是贼。”暗影夫人说。

“对，”苏西说，“你是魔鬼。”

暗影夫人没有说话，但她的影子做出了反应，它变深、扭曲，将其他影子吸引过来，地面上变成黑压压一片。启明大人平举着拐杖指向暗影夫人，雕像们见状举起阔剑轰然向前迈了一步。护卫们也蓄势待发，但苏西毫不退缩。

“我不在乎你来这里是不是为了做正确的事情，我看到的是你不想让人尊重你，你只是想让人害怕你。你恐吓、威胁他们，摧毁所到之处的一切。你对威尔莫特做了那样的事情，不值得我的尊重，我永远不会尊重你。”

暗影夫人紧皱着眉头：“威尔……什么？”

“邮政局长，”苏西说，“在矮人城。你根本不记得他？”

对话停顿了几秒钟，显然她不记得。“你是说那个拿着投诉表的烦人的小家伙？”

“他是我的朋友。”苏西说，“而你杀了他。”

“我可没做那样的事。”

“你做了。”苏西说，愤怒的泪水刺痛她的眼睛，“我亲眼所见。”

“是吗？”暗影夫人举起空着的手打了个响指，所有人都吓得一缩，以为是某种魔法，紧接着他们听到远处传来惊慌的呼喊声。大家四处张望，试图找到声音的来源，但一无所获。声音很快变大变近，地上的影子晃动着、起伏着，然后吐出一个很大的东西。那东西乱动着飞入空中，继而又砸到地上，落在苏西脚旁，苏西低头看到了威尔莫特震惊的脸。

“你们好！”他揉着脑袋说，“有人可以告诉我发生了什么事吗？”

“威尔莫特！”苏西一下子跪下来，两手抱住他，匆忙间差点儿将水晶球掉到地上。

“我看到你把我的帽子保管得很好。”威尔莫特说。

“我还以为你死了！”苏西大声说，“出了什么事？”

“我只是将他丢进了随身带着的备用口袋维度里，”暗影夫人说，“这可比办那些文书手续快。说实话，我不觉得这有什么可大惊小怪的。”

“局长！”斯通克跑上前，后面紧跟着乌瑟尔。他本想拍拍威尔莫特的肩膀，但双手仍然被铐在一起，更像是做了一个笨拙的空手道劈掌，差点儿将年轻的矮人击倒在地。“真没想到还能再见到你！”斯通克说。

乌瑟尔的手铐之间有足够的空间，她用粗壮的胳膊环抱住车组成员，用苏西经历过的最名副其实的熊抱将他们挤在一起。

“真让人愉悦。”暗影夫人说，“现在快点做选择，姑娘。你已经把我这一天浪费得够多的了。”她和启明大人控制着各自的魔法，拐杖之间的空气嘶嘶作响。

“苏西？”威尔莫特困惑地看着她，“她在说什么？”

苏西对他露出自己最勇敢的微笑，然后从乌瑟尔的怀抱中退了出来。“对不起。”乌瑟尔试图再一次抱住她，但苏西后退到她够不到的地方，“这是唯一能让暗影夫人放过你们所有人的办法。”

启明大人清了清嗓子：“我也许有另一个解决办法。”

“什么办法？”苏西气冲冲地说，丝毫没有期待他真的愿意帮忙。

“实际上非常简单。”他说，“护卫们，朝她开枪，朝他们所有人开枪。”

苏西浑身发凉，乌瑟尔将其他人更紧地揽住，想保护他们不受伤害。但护卫们只是挪了挪脚步，看向诺玛。

“大人，”诺玛说，“我们的职责是保护您和这座塔免遭伤害，而不是成为您的私人杀手，更不是帮助您勒索联邦。无意冒犯，但我想您是时候收回命令，到别处发号施令了。”她将等离子步枪瞄准启明大人，其他护卫也照做了。

“想发动叛乱，队长？”启明大人对她微微苦笑了一下，“你会因此受到驱逐。”

“试试看吧，老人家。”诺玛对他露出微笑，金色的牙齿闪着光。

“别这么输不起，艾贝克，”暗影夫人说，“结束了，认命吧。”她将一只手伸向苏西，苏西退缩了。恐惧感沉甸甸地压在她的胸口上，当她想到自己正要放弃的一切时，那感觉便越来越沉重，要放弃的不仅仅是她的自由，还有她的尊严、身体和未来。想起爸爸妈妈时她差点儿哭出声来，他们会一直在想她出了什么事……

弗雷德里克从仍被苏西托在手中的水晶球里开口说道：

“对不起，苏西，我本不想让这些事情发生。”

“我也不想。”苏西用颤抖的声音回答。

她深吸一口气，从上到下理顺睡袍，拨开眼前的一缕头发，将水晶球交给了暗影夫人。

信守承诺

苏西原以为那老妇人会得意扬扬，但暗影夫人的回应只是一声咕哝。

“那么就这样了？”启明大人说，“你觉得我只能投降了？”

“是的，”暗影夫人说，“就等走完程序了。”她双眼盯着弟弟，将拐杖正对着他，同时将水晶球举到嘴边，耳语一番，然后将球扔向空中，仿佛只是要丢掉它。

苏西惶恐地向前跑去，她伸出双手，想在水晶球砸到地上破碎之前接住它。但她太慢了，水晶球落到了她够不着的地方。苏西紧闭双眼。

玻璃破碎的声音始终没有传来。苏西重新睁开双眼，没看到水晶球的踪迹，相反，一个面色苍白的男孩正站在球落下的地方。他有着灰褐色的头发，面容清瘦，穿着和其他观测员一样的朴素的灰制服，手里捧着一个神经球。

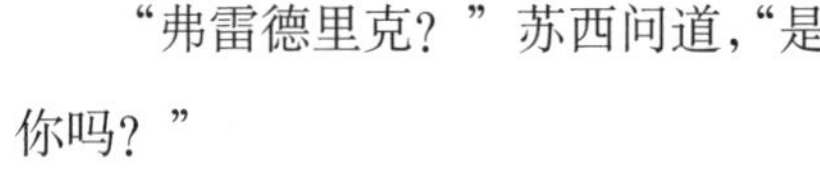

“弗雷德里克？”苏西问道，“是你吗？”

男孩惊讶地低头看着自己的身体，然后微笑着抬起头。“是的！”他说，是弗雷德里克的声音，“成功了！我变回来了！”

“承诺兑现了一个，”暗影夫人说，“该兑现另一个了。”

看到暗影夫人朝自己招手示意，苏西的心头猛然一痛，但她不想让这位老妇人看到自己的畏惧。尽管如此，走向女巫时她还是呼吸加快，耳朵里还听到了越来越响的嗖嗖声。

直到她发现暗影夫人正向自己身后看去，才意识到对方也听到了那声音。启明大人、弗雷德里克、月亮护卫、乌瑟尔和矮人们全都看向一面墙上的巨大的彩色玻璃窗。那声音来自窗外。玻璃的另一边，一个深色的阴影正变得越来越大。

“什么?!”苏西刚开口，窗户便向里爆开，深色的阴影后面拖着火焰，伴着刺耳的金属声从房间中掠过，留下着火的书刊和毁坏的书架，人群四散开来。那个东西飞速经过时，苏西连忙后退，感到一阵热浪扑面而来。她依稀看到暗影夫人正站在那个东西的路径正中，举起双手挡在面前。但随后苏西摔倒在地，那东西撞到对面的墙上，强大的冲击力使所有人全部倒下。

苏西站起来，吐出嘴里的灰尘。房间里全是烟，她周围的一切都变成了形状模糊、持续变化的旋涡。“弗雷德里克？”她喊道，“威尔莫特？大家都还好吗？”

回应她的是众人被呛得咳嗽的声音。

“我没事。”弗雷德里克从她左边某个地方喊道。

“我们也没事。”是威尔莫特的声音。

“嗷呜！”乌瑟尔肯定地回答。

“天哪！”斯通克从一片烟尘中蹒跚地朝苏西走来，制服因沾满灰尘而变白了，“你看到是什么了吗？”

“没有，”苏西说，“我光顾着逃命了。”

斯通克抓住她的肩膀，拉她站起来，让她转过去面对那个正冒烟的物体。它和公交车一样大小，斜躺着，周围是冒着烟的书。“你看见了吗？”斯通克说，“是危险地带车厢。”

油漆烧黑了，车厢鼓了起来，车轮不见了，前端像一架变了形的金属六角手风琴，不过苏西吃惊地意识到这确实是危险地带车厢。就在他们注视着车厢时，它侧面的舷窗弹开了，一个穿着银色太空服的人踉踉跄跄地走出来，苏西曾经看见那件衣服挂在车厢里面的架子上。那人摸索着走出车厢残骸，抬起头盔上的反光面罩，说：“这下糟了。”

“真是万万没想到，”斯通克惊呼道，“弗莱彻！”

工程师吃惊地转过身，仍然有点儿站不稳当：“他们说的是真的，斯通克，降落才是真正的困难所在。”

烟尘开始消散，现场的破坏程度展露出来。诺玛和护卫们已经拿起灭火器，正在对付危险地带车厢后面燃起的小火苗。与此同时，乌瑟尔、威尔莫特和弗雷德里克小心翼翼地跨过残骸，和苏西、斯通克会合。看到启明大人时，苏西才意识到一切都不大对劲。

他站在废墟中间，西装被烧焦了，头发也乱了，脸上却带着胜利的神情。暗影夫人躺在他脚边的地上，抬头怒视着他，额头上抵着他的拐杖。他另一只手正高举过头顶，手上拿着神经球。

“不要再往前一步，”雕像准备向他进攻时他警告说，“除非你们想让我把她变成墙纸糨糊那类玩意儿。”暗影夫人试图用胳膊肘撑在地上站起来，但启明大人更用力地往下压，迫使她趴在地上。雕像们放下了阔剑。

“没用的，艾贝克，有这么多人看到了你的所作所为，”暗影夫人说，“你已经没有支持者了，而我有更多的雕像正在赶来的路上。”

启明大人放声大笑。“我可以控制联邦的所有军队，”他说，“天哪，刚好在今天，我和狂暴战士首领做了个交易，只要我一声令下，他就会集合他的子民为我的事业而战。”

“狂暴战士不服从指挥，”暗影夫人说，“他们不会听命于任何人。”

“他们现在服从了，”启明大人傲慢地说，“他们会让你的雕像们化为尘土，而我将宣布你为罪犯，你的余生都将在放逐中度过。”

“联邦的人民永远不会容忍你这样做！”暗影夫人说。

“他们会的。”启明大人咧嘴笑着，“也许你和你的塔还继承了一些令人怀念的正义感，但你那些没礼貌的行为很可怕。只要人们认为你是魔鬼，他们就不会想念你。”

暗影夫人看上去很痛苦，她的影子在身下翻来滚去，缩小模糊，边缘极不清晰。苏西怀疑它替暗影夫人承受了危险地带车厢带来的巨大冲击力。

“咱们要怎么做？”弗雷德里克低声说。

“我不知道。”苏西说。她头晕目眩，仿佛仍然在贝儿号上一样。一切都不受控制，而且似乎正在驶向毁灭。她讨厌如此无助的感觉。

她深感挫败，双手垂到身体两侧，一只手碰到了口袋里的一个沉甸甸的东西，是弗莱彻的魔法棒。她掏出魔法棒，不知道该如何是好，但又不能就这样干站在那里，一定能做点什么……

“没有了你，就没有人敢跟我作对了，”启明大人接着说，“再也没有必要谨小慎微，我将统治全世界。天哪，我可以在几周之内让矮人城脱离苦海，而不是几年。”

“你敢！”斯通克说。

“我就是敢！”启明大人说，“唯有我可以构想出更加伟大的未来，也唯有我有能力去实现它。”

苏西盯着手中的魔法棒，感觉要被自己给气哭了。她带着魔法棒这么长时间，原以为它是解救弗雷德里克的关键，可她仍然不知道该如何使用它。它还不如一根普通金属棒。

“其实比钝器好不了多少……”弗雷德里克的话挤走了其他记忆重新出现在苏西的脑海里。

“就像是用锤子拉小提琴……”

“当我无法打开神经球时，我试着用锤子将它砸开……”

锤子。

魔法棒在苏西手中颤动，仿佛在回应她的想法，然后突然之间，不知为什么魔法棒发生了变化，它不再是一截难用的金属棒，而是成了一个工具，一个有用武之地的工具。

苏西快速行动起来，用魔法棒指向启明大人手中的神经球，感受着魔法棒真正的意图——它想打碎东西，更确切点说，是想砸出个大窟窿。

苏西遂了它的心意——它颤动起来，一股无形的魔法悄无声息地从棒尖跳向神经球。来吧，苏西想，把它砸开！

没有玻璃破碎的声音，一瞬间的心灵相通让苏西确定魔法棒完成了它的使命，它用尽魔力打中了神经球。

伴着沉闷的砰的一声，神经球掉到了一秒钟之前还站着启明大人的那块地毯上。苏西小心翼翼地走上前，低头看着它。神经球多出一个俗丽的陶瓷底座，里面已经不再是变幻不定的能量和齿轮装置，一阵闪烁的霓虹灯光落在一只熟悉的小青蛙身上，小青蛙抬头对苏西眨着眼睛，发出启明大人的声音：

“发生了什么？为什么一切都那么大？”

小青蛙又眨眨眼，继而明白过来，暴怒地说：“不！是你干的？我命令你立刻把我从这里放出去！”

苏西捡起水晶球，使劲儿摇了摇。“我不这么认为，”她说，“我觉得你罪有应得。”

“这话说得太对了。”暗影夫人费力地喘着气，终于又站了起来，“把他递过来。”苏西再乐意不过地照做了，暗影夫人看着球里面变成青蛙的弟弟，疲倦地笑了几声：“以后无论发生什么，艾贝克，我会永远记住你现在的样子。”

“哦，闭嘴！”他说，“赶紧把我关起来，那样我就不用再看着你了。”

“愿意效劳，”暗影夫人说，“但我要先确保最后一个诺言也兑现。你知道，这个水晶球够容纳两个人。”

老妇人转向苏西。苏西浑身发冷，但还没等她反应过来，就发现乌瑟尔环抱住了她，把她往后拖去。

“我们不会让你这么做的，夫人。”斯通克站到苏西和暗影夫人之间说，“那样做不对。”

苏西将一只手放在他的肩膀上。“没关系。”她说，尽管她也不太确定，“我必须这么做，我答应过。”如果再多等一会儿，她不知道自己还有没有勇气经历这些。

斯通克看上去很震惊，然后又变得很悲伤。他耷拉着胡子，不过还是走到了一边，对乌瑟尔点点头。乌瑟尔犹豫了一会儿，然后松开了苏西。女孩走上前，与暗影夫人四目相对。

"我准备好了。"她违心地说。

暗影夫人嘟囔道："我不确定你是否会信守承诺。"

她轻蔑的语气点燃了苏西的最后一丝怒火，尽管现在她已经疲惫得不想再反击："做个了结吧。"

暗影夫人仔细打量着她，像是在找什么。"很好，"她说，"为偷了我的东西道歉，我们就扯平。"

苏西以为自己听错了："抱歉，你说什么？"

"我就凑合着把它当成道歉吧。"暗影夫人将装着启明大人的水晶球放进口袋。

"什么？"

"我想确定在关键时刻你真的值得信任，"暗影夫人说，"现在我确定了。"

苏西惊讶得张大了嘴巴，感到如释重负又气愤不已。"你竟敢耍我！"她说，"我以为我的下半生都要在一个水晶球里度过！"

"你精神可嘉，"暗影夫人说，"难不成你还想要什么奖励？贴纸或者棒棒糖什么的？"

苏西正要回答，威尔莫特抓住了她的胳膊。

"这已经是万幸了，"他说，"我们全都安然无恙，就这样算了吧，好吗？"

"不，不能就这样算了，"诺玛插话说，"得有人把这一片狼藉收拾干净，那个人可不是我。"她指了指一排排被毁坏的书架和冒着烟的危险地带车厢残骸。

“为什么不是你呢？”暗影夫人说，“象牙塔需要新的看守人，一个了解情况的、值得信任的人。”

“我是护卫，不是学者。”诺玛说，“我不想干这份工作。”

“所以你才再合适不过，”暗影夫人说，“你不会那么容易受到诱惑，滥用特权。不过也许你宁愿把这一重任交给其他人？”她微微抬起眉毛，诺玛的脸上闪过一丝激动。

“不！”她最终吼道，“如果非得有人将这里搞得一团糟，我宁愿那个人是我，但我只负责到合适的继任者来之前，明白吗？我也许能够处理联邦首领们的后账，但我不知道怎么管理图书馆。”

“是的，你不知道，”暗影夫人说，“但他没准儿知道。”她转向弗雷德里克，他吓得一缩。

“绝不可能。”诺玛说，“我对这个小滑头的信任程度还不及我把他扔出去的远度，尽管我想把他扔出去很远很远，最好是从塔顶扔下去。”

“当然是你说了算，”暗影夫人说，“但他的头脑相当敏捷，也许一份辛苦的工作足以让他不再惹麻烦。”

从诺玛看弗雷德里克的眼神来看，她对此深表怀疑。弗雷德里克则一个字也不敢说，不过苏西看到他的眼睛里闪着渴望的光芒。

“我想你熟悉书架的情况。”诺玛说。

“我熟悉！”弗雷德里克跳上前说，“我会为你将这里的一切都照看得好好的，上架、研究、存取档案……凡是你能想到的！”

诺玛又看了看被毁坏的书架，显然是在衡量将它们恢复原状的工作量：“如果你有一丁点儿让我不痛快，我会让你后悔一辈子。听明白了吗？”

弗雷德里克半是害怕半是兴奋地点了点头：“那么你同意了？”

“对，一时也想不出别人，”诺玛说，“不要让我为这个决定后悔。”

“好极了！”暗影夫人说，“我会留下几个我的人来帮忙清理。”她用拐杖敲了敲地板，十个雕像笨拙地向前移动，“按照继任者的吩咐去做，”她说，“当然，在合理的范围内。”

十个雕像一齐转身面对诺玛，诺玛皱起了眉。

“看来我还得慢慢习惯。”她说完转向雕像下达命令，“你们要帮助我的新图书管理员把这里收拾整齐，明白吗？”

雕像们鞠了一躬，暗影夫人不禁露出微笑。

“你们只要放错一本书，”诺玛继续说，“我就会把你们炸成碎石。”

雕像们再次鞠躬。

“我可以建议你顺便拆掉瞭望馆吗？”暗影夫人说，“我会将弗雷德里克搜集到的信息向公众公开，让各地的首领知道他们不必再害怕象牙塔，他们会希望这样的事情不再发生，打碎侦察镜也许能避免他们在你的门前聚集。”

“反正我从来都不喜欢那个地方，”诺玛说，“莫娜中士，咱们要重新装修了。拿炸药来。”

“观测员们怎么办？”莫娜中士和她的小分队慢跑着离开时，弗雷德里克问，“现在他们都要失业了。”

“他们会找到更好的工作。”诺玛说。

“让他们做助理馆员怎么样？”弗雷德里克边想边说，“他们帮得上我的忙。”

“你是图书馆馆长，”诺玛说，“你说了算。”

“图书馆馆长！”弗雷德里克满脸笑容地说，“真想知道我的父母对此怎么看。”

他匆忙走过碎石堆，边走边和诺玛聊着。

“现在这里没我的事了，”暗影夫人说，“那么失陪了，我要去将我弟弟放到安全的地方。”

“希望不是在你的壁炉架上。”启明大人在她的口袋里说。

“我在考虑牢房，”暗影夫人说，“已经考虑很长时间了。”

启明大人发出厌恶的声音。

暗影夫人拉紧肩上的披巾，用拐杖搅动着空气。

一阵不知从何而来的冷风围绕着她流动起来。“等等！”苏西说，“我忘了问一件事情。”

“快点。”暗影夫人继续施展着魔法。

“月亮，”苏西说，“如果地球不是联邦的一部分，为什么我可以在地球上看见月亮呢？”

“我不知道。”暗影夫人说，“艾贝克，你知道吗？”她将水晶球从口袋里拿了出来。

“我当然知道。”艾贝克说，“学过的东西我都记得，但我没有理由什么都告诉她。”暗影夫人快速使劲儿地摇他，但他始终固执地一言不发。

“他也许会生几年闷气，”暗影夫人说着又将水晶球丢进口袋，“现在你们是图书馆馆长的朋友了，问问他吧。”风猛地将暗影夫人和她的话一齐卷起，她和其余的雕像一起忽隐忽现。在她完全消失前，苏西听到她的临别赠言在风中拖得很长很长。

“别惹麻烦。”

第34章

终点

分配完月亮护卫的职责后，诺玛陪着苏西、乌瑟尔和矮人们回到中心站。她大声命令工作人员，让他们开动火车送几人回家。

苏西和其他人一起坐在三明治店铺的露台上，店铺已被毁坏，掉在贝儿号划开的深沟里。现在，苏西有充足的时间向大家讲述自己在黑岩塔第一次遇到弗雷德里克之后发生的一切。

道出自己撒了多少谎、隐藏了多少真相时，苏西尴尬得面颊滚烫。但其他人似乎听得太入神，一点儿也没生气。当她终于讲完，斯通克拍着膝盖说：“了不起！我怀疑老邮递员们的故事都不及这一半的精彩。嗯，局长？”

直到此时，他们才意识到威尔莫特不见了，他在苏西讲故事时溜走了。

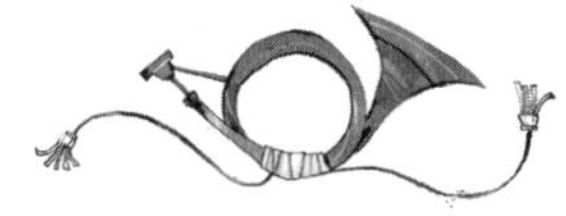

苏西在广场上找到了他。他踢着一个纸杯，低头沉思着。

“嗨。”苏西和他步调一致地走着。威尔莫特没有抬头，苏西自觉羞愧，心里像有东西在抓挠着。他们又走了一段路，她才终于鼓足勇气再次开口：“我真的非常抱歉，威尔莫特，如果我没有食言，这一切就不会发生，你不会被影子吞下去，特快专列会完好无损……”她用僵硬的手指从睡袍上摘下徽章，递给了他：“我不是个好邮递员。”

威尔莫特接过徽章，大拇指拂过徽章凸起的表面。“也许你不是，”他说，“但那不是你的错，是我的错。”

苏西吃惊地看着他：“什么？”

“我太急于拥有一名邮递员，我给了你徽章和包裹，就将你推出门让你自己想办法。我那样做是不负责任的，对不起。”

这想法太荒唐了，苏西差点儿大笑起来：“我是自愿的，记得吗？”

“我知道。”威尔莫特说，“但是作为邮政局长，我本应该拒绝你的提议，自己派送那个包裹。我有点儿胆小。”

苏西吃了一惊，意识到威尔莫特更生他自己的气。她伸出胳膊搂住威尔莫特的肩膀，从侧面抱住他：“你在邮局保险库为我挺身而出，那是我见过的最勇敢的行为。”

威尔莫特涨红了脸：“不，我只是最终做了自己该做的事。”

“而且做得很棒！”苏西说，“你是这一行里最棒的局长。”

“谢谢你。”威尔莫特嘴唇发颤，露出一个羞涩的微笑，“稍加练习的话，你也很可能会成为一名非常棒的邮递员。毕竟，大多数人从来不会有机会见到象牙塔的内部，而且你帮忙赶跑了象牙塔的看守人。我认为，那是非常了不起的成就。”

现在轮到苏西脸红了：“我只是很高兴我们都安然无恙。”

“我也是。”

他们咧嘴笑着，随后车站的广播里传出诺玛的声音。“开往矮人城的列车五分钟后从三号站台发车。”她吼道，“我希望所有的捣蛋鬼都上车，离开我的月亮！”

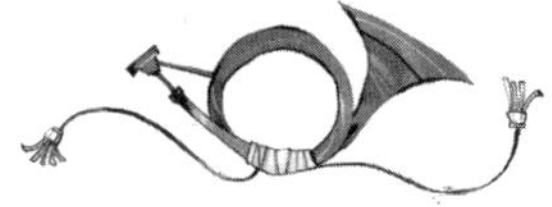

他们抵达矮人城时，像英雄一样受到欢迎。似乎城里所有的矮人，无论老少，都集合起来迎接他们所乘的列车。奇境邮政特快专列的全体人员下到站台上。

人潮向前涌动，接着和他们擦身而过。

“怎么回事？”苏西说。只见每一个人手里都拿着东西：油罐、锤子、钻头、废旧金属片、铜制大门环……他们看上去就像在来车站的路上抢劫了废品站。

随后苏西看出来他们要去哪里，难过地叹了口气。

暗影夫人的六个雕像沿着火车后面的铁轨走来，一起扛着个庞然大物，那是贝儿号的残骸。雕像们把它放下时，人群蜂拥而上，随即传来一阵叮叮咣咣的声音。

“他们在干什么？”苏西在刺耳的捶打和焊接声中喊道。

“做矮人一直做的事。”斯通克说着挺起胸膛，“利用他们拥有的东西造出点什么来。”

“他们真的可以修好她吗？”苏西问。

“毫无疑问，”斯通克说，“……当然，她不会和原来一模一样了。分拣车厢还在，她需要一个新的煤水车和新的危险地带车厢。她会是一列新车，不过她的心还和原来一样。矮人城的每个矮人都在她的身上留下了一些东西。”斯通克的双眼闪着光：“我非常期待看到她重生的那一天。”

苏西看着眼前正在进行的工作，感觉疲惫的精神稍微振奋了些。

就在这时，又一阵喧闹声从站台远端传来。是老邮递员们，由葛楚德和多萝西带领着，像浪潮一样朝车组成员涌来。葛楚德经过时冷冷地看了苏西一眼，然后一把抓住威尔莫特，将他紧紧地抱在怀里。

“哦，我的孩子，我以为再也见不到你了！”她啜泣着。多萝西紧紧抱着他们两个人，放声痛哭。老邮递员们从四面八方挤过来，拍肩膀，递手帕，祝贺威尔莫特奇迹般地复活，关于这一点他们显然已达成了共识。

特雷里斯先生蹦蹦跳跳地来到苏西跟前，戳了戳她的胸口。“怎么样？”他说，“我的准入信息派上用场了吗？”

苏西大笑着拥抱他：“它帮我得到了最需要的信息。”

“很好。”特雷里斯先生眨眨眼睛，“你已经去到了我不曾到过的地方，而且还会见识到更多，我敢打赌。”

“谢谢。”苏西说。

苏西还没来得及展望未来会去的地方，一只手就搭在了她的肩膀上。她转身发现面前站着的是弗莱彻。

“该走了，姑娘，”弗莱彻说，“时间不等人。”

“已经到时间了？”她说。

当然到时间了。危险和兴奋的旅程差不多将回家的事赶出了苏西的脑海，但是现在她意识到爸爸妈妈可能担心极了，甚至可能有警察在等她。

乌瑟尔俯身紧紧地将苏西和斯通克抱住，威尔莫特终于挣脱了葛楚德的拥抱，挤到他们身边。

“谢谢你。”苏西说，她最后一次将脸埋进大熊温暖的皮毛里，“谢谢你们所有人，谢谢这一切。我觉得你们是奇境中最棒的火车车组。”

“谢谢你这么说，”斯通克说，“有你在车上真是一段非凡的经历。”

“我很抱歉带来这么多麻烦。”

“胡说。”斯通克说，“我们很快就会再回到轨道上，我说得对吧，局长？”

“确实如此。”威尔莫特说，“我也终于有机会改造分拣车厢索引系统了。”

乌瑟尔喉咙中发出一个声音，听上去像极了笑声，然后终于将他们松开。

苏西最后看了看她的朋友们。现在，她经历了这不可思议的一切，那自己以后的生活会变成什么样？她试着想象自己还像以前一样每天去上学、做家庭作业、看电视……却有些想象不出来。

“好啦，”她转向弗莱彻时强忍住要流出来的眼泪，“咱们走吧。”

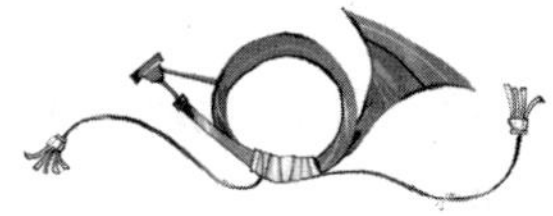

火车出现在苏西家的门厅里，伴着汽笛声缓缓停住。房间仍然大得出奇，苏西警觉地发现日光透过窗户洒了进来。

“现在几点？”她从车厢里爬下来。

弗莱彻跟着她跳下车厢，看了看怀表。“五点半。”他说。

苏西大吃一惊，差点儿跌坐在地。“我消失了一整天！”她说，“爸爸妈妈会疯掉的！”

“他们看上去并不担心。”弗莱彻用大拇指示意仍然半开着门的客厅。苏西看过去时又感到一阵眩晕，但弗莱彻说得没错，爸爸妈妈还在她离开时他们所在的位置，四肢舒展地躺在沙发上，不疾不徐地打着鼾。“咒语不会凭空消失，”弗莱彻说，“它需要解除。就像城堡里的那位公主，沉睡了一百年，直到有位王子让她醒来，可怜的小伙子，他不可能受得了她早晨的口气。”他又四处看了看，咂着嘴说：“我可以在五分钟之内把这一切搞定，然后再去解除咒语。听上去不错吧？”

“我想是的。”苏西说，“今天是星期六，他们没有耽误工作或者其他什么事，我就告诉他们我过了个睡袍日。可那之后会发生什么？你依然要清除我的记忆吗？”

弗莱彻眯起眼睛看着苏西：“依我看，比我工资高得多的人都没操心这个，所以我也没必要这么做。”

苏西张开双臂一把抱住弗莱彻，他惊得尖叫起来。“谢谢你，弗莱彻，”她的眼泪落到弗莱彻耳朵里的硬毛上，“我一丝一毫都不想忘记经历的一切。”

“放开我吧，”弗莱彻嘟囔着，不过没有将苏西推开，“不过，没有魔法棒，我几乎什么也干不了，是吧？”

“哦，是的，当然，”苏西放开他，把手伸进口袋，“给你。”

她将魔法棒递过去时，老矮人的脸上容光焕发。“这才像话。”他用手指从魔法棒的一头摸到另一头，轻轻旋转了一下。

“抱歉我拿走了它。”苏西说。

“至少你用上了。现在站到一边去，我要开工了。”

整个过程花了不到两分钟的时间。弗莱彻最后敲了一下厨房的门，将魔法棒放回到工具腰带上，然后朝等着他的火车走了过去。

“大功告成。”弗莱彻愉快地说，“火车一离开，这房间就会啪地变回原样，隧道口也会关闭。你准备好让我叫醒那两位了吗？”

苏西点点头。弗莱彻从口袋里拿出一个小袋子，拇指和食指伸进去捏了一点儿像沙子一样的东西。他将它放到嘴唇边，吹向客厅的方向，它好像在空气中溶解了。“应该能行。”弗莱彻将袋子放回口袋，向火车司机发了个信号，然后跑向等着他的车厢，匆忙上了车。

“保重，弗莱彻！”苏西在他后面喊道，“替我向其他人问好。如果你以后还需要抄近路的话……”

弗莱彻回应了什么，但被引擎的呼啸声淹没。苏西只看到他挥了挥手，火车就驶入了隧道口。随后，刹那间，火车和隧道口都不见了，厨房门又变成一扇普通的门，门厅又回到了以前的样子。一切都结束了。

苏西闭上眼睛，感受着家的舒适自在。她真的非常高兴能够回来，安稳地待在一个她熟悉的地方，这感觉里也带着些许忧伤，她第一次意识到自己并不想结束这场冒险之旅。

她的父母醒了过来，脑袋昏昏沉沉，然后有些惊慌地发现一整天几乎快过去了。

“我们一定是太累了，”妈妈揉着惺忪的睡眼说，“抱歉，亲爱的，你应该叫醒我们的。”

“我一直在忙，”苏西伸出胳膊揽住爸爸妈妈，将他们抱得紧紧的，让他俩吃了一惊，“不过我真想你们。”

“没事的，苏西，”爸爸说着也抱住她，然后他想了想，问道，“你染了头发吗？”

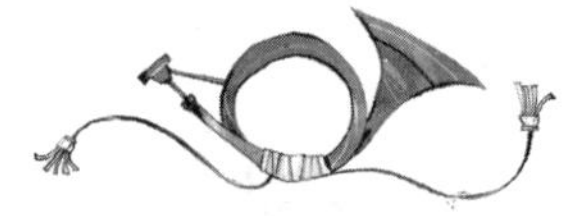

第二天过得很慢，接下来的一周也是。苏西吃早餐、上学、做作业、刷牙、上床睡觉……做所有她觉得应该做的小事，日复一日。就连她头发上的金色都渐渐褪了，但她一点儿也没留意到。

她发现自己每天晚上花很长时间看月亮，想知道……

然后，一个星期天的早晨，苏西正躺在床上，寻思着自己要怎样才能填满又一个空虚的日子，这时她听到爸爸从楼下喊她。

“苏西？有一个给你的包裹。”

他的声音不知为何听上去有些困惑，随后苏西想起来邮递员星期天不派送。

她走下楼，发现爸爸手里拿着一个棕色包裹。“我认不出这个邮票，”他说，“一定是从国外寄来的。”他将包裹递给苏西。

包裹上没有写地址，只在前面用粗大的手写字写着苏西的名字，邮票……印在蓝色纸上，而不是像苏西上次看到的印在金箔上，但无疑是博拉女王一世的肖像。

苏西倒吸一口气。“谢谢您，爸爸！”她转身跑上楼，扑到床上，撕开包裹。一包衣服掉了出来，是一套矮人邮政制服，红色的衣服上缀着金色锦缎。她拿起衣服在镜子前比画，大小正合适，而且看起来是全新的。一枚邮递员徽章别在翻领上，被擦得锃亮。

她回到包裹边，发现一张便笺，第一行写着：来自奇境邮政服务办公室。往下是和信封上一样的粗大手写字，写的是：熟能生巧。盼望见到你。

下面是个简单的签名：

威尔莫特

☆ 致谢 ☆

就像没有车组人员火车就无法运行一样，如果没有那么多人的帮助和支持，本书也无法成形。

首先，感谢克莱尔·费尔斯，感谢你多年来耐心阅读我尚未出版的手稿，总能提出真知灼见并给予我鼓励。没有你的友谊、热情和咖啡，这个故事可能永远躺在我的电脑中。

感谢杰玛·库珀——一名作者能够找到的最棒的经纪人。你不仅帮助我将残缺不全的初稿变成完整的故事，还创造了小奇迹，为它找到了最好的归宿。你的支持给了我极大的慰藉。

感谢我出色的编辑们：尤斯伯恩出版社的丽贝卡·希尔和贝基·沃克，费维尔与朋友出版社的安娜·蓬、霍利·韦斯特，以及这两家出版社的优秀团队。你们让我、苏西和车组人员感觉如此受欢迎，谢谢大家。我从一开始就知道我们找到了对的人，你们的激情和洞见让这趟冒险成为难忘的旅程。我对你们感激不尽。

感谢我的英国版插画师弗拉维娅·索伦蒂诺和美国版插画

师马修·夏拉克，你们用颇为不同但同样美好的方式让故事栩栩如生，我真觉得自己被宠坏了。

感谢这些年来所有支持和鼓励我阅读和写作的人。这样的人有很多很多，尤其要提到的是纽波特图书馆的乔伊斯女士，她总知道我会喜欢哪些书（而且当我错过了《神秘博士》最后一集的播放时，她还将自己用家庭录像机录下来的视频借给我）；感谢帕特里克·琼斯和劳埃德·罗布森，感谢他们相信几个少年可以征服世界；感谢蒂姆·雷柏和嘉里·格林伍德，他们没有笑话我写的第一本小说，反而带我到一家小酒馆，告诉我继续努力；感谢奥雷利昂·莱恩、迦勒·伍德布里奇、大卫·威廉姆森和基兰·马瑟斯，感谢他们始终如一的友情和反馈；感谢劳拉·吉拉德，她知道窍门在哪里（并给我指引）；感谢卡迪夫大学的咖啡之家和特里维西克图书馆的员工们，本书的大部分内容是在这两个地方写就；感谢库珀智囊团，尤其要感谢保罗·甘布勒。

感谢我的家人，母亲、父亲、克里斯和奶奶，你们总是令我有好书在手，并鼓励我阅读。如果我没有首先爱上那些书，我将永远不会想写下这个故事。

感谢奥雷利安和泰奥，谢谢你们让我比能想象到的更加忙碌、幸福和自豪。请继续保持。

最后，感谢安娜，你总是用比我值得拥有的多得多的耐心来对待我，没有你的爱、建议和支持，这一切皆无可能。谢谢你，我爱你。

图书在版编目（CIP）数据

通往奇境的列车 /（英）P.G. 贝尔（P. G. Bell）著；（意）弗拉维娅·索伦蒂诺（Flavia Sorrentino）绘；王良秀，刘皖竹译. -- 天津：新蕾出版社，2024.2
书名原文：THE TRAIN TO IMPOSSIBLE PLACES
ISBN 978-7-5307-7649-0

Ⅰ. ①通… Ⅱ. ①P… ②弗… ③王… ④刘… Ⅲ. ①儿童小说－幻想小说－英国－现代 Ⅳ. ①I561.84

中国国家版本馆 CIP 数据核字（2023）第 206681 号

书　　名：通往奇境的列车 TONGWANG QIJING DE LIECHE
著　　者：[英] P.G. 贝尔
绘　　者：[意] 弗拉维娅·索伦蒂诺
译　　者：王良秀　刘皖竹
责任编辑：张　杨
特约编辑：李　爽
美术编辑：李照祥
内文制作：王春雪
责任印制：史广宜
出版发行：天津出版传媒集团
新蕾出版社
http://www.newbuds.com.cn
地　　址：天津市和平区西康路 35 号（300051）
出 版 人：马玉秀
电　　话：（022）23332422
传　　真：（022）23332422
经　　销：全国新华书店
印　　刷：河北鹏润印刷有限公司
开　　本：850mm×1168mm　1/32
字　　数：199 千
印　　张：10
版　　次：2024 年 2 月第 1 版　2024 年 2 月第 1 次印刷
书　　号：978-7-5307-7649-0
定　　价：45.00 元

津图登字：02—2023—210